Nané Lénard

FriesenGeist

Der ultimative Ostfriesen-Krimi

CW Niemeyer

Der Roman spielt hauptsächlich an allseits bekannten Orten der Nordseeküste, doch bleiben die Geschehnisse reine Fiktion. Sämtliche Handlungen und Charaktere sind frei erfunden.

Für Sabine

Jeder, der schon mal am Hafen von Neuharlingersiel spazieren gegangen ist, kennt den Kiosk von Oma Pusch[1]. Und möglicherweise hat er sogar eines ihrer legendären Rollmopsbrötchen gegessen.

Wahrscheinlich wird er ein paar Worte mit ihr geschnackt haben, ohne zu wissen, wen er da vor sich hatte: Ein Urgestein dieses herrlichen Küstenlandstriches und neuerdings auch eine eher im Geheimen gefeierte Mordermittlerin. Kurze Zeit später schon mag er die alte Dame wieder vergessen haben ...

Wie dem auch sei. Oma Puschs Qualitäten erschließen sich einem nicht im Vorüberziehen. Wer jedoch ein wenig länger am Tresen der kleinen Bude stehen bleibt und ihr gut zuhört, der erfährt so einiges, was sich an der Küste abspielt. Wie zum Beispiel der olle norwegische Fischer Kjetil (gesprochen Schetil) Gudmundson, der heute einige Zeit später vom Meer zurückgekommen war als die anderen, und darum das Wichtigste verpasst hatte. Ein Rollmopsbrötchen kauend, ließ er sich von Oma Pusch die grauenhafte Entdeckung des Tages schildern. Eine Leiche! Geradewegs vor ihren Augen. Quasi von Angesicht zu Angesicht.

Was war passiert? Oma Pusch, die eigentlich Lotti Esen hieß, war guter Dinge, als sie am Morgen aufstand. Die Sonne schien. Endlich ein warmer Tag, der die Touristen ans Meer locken würde. Sie konnte aus ihrem Alkoven sehen, wie sich das orangefarbene Licht schon im Flurspiegel brach, obwohl es noch däm-

[1] *Personenregister siehe Seite 329*

merte. Mit Schwung schlug sie die Bettdecke auf und sprang aus dem Bett. Erstaunlich für ihre fast ... Jahre. Nein, wir wollen ihr den Gefallen tun und das genaue Alter nicht verraten. Das hat sie nämlich nicht so gerne. Auf jeden Fall ist sie eine sehr agile ältere Dame.

Es war längst Mai, aber die Temperaturen hatten sich bisher zurückgehalten. Oma Pusch sehnte sich nach warmen Tagen und streckte sich. Es knackte an diversen Stellen in ihren Gelenken. Sie grinste, weil sie darüber nachdenken musste, ob daher vielleicht der Begriff „alter Knacker" kam. Als sich alle Knochen und Sehnen wieder an der richtigen Stelle befanden, ging sie zu einem ihrer Wohnzimmerfenster, das direkt nach Osten und damit zum Hafen hinausging. Im Vorübergehen fiel ihr Blick auf die Uhr. Fast sechs. Die meisten Fischer würden schon längst wieder vertäut haben und sich auf den Feierabend freuen. Ihr eigener Tag begann erst und es schien ein wundervoll heiterer zu werden.

Genüsslich zog Oma Pusch die Gardine des linken Fensters zur Seite und öffnete es, um das Sonnenlicht noch direkter hineinzulassen. Sie schloss die Augen, fühlte lau die Wärme über ihr Gesicht streichen und roch dabei die Seeluft in allen Facetten. Glück konnte viele Gesichter haben. An der Nordsee leben zu können, war eines davon.

Als sie das rechte Fenster öffnete, blickte sie direkt nach unten auf die Decks der Fischerboote, um zu sehen, wer schon vom Meer zurückgekehrt war. Morten Hansen zum Beispiel, ein Vetter um drei Ecken und der junge Stiesel Ole Piepenbrink. Der hockte da auf der Reling mit ihrem Enkel Sönke und drehte sich eine Zigarette. Wenn der den Jungen nur nicht zum Rauchen verführte, dachte sie. Sönke fuhr seit Kurzem mit seinem Vater Mats raus. Ein Umstand, den Oma Pusch nur schwer verdauen konnte, weil ihr letzter Gatte in die Jagdgründe der Fische eingegangen war, die er eigentlich fangen wollte. Das war Fridtjof, der dritte in der Reihe ihrer Ehemänner gewesen, aber davon später mehr. Sie hoffte auf Poseidons Milde für ihre Lieben, wobei sie Mats nicht unbedingt dazuzählte. Er war angeheiratet und nicht gerade der Schwiegersohn gewesen, den sie sich für ihre Tochter Gertin gewünscht hatte. Nun ja, Schwamm drüber. Die Natur hatte es so gewollt. Gegen die Liebe konnte man nichts machen.

Mats war im Übrigen gar nicht auf Fische aus, er fing lieber Krabben. Gelegentlich brachte ihr Sönke neuerdings welche im Kiosk vorbei, die sie mit medizinischen Handschuhen für die Kunden zubereitete. Es gab nämlich ein Geheimnis, von dem niemand wusste und das sie auch nicht preiszugeben bereit war. Oma Pusch hatte eine Lebensmittelunverträglichkeit auf Schalentiere. Ausgerechnet sie! Eine unglaubliche Schmach für eine waschechte Ostfriesin. Nach dem Verzehr von Hummern, Garnelen oder eben auch der heimischen Krabben ging es ihr so schlecht, dass sie an den Tropf musste. Es schien dann, als ob sie an einem schweren Magen-Darm-Virus erkrankt war. Ihre Sensibilität auf den Eiweißstoff dieser Lebewesen ging sogar so weit, dass sie eine Zahnfleischentzündung bekam, weil Spuren von Krustentierchen in der Zahncreme enthalten waren, die sie benutzt hatte. Darauf musste man erst mal kommen. Sie hatte sich schon mit dem Gedanken an Parodontose befasst, da las sie plötzlich die Aufschrift auf der Tube. Ihr ging ein Licht auf. Sie wechselte die Creme und siehe da, alles war wieder in Ordnung. Vielleicht sollte man einfach keine

Artgenossen verspeisen, überlegte sie, wo sie doch selber vom Sternzeichen her ein Krebs war. Irgendeinen Grund musste es ja haben, dass ihr dieser Makel anhaftete.

Aber wir schweifen ab. Zurück zum Hafen in der frühen Morgenstunde, die angeblich Gold im Mund haben soll. Doch das war Oma Pusch an diesem herrlichen Tagesbeginn leider nicht vergönnt. Sie schaute nämlich aus ihrer Wohnung im „Dattein" noch ein wenig in die Gegend. Das alte Fachwerkhaus, das im Erdgeschoss eine Kneipe beherbergte, lag ein Stück oberhalb der Hafenpromenade. Darum blieb ihr Blick geradewegs und nahezu auf einer Höhe an Emil kleben, der am Mast seines eigenen Kahns hing wie eine schlaffe Fahne. Seine offenen Augen starrten sie an, fast vis-à-vis. Es waren nur ein paar Meter dazwischen. Sie unterdrückte einen Schrei. Diese wächserne Blässe kannte sie nur zu gut. Emil war tot.

Jetzt bloß kein Aufsehen hier am Fenster erregen, dachte Oma Pusch bei sich, denn das hätte unweigerlich dazu geführt, dass man die Polizei rief, ohne ihr die Möglichkeit zu geben, die Situation etwas genauer unter die Lupe zu nehmen. Sie musste dringend ihre Freundin Rita anrufen. Die hatte ihr schon beim letzten Fall hilfreich zur Seite gestanden, und sie nannte ein Opernglas ihr Eigen, das jetzt außerordentlich hilfreich sein würde. Schnell wählte sie Ritas Nummer und zog nebenbei das Tuch von Ronnys Käfig. Der nackte Graupapagei sah sie schläfrig an und streckte einen Fuß unter seinen ausgespreizten Flügel. Dann gähnte er. Oma Pusch konnte sich immer noch nicht daran gewöhnen, dass er wie ein gerupftes Hähnchen aussah, das gleich von selbst in die Pfanne springen wollte. Eine Stoffwechselerkrankung hatte ihn seines Federkleides beraubt. Ansonsten war er putzmunter, was er mit einem lauten „Raus aus den Federn!" bekundete. Auf sächsisch versteht sich, denn der arme Kerl war nicht nur nackt, sondern er sprach auch kaum Hochdeutsch. Er gehörte ihrer Cousine Miezi, die erst kürzlich von Leipzig an die Küste gezogen war, um einen Friseursalon zu eröffnen.

Ihr Laden in Bensersiel lief hervorragend, darum hatte sie wenig Zeit für Ronny. Und so stand sein Käfig immer noch bei Oma Pusch, die eigentlich nur kurzfristig auf ihn aufpassen sollte. Sie hatte gar nicht bemerkt, dass inzwischen schon ein Jahr verstrichen war. Und er war ja auch ganz possierlich, wenn man von seinem Dialekt absah.

„Moin Ronny", sagte sie mit dem Hörer am Ohr und freute sich diebisch, als er ein „Moin, moin" antwortete. Es war also noch nicht Hopfen und Malz verloren. Der Sprachkursus zeigte Wirkung und damit trug die Einbürgerung langsam Früchte. Es tutete.

Rita ließ sich Zeit. Oma Pusch vermutete, dass sie entweder im Keller oder auf dem Klo war und ließ es läuten, während sie mit dem Fuß ungeduldig die Schalen auf dem Teppich zusammenschob, die Ronny aus dem Napf geschmissen hatte. Nach dem dreiundzwanzigsten Mal ging ihre Freundin endlich ran.

„Mensch Rita", rief sie in den Apparat, „liest du auf dem Klo Zeitung oder was dauert das so lange, bis du rangehst?"

„Ich war im Keller und hab Wäsche eingesteckt", sagte Rita vollkommen aus der Puste, „da musste ich es erst mal hören, und dann bin ich die Treppe raufgerannt wie ein Wiesel."

Vor Oma Puschs geistigem Auge entstand das Bild eines Nagers mit dem Gesicht von Rita, der eine Stiege hochwetzte und brachte sie zum Schmunzeln. Sehr schräg, aber auch irgendwie authentisch.

„Du musst sofort herkommen", flüsterte sie verschwörerisch, als ob jemand sie hören konnte.

„Was ist passiert?", fragte Rita neugierig.

„Emil!", zischte sie bedeutungsvoll. „Er ist tot!"

„Ach", entfuhr es Rita, „dass er so krank war, wusste ich gar nicht. Wann ist er denn gestorben?"

„Woher soll ich das wissen? Er hängt mir hier direkt gegenüber", sagte Oma Pusch.

Rita glaubte, dass sie sich verhört hatte. „Er tut was?"

„Mensch, er hängt im Mast seines eigenen Kutters", zitierte Oma Pusch absichtlich langsam.

„Und du bist sicher, dass er tot ist?", fragte Rita.

Oma Pusch stöhnte. „Wenn man so am Hals baumelt, kriegt man keine Luft mehr, und wenn man nicht mehr atmet, ist man wohl tot, oder denkst du nicht?" Rita war manchmal einfach zu begriffsstutzig.

„Ja, dann hat er sich wohl erhängt, aber wieso?", überlegte Rita.

„Das wissen wir doch alles noch nicht. Jetzt setz dich endlich in Gang, damit wir ihn mit deinem Opernglas genauer unter die Lupe nehmen können. Es ist schlecht möglich, tagsüber unbemerkt am Mast hochzusteigen. Und wenn wir noch länger warten, sackt er wegen des ablaufenden Wassers weiter nach unten ab. Für uns außer Sicht. Dann wird er bestimmt auch von anderen entdeckt. Sieh zu, dass du herkommst, und mach kein Aufhebens im Hafen! Guck da bloß nicht so hoch zum Mast." Oma Pusch schnaufte.

„Ja, ja, ruhig Blut", erwiderte Rita, „wir sind doch hier nicht in der Normandie, wo die so einen riesigen Tidenhub haben. Hier geht das mal alles schön gemächlich vonstatten. Er wird also langsam nach unten sinken, aber ich beeile mich trotzdem. Bis gleich." Mit diesen Worten schmiss sie ihre Küchenschürze über den Stuhl im Esszimmer, grapschte nach dem Schlüssel und steckte das Opernglas in ihre Handtasche. Dann stieg sie auf das Rad vor ihrer Haustür. Abschließen war nicht nötig. Jeder kannte das bunte Vehikel von Rita und Touristen verirrten sich kaum hierher. In Nullkommanichts war sie am Hafen und parkte ihren Drahtesel direkt vor der Tür der alteingesessenen Kneipe „Dattein", über der Oma Pusch wohnte. Neben diesem Haus gehörten ihr noch ein paar andere in Neuharlingersiel, aber sie liebte es, Seeluft in der Nase zu haben, wenn sie schlief. Hier war sie direkt am malerischen Hafen und hinter ihr lag der Deich, über den sie direkt auf das Meer sehen konnte. Rita hatte es nicht vermeiden können, beim Vorbeifahren doch einen winzig kleinen Blick auf den Mast von Emils Kutter zu werfen, aber von hier unten fiel die Gestalt kaum auf. Wer rechnete auch schon damit? Man vermutete, dass Emil in seinem Bett lag, denn es hatte sich herumgesprochen, dass er krank war. Worin sein Leiden bestand, wusste niemand so genau. Da hatte es mehrere Varianten gegeben. Das konnten Oma Pusch und Rita täglich aufs Neue im Kiosk erfahren. Erna behauptete zum Beispiel, er sei schwermütig, wobei Mariechen zu wissen glaubte, dass er sich die Grippe eingefangen hatte. Auch ein Magen-Darm-Infekt stand zur Debatte, doch irgendwer hatte ihn kürzlich im Krankenhaus in Wittmund gesehen. Seitdem hatten die vermuteten Erkrankungen an Schwere gewonnen. Eine Lungenentzündung und sogar eine Geschwulst in der Blase standen derzeit hoch im Kurs. Einige wollten sogar von komplizierten Operationen gehört haben. Wenn man ihnen Glauben schenkte, war nur das Herz in ihm noch intakt. Den Vogel schoss natürlich die steinalte Marga ab, die ein bisschen gaga im Kopf war. Sie war der Meinung, dass ein Geist in ihn gefahren sei. Nun ja, das war jetzt auch egal, der musste sich ein anderes Zuhause suchen, dachte Rita, und klingelte bei Oma Pusch.

„Ruhe!", kreischte Ronny, als sie eintrat. „Du nichtsnutziger Gnom!"

„Das ist ja eine tolle Begrüßung", sagte Rita mit einem Augenzwinkern.

„Die Klingel ist ihm zu laut. Ich werde wohl mal eine andere besorgen müssen", antwortete Oma Pusch. „Hast du das Opernglas dabei?"

„Na klar", sagte Rita und zog das kleine Ding aus der Tasche. „Ich kann immer noch nicht glauben, was du mir erzählt hast."

„Na dann komm mal mit zum Fenster", bat Oma Pusch, „du kannst ihn auch ohne das Fernglas sehen. Natürlich keine Details und so, aber für einen ersten Eindruck reicht es."

Rita verschwieg ihr, dass sie doch nach Emil gelinst hatte. Sie ging ins Wohnzimmer, ignorierte das wippende Brathähnchen auf der Käfigstange und sah aus dem Wohnzimmerfenster. Emil hing mit offenen Augen da und schaute sie an. Das heißt, eigentlich stierte er nirgendwohin, denn sein Blick war leer und ausdruckslos. Sie wich zurück. Als eine Möwe auf seinem Kopf landete und ihn interessiert wie einen Leckerbissen beäugte, taumelte Rita zurück. Das war zu viel für sie.

„Wir müssen die Polizei verständigen", flüsterte sie leichenblass, „oder hast du schon?"

Oma Pusch schüttelte entrüstet den Kopf. „Wenn die erst da sind ..."

„Das kannst du doch nicht machen. Wir können ihn da nicht einfach so hängen lassen", wandte Rita ein.

„Mensch, Rita, das habe ich ja auch gar nicht vor", erklärte Oma Pusch, „ich will ihn doch nur genauer in Augenschein nehmen, bevor ich meinen Neffen anrufe. Das ist doch wohl verständlich."

Seit einiger Zeit war Eike Hintermoser Kommissar auf der Dienststelle in Esens. Ein Sohn ihrer Tochter Antje, die zu ihrem Leidwesen nach Bayern ausgewandert war. Obwohl sie sich dort ganz gut eingelebt hatte, blieb sie, was sie war. Eine Ostfriesin, jemand mit Migrationshintergrund. Erst Eikes Geburt stimmte die Alpenländler milde. Sie empfanden seine Ankunft als den Beginn einer Integration. Nur der Vorname hätte ruhig bayrisch sein können, fanden sie und belächelten die Nord-Süd-Kombination von Vor- und Nachnamen. Eike Hintermoser! Das klang schräg und stempelte ihn lebenslang als Mischling ab. Glücklicherweise verpassten ihm Gleichaltrige in der Grundschule den Spitznamen Eitzi, der tatsächlich landestypischer schien, wenn man auch im ersten Moment nicht darauf kam warum. Es hörte sich ähnlich an wie Ötzi, die Bergmumie aus dem Ötztal, und dieser Vorfahr war ja geradezu der Inbegriff eines Einheimischen. Hier oben an der Küste nannten ihn jedoch alle Eike. Logisch. So hieß er schließlich, und Oma Puschs Neffe würde einen Teufel tun, seinen bajuwarischen Spitznamen an die Ostfriesen zu verraten, um sich der Lächerlichkeit preiszugeben. Sie selbst kannte ihn natürlich und hoffte inständig, dass die Liebe ihn hier festhalten würde.

Der Grund war, dass sie auf eine Deern mit einem echt norddeutschen Nachnamen hoffte, den Eike im besten Fall annehmen sollte, wenn die Verehelichung anstand. Sie hatte auch schon eine im Visier ... aber herrjeh, sie schweifte ab.

„Hallo?", fragte Rita. „Wo bist du mit deinen Gedanken? Die Möwen picken gleich an Emil rum. Ruf jetzt den Eike an!"

„Später", sagte Oma Pusch entschlossen und warf mit einem Korken nach dem Vogel, der verärgert kreischend aufflatterte.

Rita schüttelte den Kopf. „Nee, nee. Du hast Nerven. Gib mir einen Schnaps, bitte!"

„Was hättest du denn gerne für einen?", fragte Oma Pusch.

„Was Hochprozentiges!"

„Ich hätte da was Passendes", schlug Oma Pusch vor. „Einen Friesengeist. Wie wär's?"

Rita fielen Margas Worte wieder ein, aber sie schüttelte den Gedanken ab. „Gut, nur ohne Anzünden und den ganzen Schnickschnack. Ich nehm ihn pur", bat Rita, die immer noch keine Farbe im Gesicht hatte. Oma Pusch schenkte ihr einen doppelten ein und sah zu, wie Rita den Pfefferminzschnaps trank und dann hustete. Sie klopfte ihr auf die Schulter.

„Jetzt bleib mal schön hier sitzen", schlug Oma Pusch vor und ging mit dem Opernglas zum Fenster. „Möchtest du, dass ich dir berichte, oder soll ich dich lieber mit Details verschonen?"

„Bist du verrückt? Selbstverständlich will ich alles wissen, aber ich möchte nicht so genau hinschauen, verstehst du?", fragte Rita.

Oma Pusch nickte, aber sie hörte nicht mehr richtig zu, weil sie Emil von Nahem betrachtete und völlig in sein Gesicht vertieft war. Die Haare standen wirr im Wind. So hatte sie freie Sicht auf sein Profil. Für einen Toten sah er halbwegs passabel aus. Gut, er war blassblau, etwas aufgedunsen und die Augen standen offen, als ob er staunen würde. Sein Mund war nicht ganz geschlossen. Ein bisschen blitzte die Zahnreihe durch die Lippen, wobei man den Eindruck hatte, dass nur die untere ein wenig herabhing. Interessanterweise war nirgendwo Blut zu sehen, nur ein paar punktförmige Flecken um die Lider, die Oma Pusch einen Hinweis gaben.

„Und?", fragte Rita leise. „Kannst du schon was Genaueres sagen?"

„Ich wundere mich", antwortete Oma Pusch.

„Wieso?", wollte Rita wissen.

„Er ist zu schön für einen Erhängten", gab Oma Pusch Auskunft. „Ich habe mal gehört, dass die ganz schrecklich aussehen sollen."

„Wie denn?" Rita war im Zwiespalt mit sich selbst. Sie war auf der einen Seite wahnsinnig neugierig und auf der anderen etwas zart besaitet. Fragen musste sie dennoch.

„Also, ich hörte mal, dass die Zunge schwarz aus dem Mund hängen soll. Tut sie bei Emil aber nicht."

Rita schluckte und fühlte ihre eigene schwer hinter den Zähnen liegen. „Aha", entfuhr es ihr. Dann hustete sie.

Oma Pusch war längst wieder bei der Leichenschau. Der Hals war wichtig. Den sollte sie sich genau ansehen, damit sie später im Internet ergründen konnte, welche Spuren sich dort bei einem Erhängten zeigten. Leider drehte sich Emil etwas im Wind, sodass sie nicht frontal auf ihn gucken konnte. Dafür hatte sie jetzt eine gute Sicht auf das Seil.

„Du, der hängt an einem knallroten Seemannsknoten, glaube ich, aber ich kenne die Knüpfart nicht", rief Oma Pusch ihrer Freundin zu.

„Komisch", gab Rita zurück, „ich dachte, man muss so einen wie im Wilden Westen nehmen. Dass sich auch welche von der Küste eignen, ist interessant, finde ich."

„Hab ich auch nicht gewusst", gab Oma Pusch zu. „Ich kenne nur die aus den Lucky-Luke-Heften."

Rita grinste und nickte. „Man müsste jetzt eine ordentliche Digitalkamera haben, um alles festzuhalten."

„Das ist die beste Idee, die du seit Langem hattest", freute sich Oma Pusch. „Meinst du, wir können ihn so lange hängen lassen, bis ich eine besorgt habe?"

„Leih dir doch die von Enno", schlug Rita vor. „Ich wette aber, er wird den Braten hinterher riechen und dir die Hölle heiß machen."

Enno Esen war Oma Puschs Schwager. Der Bruder des im Meer verschollenen Fridtjof. Als Modearzt für vor allem weibliche Touristen hatte er in der Vergangenheit nichts anbrennen lassen. Jetzt war er allerdings in die Jahre gekommen und hatte sich in vielerlei Hinsicht umorientiert. Er vernaschte nicht mehr alles, was nicht bei drei auf dem Baum war. Rein arbeitstechnisch war er neben seinen Sprechstunden in einer Dependance der Rechtsmedizin Leer für die Untersuchung außergewöhnlicher Todesfälle verantwortlich. Sie lag im Keller des Bestattungsinstitutes Fritsche & Esen in Esens. Noch immer haderte Oma Pusch mit dem Umstand, dass ihr Sohn Nils einen Beruf ergriffen hatte, der ihn für die Damenwelt als Totenwäscher und -herrichter deklassierte. Das dachte sie zumindest, weil er noch immer ungebunden war. Sie konnte nicht ahnen, dass es ihr Jüngster ziemlich bunt in der Umgebung trieb, ohne sich festlegen zu wollen. Seinen Beruf verschwieg er meist. Er war ja schließlich nicht blöd. Welche Frau stellte sich schon gerne vor, womit sich seine Hände tagsüber beschäftigten, wenn sie nachts von ihm gestreichelt wurde?

Oma Pusch schüttelte vehement den Kopf. „Da kaufe ich mir lieber eben eine mit Teleobjektiv, als später eine Litanei über mich ergehen lassen zu müssen."

„Wo willst du die denn so schnell herkriegen? Das dauert zu lange", wandte Rita ein. „Ich schlage vor, dass du aufzeichnest oder aufschreibst, was du siehst. Du kannst dir danach eine zulegen, damit wir gewappnet sind, falls uns noch mal ein Toter unterkommt."

„Ich vermute, du hast recht", gab Oma Pusch zerknirscht zu, „aber ich habe einen Vorschlag. Du notierst, was ich dir durchgebe. Parallel zeichne ich hier auf der Fensterbank den Knoten nach und wie er am Hals sitzt. Einverstanden?"

Rita nickte. „Ist ja ein Wunder, dass der dürre Hering sich überhaupt erhängen konnte. Er wog doch fast nichts."

„Vielleicht ist er ja noch ein Stückchen höher geklettert und dann gesprungen", mutmaßte Oma Pusch, die schon wieder durch das Opernglas schaute. „Da hätte er mehr Wums gehabt. Aber ich glaub's nicht, weil er sich dann bestimmt das Genick gebrochen hätte und sofort tot gewesen wäre. Bei den lila Sprenkeln im blauen Gesicht wette ich eher, dass er erstickt ist. So, aber jetzt schreib mit, was ich dir sage und ja nix auslassen!"

„Kann ich die Verfärbung schon notieren?", fragte Rita.

„Schreib mal lieber blassblau", bat Oma Pusch und dachte an den blauen Klabauter von Pumuckel. Manchmal kamen ihr einfach solche komischen, unpassenden Einfälle. Dafür konnte sie nichts. Sie hatte einfach zu viel Fantasie. „Pünktchen um die Augen", fuhr sie fort, „wie kleine lila Flecke, ein aufgedunsenes

Gesicht, das bei ihm aber eher so wirkt, als hätte ihm jemand die Falten aus seinem hageren Antlitz gebügelt. Steht ihm gut. Dann haben wir noch einen fast geschlossenen Mund. Seine Zunge ist nicht zu sehen. Nur die Zähne ein bisschen. Die Unterlippe scheint zu hängen. Vielleicht ist das Weiße in seinen Augen ein bisschen rot, aber das kann ich auf die Entfernung nur vermuten. Warte, jetzt dreht er sich nach backbord. Ach, guck mal einer an, da ist ja doch Blut. Ein bisschen ist aus seinem Ohr gesickert. Fast nicht der Rede wert, aber schreib's trotzdem auf."

„Hat das Seil denn nicht in seinen Hals geschnitten?", wollte Rita wissen.

„Hm, tja, komisch. Da kann ich überhaupt nichts sehen. Ich kann sogar fast den Strick nicht sehen, weil der irgendwie in der Haut zu verschwinden scheint, so als ob du einen zu schlaffen Luftballon in der Mitte einschnürst."

„Es wölbt sich der Hals darüber?", fragte Rita.

„Ja, ungefähr so könnte man es beschreiben", bestätigte Oma Pusch.

Es klingelte an der Tür und eine männliche Stimme rief: „Lotti, wollen wir zusammen frühstücken? Ich habe Brötchen mitgebracht."

Beide Frauen zuckten zusammen.

„Ruhe, du Lümmel", gab Ronny seinen Senf dazu.

„Ach, du heilige ...", entfuhr es Oma Pusch, „das ist Enno. Ausgerechnet er! Du musst ihn abwimmeln, Rita, bitte! Den können wir jetzt hier überhaupt nicht gebrauchen."

„Was soll ich ihm denn sagen?", flüsterte Rita.

Oma Pusch schloss eilig das Wohnzimmerfenster und zog die Gardine vor, dann schlüpfte sie im Gehen aus ihrem Oberteil und sprang nur mit dem BH bekleidet ins Bett. „Sag, dass ich irre Kopfschmerzen habe und unpässlich bin", zischte sie ihrer Freundin im Vorbeigehen zu. „Du hast mir Tabletten gebracht. Lass ihn auf keinen Fall zum Fenster gehen."

Rita erhob sich schwerfällig aus dem Sessel und ging zur Wohnungstür. Enno staunte nicht schlecht, als statt der erwarteten, inzwischen geschätzten Schwägerin ihre Vertraute öffnete und ein trauriges Gesicht machte.

„Ach, Enno, du bist es. Wie schön, dich zu sehen. Aber das mit dem Frühstück wird wohl heute leider nichts werden. Lotti liegt mit rasenden Kopfschmerzen flach. Ich habe ihr gerade etwas zum Einnehmen gebracht."

„Es wird doch hoffentlich keine Migräne sein?", überlegte Enno. „Was hast du ihr denn gegeben? Lass mich mal nach ihr gucken!" Er rauschte an ihr vorbei ins Wohnzimmer.

Rita stockte der Atem. Da sollte er nun überhaupt nicht hin. Und wie hießen diese Tabletten noch? Sie konnte sich das komische Wort so schlecht merken. „Äh, sie ist im Bett", erklärte Rita. Enno drehte ab ins Schlafzimmer. Rita atmete auf.

„Ibuprofen", half Oma Pusch mit schmerzerfüllter Stimme aus den Kissen. „Sie hat mir Ibuprofen gebracht." Dabei wurde sie rot. Ob das wegen der Lüge geschah oder wegen Ennos Nähe, wusste sie selbst nicht.

Der Arzt der Lebenden und der Toten, wie er sich im Geheimen nannte, musterte Oma Pusch mit einem abschätzenden Blick. „Du bist ja ganz rot!" Dann fühlte er ihre Stirn. „Und heiß auch noch. Die Luft ist hier auch ziemlich stickig. Wir sollten mal durchlüften. Hast du Temperatur?"

Oma Pusch schüttelte den Kopf.

„Du hast also gemessen?“, fragte er, während er das Schlafzimmerfenster hinter dem Alkoven aufriss.

„Nein“, sagte Oma Pusch.

„Wie kannst du es dann wissen?“, erkundigte sich Enno und rief Rita zu, sie möge doch mal die Wohnzimmerfenster zum Querlüften öffnen.

Oma Pusch, die in höchster Alarmbereitschaft unter der Decke lag, hielt seinem forschenden Blick stand. „Ich fühle mich einfach nicht so, als ob ich welche hätte. Es geht mir auch schon viel besser.“

„Liegen bleiben“, donnerte Enno. „Ich will dich erst untersuchen.“

Rita war in ihrer Not nichts Besseres eingefallen, als die Vorhänge vor die geöffneten Fenster zu ziehen, damit Enno nicht herausschauen konnte. Das hatte allerdings zur Folge, dass sie wegen des Durchzugs wie wehende Fahnen im Wind flatterten und erst recht Blicke auf sich zogen. Tja, und wer vom Hafen aus nach oben in Richtung „Dattein“ blickte, dem blieb leider nicht verborgen, dass an Emils Mast keine Flagge baumelte, sondern er selbst.

Ein fast animalischer Schrei erschütterte die Menschen, die sich an diesem frühen Morgen im Hafen von Neuharlingersiel aufhielten. Er kam ausgerechnet aus der Kehle von Lina Hansen, die jüngst ihren Gatten zu Grabe getragen hatte, nachdem er im eigenen Gewächshaus unter den Radieschen wieder aufgetaucht war (siehe FriesenNerz).

Noch während ihr Schrei verhallte, fiel sie auch schon um und landete direkt vor den Füßen von Leni Sievertsen, die auf dem Weg zu ihrer Backfischbude war und nun ihrerseits laut brüllend nach Hilfe rief. Sie hatte Emil überhaupt noch nicht gesehen und wusste nicht, wieso die alte Dame umgekippt war. Das Geschehen konzentrierte sich jetzt nur auf die arme Lina. Sie war bewusstlos. Jemand hielt ihre Beine in die Höhe.

Rita wagte wegen des Tumults einen kurzen Blick aus dem Fenster und Enno rief aus dem Schlafzimmer: „Was ist denn da draußen los?"

„Hilfe, zur Hilfe", imitierte Ronny die Rufe von draußen und Rita versuchte es mit einem „Ach, nichts!", das nicht sehr glaubwürdig klang.

„Was soll denn schon los sein, so frühmorgens am Hafen?", versuchte Oma Pusch ein letztes Ablenkungsmanöver. „Bestimmt haben sich ein paar Fischer in der Wolle."

„So, so", sagte Enno misstrauisch, „und die sind weiblich und blöken da unten so rum, dass man sie bis in dein Schlafzimmer hört? Das will ich mir selber mal ansehen. Vielleicht wird ärztliche Hilfe gebraucht. Bin gleich wieder da."

Es war nix zu machen. Oma Pusch konnte nichts mehr tun. Wenn nicht Rita jetzt noch eine Idee hatte, war Emils Entdeckung nur durch ein Wunder aufzuhalten. Die spielte tatsächlich mit dem Gedanken, Enno ein Bein zu stellen, stand dann aber nur unschlüssig im Weg rum, sodass er zwar ins Straucheln kam, sich aber abfangen und mit letzter Kraft an der Fensterbank im Wohnzimmer abstützen konnte. Oma Puschs Zeichnung fiel gnädigerweise zu Boden und geriet damit erst einmal aus seinem Sichtfeld. Dafür stieß sein Kopf durch die Gardine hindurch und gab den Blick auf Emil frei. Doch auch im Hafen hatte man ihn jetzt entdeckt, denn Lina war wieder bei Bewusstsein und zeigte nach oben.

Nachtigall, ick hör dir trapsen, dachte Enno. Die beiden hatten ihn doch wieder auf den Leim führen wollen. Er schwankte zwischen Ärger und Belustigung, rief sich dann aber zur Raison im Angesicht des verblichenen Emil, der, so wie es aussah, freiwillig aus dem Leben geschieden war. Traurig, aber nachvollziehbar, wenn man bedachte, was alles über ihn erzählt wurde. Den Ort am Mast des eigenen Kahns fand Enno gut gewählt. Das hatte schon Stil. Trotzdem konnte er sein Frühstück jetzt erst mal vergessen, jedenfalls ein gemütliches. Er schloss das Fenster und zog die Gardine zu. Dabei trat er auf etwas Knisterndes und bückte sich. Stirnrunzelnd betrachtete er die etwas linkische Zeichnung und grinste dann, als er sie heimlich in die Tasche steckte.

Rita stand wie angewurzelt am Wohnzimmertisch und schien etwas verdecken zu wollen.

„Nu koch mal deiner Freundin einen ordentlichen Tee!", sagte Enno und drückte ihr die Brötchentüte in die Hand, nachdem er sich ein Croissant herausgenommen hatte. „Ich muss leider runter zum Hafen. Da ist jemand umgekippt."

Emil erwähnte er mit keiner Silbe. Rita war verwirrt. Er schien ihn übersehen zu haben. Sie stand unschlüssig am selben Platz und guckte wie eine Kuh, wenn's donnert.

„Watt is nu? Willst du hier Wurzeln schlagen oder dich um Lotti kümmern?" Enno fiel es schwer, nicht laut loszulachen. Sie sah wirklich zu dusselig aus.

„Äh ja, gut, dann will ich mal ...", begann Rita und ging in die Küche.

Ennos Blick fiel auf den Schreibblock. Kurz überflog er die Notizen, riss dann schmunzelnd das Blatt ab und steckte es zu den Zeichnungen in seiner Hosentasche.

Den beiden würde er was husten, dachte er, aber erst später. Jetzt genoss er ihre Verwirrung. Im Vorbeigehen rief er seiner Schwägerin zu, dass sie ja im Bett bleiben solle. Mit so schrecklichen Kopfschmerzen sei nicht zu spaßen. Das könne auch immer der Vorbote eines Schlaganfalls sein. Und sie wolle doch schließlich nicht gelähmt sein.

Bei diesen Worten fuhr Oma Pusch zusammen. Der Schreck schoss ihr sozusagen in die Glieder. Schlaganfall! Eine Horrorvision. Dabei vergaß sie gänzlich, dass sie überhaupt keine Kopfschmerzen hatte. Sie fühlte sich plötzlich schlapp und freute sich, als Rita das Tablett mit dem Tee brachte.

„Du, der hat gar nix gemerkt", sagte sie. „Wollen wir weitermachen und den Tee mit zum Fenster nehmen? Da scheint jemand umgekippt zu sein. Deswegen ist Enno so schnell weg."

„Wer denn?" Im Nu war Oma Pusch wieder kuriert. Das war ja ein Morgen. Sie schwang ihre Beine aus dem Bett und schlüpfte in ihre Pantoffeln.

„Keine Ahnung", antwortete Rita, „wir können ja mal gucken, ob wir das von hier oben sehen."

Oma Pusch war als Erste am Fenster und riss die Gardine zur Seite. Das Opernglas lag noch auf der anderen Fensterbank. Rita stellte den Tee auf den Wohnzimmertisch und stutzte.

„Du, Lotti, weißt du was? Meine Notizen sind verschwunden", sagte sie verwirrt. „Die lagen eben noch hier."

„Kann nicht sein", gab Oma Pusch zurück und stutzte. „Hast du meine Zeichnungen gesehen?"

„Nö, die lagen doch da bei dir", erwiderte Rita.

„Die sind auch weg", bemerkte Oma Pusch. Ihr ging ein Licht auf, aber sie konnte es kaum fassen. „Enno muss die Sachen mitgenommen haben", stellte sie entrüstet fest und stierte aus dem Fenster, das Opernglas fest an die Scheibe gepresst.

„Dann hat er Emil wohl doch gesehen", sagte Rita. „Trotzdem hätte ich ihm nicht zugetraut, dass er uns beklaut."

„Den Diebstahl können wir kaum melden", antwortete Oma Pusch, die sich auf das Geschehen im Hafen konzentrierte. Enno kniete an der Seite einer Frau und winkte lächelnd zu ihrem Fenster hoch. Dieser Saukerl hatte sie reingelegt! Er hatte ihr Angst gemacht mit seinem Schlaganfallgefasel. Und dann verdeckte er auch noch das Gesicht der Frau, die er behandelte.

„Kannst du schon sehen, wer es ist?", fragte Rita.

„Nein, unser lieber Enno will uns wohl nicht teilhaben lassen. Er hat sich wahrscheinlich extra so hingehockt, dass wir nix erkennen können. Warte, jetzt kommen sie mit dem Tragestuhl." Oma Pusch stutzte. „Ach, du meine Güte!", entfuhr es ihr.

„Was denn?", wollte Rita wissen. „Nun sag schon!"

„Halt die Klappe, du dusselige Nuss!", mischte sich Ronny ein und erntete einen bösen Blick.

„Du kommst in die Pfanne, du Störenfried", schimpfte Rita.

Ronny schnalzte mit der Zunge.

„Stell dir vor, es ist Lina!", rief Oma Pusch, die zusah, wie man die bleiche Frau davontrug.

„Ausgerechnet Lina", sagte Rita. „Die Arme, wo sie kürzlich erst die Leiche ihres Mannes finden musste ..."

„Ja, das ist direkt tragisch", bestätigte Oma Pusch und ließ das Opernglas sinken. „Ich brauch jetzt erst mal einen Tee. Dabei können wir nachdenken. Die Polizei wird jetzt sowieso von Enno verständigt werden. Darum brauchen wir uns nicht mehr zu kümmern. Aber dass er unsere Aufzeichnungen mitgenommen hat, das nehme ich ihm persönlich übel." Sie setzte sich zu Rita an den Wohnzimmertisch.

„Das gehört sich auch wirklich nicht", stimmte ihre Freundin zu. „Es war doch nicht verboten, dass wir unsere Beobachtungen aufgezeichnet haben. Vielleicht hätten wir sie sogar der Polizei zur Verfügung gestellt."

„Genau", sagte Oma Pusch. „Aber warte mal!" Sie hatte plötzlich eine Idee. „Gib mir mal den Block her und den Bleistift von da hinten."

Rita reichte ihr das Gewünschte. „Was hast du denn nun vor?"

„Ich mache das Geschriebene wieder sichtbar", gab Oma Pusch schmunzelnd zurück. „Kennst du das nicht von früher?"

Rita schüttelte den Kopf und sah zu, wie ihre Freundin Lotti ein Blatt aus dem hinteren Teil des Blockes herausriss und dieses auf das obere leere legte. Dann fuhr sie ganz leicht mit dem Bleistift über die Oberfläche. Rita staunte, als ihre Buchstaben wieder zum Vorschein kamen.

„Klasse“, freute sie sich. „Nur schade, dass wir das mit deinen Zeichnungen nicht machen können.“

„Kein Problem, die fertige ich gleich noch mal an“, sagte Oma Pusch und trank einen Schluck Tee. „So schnell werden die nicht hier sein.“

Aber da täuschte sich unsere Lotti Esen. Als sie wieder aus dem Fenster schaute, konnte sie Emil trotz Opernglas nicht sehen, weil sie direkt auf den Hinterschopf eines Mannes blickte, der den Mast wie einen Baum mit Steigeisen emporgeklettert war und einen Shanty trällerte. Dabei fotografierte er die Leiche ungeniert. Weit und breit konnte sie keinen Einsatzwagen oder Beamten erkennen. Auch Enno war nicht zu sehen. Das konnte nur ein Gaffer sein. Einer von der schlimmsten Sorte, der das Opfer auch noch ablichtete.

Oma Pusch riss das Fenster auf. „Hey, das ist Emils Kutter. Sie haben da nicht herumzulungern oder zu knipsen. Die Polizei wird gleich hier sein. Was machen Sie denn da überhaupt?“

„Spuren sichern“, sagte Bodo Siebenstein trocken und wandte sich der älteren Dame zu, die ihn aus dem Fenster beschimpfte. „Würden Sie mich jetzt bitte meine Arbeit machen lassen und das Fenster schließen?“

„Ich denke nicht daran“, sagte Oma Pusch kämpferisch. „Ich warte erst, bis mein Neffe da ist. Das kann ja jeder behaupten.“

„Ihre sensationslustige Verwandtschaft interessiert mich nicht“, erwiderte Bodo Siebenstein, „die Kinovorstellung ist jetzt beendet. Wenn Sie mich nicht sofort meine Arbeit tun lassen und das Fenster schließen, wird das rechtliche Folgen für Sie haben. Ein Bußgeld ist das Mindeste. Moment, ich will eben ein Beweisfoto von Ihnen machen." Ihm war das Singen vergangen. Die Alte nervte ganz einfach. Er richtete das Objektiv der Kamera auf sie und Oma Pusch schlug wütend das Fenster zu. So hatte man sie noch nie behandelt. Und das würde sie sich auch nicht gefallen lassen! Sie riss den Flügel wieder auf. Es knipste. Eine Unverschämtheit.

„Von Ihnen lasse ich mich nicht in meinen Grundrechten beschneiden", keifte sie ihr Gegenüber an. „Das ist mein Fenster, und aus dem gucke ich, so lange ich will. Ob Ihnen das nun passt oder nicht. Außerdem gibt es das Recht auf das eigene Bild. Ich fordere Sie auf, das Foto sofort zu löschen. Ansonsten ..." Weiter kam sie nicht.

„Lotti, du vergisst dich", zischte Rita von hinten.

„Nun mal ruhig Blut, ihr beiden", versuchte Enno von unten zu vermitteln. Er war inzwischen, nachdem die alte Frau Hansen von den Sanitätern übernommen worden war, auf Emils alten Kutter geklettert und stand unten am Mast. „Darf ich vielleicht mal vorstellen?", begann er. „Lotti Esen, meine Schwägerin ..."

„Für den da Charlotte Esen", warf Oma Pusch wütend ein. Gelegentlich nutzte sie ihren ungeliebten Vornamen wie ein Bollwerk, um größtmögliche Antipathie zu vermitteln.

„Von mir aus Charlotte Esen", grinste Enno, „aber trotzdem Schwägerin. Im vergangenen Jahr konnten durch ihre Mithilfe mehrere Morde aufgeklärt werden."

Bodos Gesicht hellte sich auf. „Ach, Sie sind das!", schmunzelte er. „Da stellt sich mir natürlich die Frage, ob dieser Fundort hier nicht absichtlich gewählt worden ist. So direkt vor Ihrer Nase."

Oma Pusch machte eine wegwerfende Handbewegung. Sie fühlte sich auf den Arm genommen, überlegte aber, ob er nicht recht haben könnte.

„Das ist übrigens Bodo Siebenstein, der Chef der Spurensicherung, den du da so beschimpft hast", rief Enno von unten.

„Mir doch egal. Er wollte mich in meinen Grundrechten beschneiden", wandte Oma Pusch ein, „ich schaue aus meinem Fenster, wann ich will. Basta!"

„Lotti, nun gib doch endlich nach", seufzte Rita, die jetzt hinter ihr stand.

„Und dann knipst der mich noch, wenn ich hier halb angezogen hinausschaue, wie ein Spa...", wetterte Oma Pusch weiter.

„Lotti!", rief Enno ärgerlich von unten.

Bodo Siebenstein wurde puterrot. Was bildete sich die Alte ein, das man da an ihrem welken Leib sehen wollte?

Aber er schwieg und warf ihr nur einen vernichtenden Blick zu.

„Jetzt mach dein Fenster zu und lass uns unsere Arbeit tun. Hast du nicht selbst schon genug Aufzeichnungen gemacht?", fragte Enno drohend.

„Ach du hast die, du Verräter", schrie sie, „lass dich bloß nicht wieder bei mir blicken." Dann donnerte sie das Fenster so heftig zu, dass die Scheiben klirrten und zog die Vorhänge vor.

Rita legte ihr die Hand auf die Schulter. Sie hatte das Geschehen genau verfolgt. „Nun beruhig dich erst mal", schlug sie vor. „Vielleicht setzt du dich einen Moment und isst etwas."

Oma Pusch winkte ab.

Fast kam es Rita so vor, als sähe sie einen leichten Anflug von Feuchtigkeit in den Augen ihrer Freundin.

„Ich weiß gar nicht, wieso du dich da jetzt so aufgeregt hast", begann sie vorsichtig. „Dieser Siebenstein war doch im Recht. Wir konnten letztes Jahr auch nicht so einfach an meinem Zaun stehen bleiben und seelenruhig zuschauen, wie man den ollen Fiete wieder ausgräbt. Hast du das vergessen?"

„Ach, aber da durften wir wenigstens aus deiner Mansarde alles beobachten", wandte Oma Pusch ein.

„Durften ist wohl zu viel gesagt", widersprach Rita, „man hat uns nur nicht entdeckt, weil es weiter weg war, aber hier sind das nur ein paar Meter. Die Beamten können anderen auch keinen Einblick in ihre Ermittlungsarbeit geben. Das musst du doch verstehen."

„Von mir aus", gab Oma Pusch nur widerwillig zu, „aber das, was Enno gemacht hat, das finde ich fies, geradezu verachtungswürdig. Und das, wo ich dachte ..." Ihre Stimme erstarb.

„Wo du was dachtest?", wollte Rita wissen. Sie ahnte, was ihre Freundin meinte. Ihr war nicht entgangen, dass die beiden zunehmend Sympathie füreinander hegten.

„Wo ich dachte, dass wir denen im letzten Jahr so gut geholfen haben", log Oma Pusch.

„Aha", sagte Rita, „und sonst nichts weiter?"

Sie schüttelte vehement den Kopf, vielleicht etwas zu heftig. „Wir müssen jetzt dringend überlegen, was wir tun können, um rauszufinden, was mit Emil passiert ist."

„Du lässt wohl nicht locker", lachte Rita jetzt, „dabei hast du dir selbst einen großen Brocken in den Weg gelegt, indem du es dir mit Enno verdorben hast. Diese Quelle ist jetzt bestimmt für immer versiegt."

„Mal sehen", sagte Oma Pusch, die sich inzwischen ärgerte, dass die Pferde mit ihr durchgegangen waren. Eigentlich hatte sie sich ganz gut im Griff. Es passierte ihr nur noch sehr selten, dass ihr Temperament so zum Ausbruch kam. Das war so ähnlich wie mit dem Genuss von Alkohol. In jungen Jahren verschätzte man sich oft noch mit der Menge, die man vertrug. Normalerweise blieb sie ruhig, wenn man sie reizte. Sie musste sich etwas einfallen lassen, um die Sache wieder einzurenken.

„Mistkerl, bleeder, verreckter!", kreischte Ronny auf sächsisch und traf damit genau ins Schwarze, wie Oma Pusch fand.

Rita verdrehte die Augen.

„Wir müssen jetzt gut Wetter machen", schlug Oma Pusch vor. „Wie wäre es, wenn wir flugs in den Kiosk gingen und quasi zur Stärkung der ermittelnden Beamten ein paar Rollmopsbrötchen schmieren würden?" Sie grinste.

„Dann würde ich mir aber erst mal wieder was anziehen", sagte Rita mit abschätzigem Blick auf die Cellulite an ihren Beinen.

Oma Pusch übersah diesen Hinweis auf ihren Makel und eilte ins Schlafzimmer. Ratzfatz war sie bereit zum Angriff.

Rita und Oma Pusch duckten sich im Vorbeigehen, während es rund um Emils Kutter von Beamten nur so wimmelte.

„Zähl mal, wie viele es sind!", bat Oma Pusch flüsternd, als sie hinter einer Hecke stoppte.

Rita murmelte und nahm ihre Finger zu Hilfe. „Sehen kann ich im Moment neun", erklärte sie, „deinen Neffen Eike, seinen Kollegen Martin Hinrichsen, den Kerl da im Mast, mit dem du dich in der Wolle hattest, dann die Küstenschönheit Nele Freese, die bei der Spurensicherung arbeiten soll, hörte ich, Enno natürlich und dein Sohn Nils ist auch schon mit dem Leichenwagen da, samt Rico versteht sich. Die zwei in den weißen Schutzanzügen auf Deck kenne oder erkenne ich nicht."

„Also, runden wir auf zehn auf", überlegte Oma Pusch laut.

Schnell schlichen sich die beiden Frauen an der Absperrung und den vielen Gaffern vorbei. Kurze Zeit später öffnete der Bäckerladen von Johann Hinrichs, der an der Ostseite des Hafens lag. Sie mussten warten. Die dicke Trine bediente gerade Malte Cassens, der sein Brot in Scheiben geschnitten haben wollte. Während die Maschine ihre Arbeit verrichtete, blieb genug Zeit für einen bedeutungsschweren Satz.

„Och nee, der arme Emil", begann sie, „habt ihr ihn gesehen?" Sie nickte Rita und Oma Pusch ebenfalls ein kurzes „Moin" zu.

„Irgendwann musste es ja so kommen", sinnierte Malte, „so viel, wie der immer soff. Aber ich hätte eher gedacht, dass den mal das Meer verschlucken würde."

„Wär ja auch fast mal passiert", sagte Oma Pusch, die sich an den Vorfall erinnerte.

„Vielleicht hat es ihn wieder ausgespuckt, den hochprozentigen Kerl", überlegte Rita, „er ging bestimmt nicht unter."

Oma Pusch zog die Stirn in Falten. So kannte sie ihre Freundin ja gar nicht. „Einen Grund hatte er ja."

„Mensch, das mit dem Jungen ist doch Jahre her", gab Malte seinen Senf dazu.

„Da kommste aber nicht drüber wech", seufzte Trine und ließ das Brot in den Plastikbeutel gleiten. „Macht vierfünfzig!"

„Wie dem auch sei, nicht mein Problem", sagte Malte und zählte die Münzen auf den Tresen. „Schönen Tach noch."

Die Türklingel schellte zweimal, dann war Malte Cassens weg. Jetzt waren die Frauen unter sich.

„Dass der sich am Mast aufgebaumelt hat", sinnierte Trine, „vor all den Leuten, wo er doch sonst lieber für sich war."

„Je nach Alkoholpegel", wandte Rita ein, „wenn er was intus hatte, konnte er schon gesellig sein."

„Mit allzu viel Promille wär er da aber nur noch schwer hochgekommen", überlegte Oma Pusch. „Aufentern, wenn du einen im Kahn hast", sie schüttelte den Kopf, „dabei kann man leicht abstürzen."

„Wär doch auch eine gute Alternative gewesen, wenn er sich sowieso umbringen wollte", sagte Rita. „Kopfüber auf Deck ..."

Trine machte ein angeekeltes Gesicht. „Ach nee, das viele Blut!"

„Du, das muss nich“, wandte Oma Pusch ein. „Je nachdem, wie man fällt, brechen Arme oder Beine und es gibt eher innere Verletzungen. Man muss ja nicht unbedingt auf den Kopf fallen.“

„Oder auf den Anker oder das Steuerrad, wo man sich aufspießen kann“, ergänzte Rita und Trine zuckte zusammen.

„Also, mir tut er ja irgendwie leid“, sagte sie. „Wenn einer so verzweifelt ist, dass er im Leben keinen Sinn mehr sieht.“

„Fünfzehn Brötchen bitte“, warf Oma Pusch dazwischen. Trine packte mechanisch mit leerem Blick.

„Wieso?“, fragte Rita. „Der merkt doch nix mehr. Den brauchst du nicht mehr zu bedauern. Seine Hedwig sollte dir leid tun und das nicht erst seit heute. Obwohl die vielleicht ganz froh ist, wenn sie ihn los ist.“

„Rita!“, sagte Oma Pusch gespielt entrüstet.

Die seufzte. „Stimmt doch. Ich warte draußen.“

„Ja, die Hedwig“, flüsterte die dicke Trine, obwohl kein anderer mehr im Raum war. „Zuerst das mit dem Jungen, dann die Arbeitslosigkeit und die mageren Fänge und jetzt das. Wenigstens hat sie ihre Freundinnen.“

„Stricken die immer noch zusammen?“, wollte Oma Pusch wissen.

Trine nickte. „Manche häkeln auch. Meta stickt, soweit ich weiß.“

„Aha“, sagte Oma Pusch, die an diesen Details rund um das Handarbeiten nicht interessiert war. „Der Haussegen hing wohl oft schief?“

„Schief ist gar kein Ausdruck“, berichtete Trine, „die hatten längst getrennte Schlafzimmer. Es war wohl mehr so wie in einer Wohngemeinschaft, wobei die ganze Arbeit im Haus an ihr hängen blieb.“

„Was macht das?" Oma Pusch zückte ihre Geldbörse.

„Gib mir drei Euro glatt", bat Trine.

„Mich wundert es nur, dass das Haus noch nicht unterm Hammer war", überlegte Oma Pusch laut.

„Weil sie da noch wohnten?", fragte Trine.

Oma Pusch nickte.

„Also irgendwas war da mal", überlegte die Dicke, „aber ich weiß nicht mehr genau was. Ohne das Haus hätten sie sich gar nicht über Wasser halten können."

„Wie meinst du das?"

Trine machte ein trauriges Gesicht. „In der Saison, wenn die Touristen kamen, zogen die beiden Lürsens in den Keller. Ich hörte mal, dass Hedwig neben dem Heizkessel schlief und Emil im Waschkeller, weil es von da nach draußen ging und er doch morgens als Erster weg musste."

„Oha", entfuhr es Oma Pusch und Rita klopfte von außen an die Glastür.

„Ja, das Haus war dann komplett mit Küche und Bad bis in den Herbst hinein vermietet", erklärte Trine weiter.

„Und wo gingen sie auf Klo?" Die alte Dame runzelte die Stirn.

„Na ja, da gibt es noch ein altes Stallgebäude, das an das Haus angrenzt, mit Plumpsklo samt Deckel. Gekocht hat Hedwig da nebenan auf dem Holzkohleherd ihrer Großmutter. Aus der Zeit stammt auch noch die olle Zinkwanne, in der schon Generationen gebadet haben. Sie steht in der Ecke. Der Raum ist so ein bisschen wie eine Wohnküche in einem historischen Museum eingerichtet. Wenn ich zum Stricken da war, war das immer ganz gemütlich am Herdfeuer. Zu Beginn und Ende der Saison ist es ja noch ziemlich kalt. Also ohne das Feuer könnte man es da unmöglich aushalten. Aufs Plumpsklo bin ich übrigens nicht gegangen. Ich glaube, jede von den Frauen hat extra wenig getrunken, damit ihr das erspart blieb."

Oma Pusch nickte wissend und griff nach der Tür. Sie hatte diese Holzbretter mit großem Loch gehasst. Im Winter fror man sich den Allerwertesten ab und im Sommer fraßen einen die Fliegen. Noch dazu hatte sie als Kind Angst gehabt, mit dem Popo voran in den Abgrund zu fallen, aus dem es entsetzlich stank. Sie schüttelte sich innerlich und floh mit einem „Schönen Tach noch!"

Draußen wartete Rita schon ungeduldig. „Du Tratschsuse! Jetzt hast du den Moment verpasst, wo sie Emil herabgelassen haben, angeseilt wie einen Bergsteiger. Sah irgendwie merkwürdig aus. Der pendelte wie eine Kompassnadel. Enno ist jetzt an ihm dran."

„Und wenn schon", sagte Oma Pusch schnippisch, „so frisch wie ich hat er den nicht gesehen."

„Aber er hat deine Aufzeichnungen", seufzte Rita, „wirklich zu blöd."

Oma Pusch winkte ab. „Nicht so schlimm, ich hab die Bilder noch im Kopf. Ist doch sowieso fraglich, ob der aus meinem Gekritzel etwas herauslesen kann."

„Hauptsache, du schaffst es, ihn wieder einzulullen, damit du an Informationen kommst."

„Ja, ich weiß auch nicht, wieso ich so in Rage gekommen bin", gab Oma Pusch zu, „aber dieser Shanty singende Kerl da im Mast, der hat mich echt genervt. Ich konnte doch nicht ahnen, dass so einer bei der Spurensicherung ist."

Rita zuckte mit den Schultern. „Dann lass uns erst mal die Brötchen schmieren, sonst rücken die noch ab, bevor wir fertig sind."

Bodo Siebenstein war den Mast trällernd wieder herabgeklettert. Er hatte seine Arbeit verrichtet. Wie praktisch das doch heute mit einem Smartphone war. Man konnte es als Kamera und als Diktafon verwenden. Früher hatte er immer eine ganze Ausrüstung mitschleppen müssen. Gut, er sicherte nur erste Spuren, für die Details waren dann andere zuständig. Er kam erst wieder ins Spiel, wenn es um die Auswertung des Ganzen ging. Dieses Privileg hatte er sich hart erarbeitet.

Dr. Enno Esen kniete neben der Leiche und ging etwas dichter mit der Nase ran. Dass er dabei beobachtet wurde, entging ihm völlig. Zum einen, weil er konzentriert war und zum andern, weil er nicht damit rechnete, aus dieser Richtung ins Visier eines Neugierigen geraten zu können. Die Gaffer am Kai hatte man weggeschickt.

Aber auf dem Nachbarkahn hatte der alte Fischer Hinnerk das Deck geschrubbt. Nach einem Unfall auf hoher See zog er sein eines Bein nach und war froh, wenn er sich ein paar Kröten dazuverdienen konnte. Meist sammelte er Pfandflaschen am Strand, aber jetzt, zu Beginn der Saison, war seine Beute noch nicht allzu üppig, sodass er gerne Hilfsarbeiten auf den Kuttern annahm. Etwas vom Fang fiel auch meist für ihn ab.

Als er den Tumult rund um Emils Kahn bemerkte, schlich er sich an die Reling, verbarg sich hinter den Fischernetzen und war so ziemlich dicht am Geschehen. Er konnte alles sehen. Die Liegeplätze befanden sich nah beieinander. Das war nicht nur optisch interessant, sondern vor allem deswegen, weil er alle Gespräche auf dem Nachbardeck mithören konnte. Wenn das nicht was Tolles für die Lotti aus dem Kiosk war. Sie war immer scharf auf Tratsch oder Heimlichkeiten, und vielleicht gab sie ihm dann wieder eine Flasche Küstennebel mit oder spendierte ihm zwei Rollmopsbrötchen. Er musste jetzt nur ganz gut aufpassen, damit er alles haargenau wiedergeben konnte. Am liebsten hätte er mitgeschrieben, aber es würde auch so gehen.

Unterdessen war auch Kommissar Eike Hintermoser auf Deck geklettert.

„Ein komischer Knoten und dann auch noch in knallrot", sagte Enno gerade zu seinem Kollegen Bodo und nickte Eike zu.

„Ich würde ihn ja für einen komplizierten Fischerknoten halten", erwiderte Bodo.

„Möglich", Enno zuckte mit den Schultern. „Wenn mein Bruder Fridtjof noch leben würde, könnten wir ihn fragen."

Bodo lachte schallend. „Als ob es hier einen Mangel an Fischern geben würde ..." Er sah sich um.

Hinnerk duckte sich. Jetzt bloß nicht auffallen, dachte er. Mit Seemannsknoten kannte er sich natürlich aus, vielleicht sogar besser als diese jungen Schnösel, die einen auf dicke Hose machten. Er war noch in die harte Schule von Fiddi Momsen gegangen. Jede falsche Schlinge - ein Schlag in den Nacken. Ja, so war das damals und deswegen bemühte man sich tunlichst richtig zu winden, ohne dabei allzu viel einstecken zu müssen. Später konnte man die kompliziertesten Knoten im Schlaf oder im Dunkeln, wenn man plötzlich geweckt wurde und: Man vergaß sie auch nie wieder. Der Ablauf hatte sich eingebrannt, war in Fleisch und Blut übergegangen. Schmerzlich zwar, aber unverwüstlich. Er schätzte, dass er sie sogar dann noch binden konnte, wenn er dement würde.

Hinnerk hob den Kopf wieder etwas höher und erkannte, dass er die Anordnung der Schlingen ohne einen Feldstecher nicht erkennen konnte, trotz der grellen Farbe. Vorsichtig schlich er sich zum Führerhaus des Kutters und nahm das Fernglas von der Wand. Genauso leise und unsichtbar ging er zur Reling zurück und spähte durch die Linsen. Ja, das war viel besser, freute er sich insgeheim, runzelte dann aber die Stirn. So einen Seemannsknoten hatte er noch nie gesehen. Das war ein ganz und gar komisches Ding. Es schien in sich verwunden und verschlungen zu sein, ohne dass er erkennen konnte, auf welche Art und Weise da jemand vorgegangen war.

„Habt ihr eine Idee, wen wir am ehesten fragen können?", wollte Kommissar Eike Hintermoser wissen.

Enno sah auf die Uhr. „Ist jetzt schlecht", erklärte er. „Wer so früh rausfährt, legt sich hinterher gerne noch mal hin. Es würde extrem schlechte Laune verbreiten, wenn man jetzt wen weckt. Ich rate dringend, noch ein bisschen zu warten."

Bodo Siebenstein nickte summend.

„Da war aber eben nebenan noch einer an Deck tätig", sagte Eike.

Hinnerk zog den Kopf ein und hielt den Atem an.

„Ich seh da aber niemanden mehr", erwiderte Bodo mit einem Blick zur Seite.

„Gedulde dich, min Jung", schlug Enno vor, „wir werden das schon rausfinden, was das für ein seltsames Gespinst ist."

Der abgetauchte Hinnerk war jetzt in seinem Hörvermögen eingeschränkt und schnappte nur ein Wort aus dem letzten Satz auf, auf das er sich allerdings keinen Reim machen konnte. Was meinten die mit Gespenst? Sehr merkwürdig. Dachten die, da ging einer um, der die Leute zu Tode erschreckte, sodass sie sich aufbaumelten? Und das auch noch am eigenen Mast? Er hatte den Emil wohl erkannt. Feiner Kerl eigentlich. Dem Genuss und dem guten Leben nicht abgeneigt. Gelegentlich war es dazu gekommen, dass sie gemeinsam einen kippten. Na, das war nu vorbei. Aber er würde auf Emil anstoßen und ihm den Frieden wünschen, den sein Kumpel sich erhofft hatte.

Kurze Zeit später wagte er sich wieder hoch und sah gerade noch, wie Nils und Rico einen großen, schwarzen Plastiksack über die Reling hievten. Das Wasser war glücklicherweise wieder etwas abgelaufen. Die nahende Ebbe hatte das Fischerboot sinken lassen, sodass dies kein allzu schwieriger Akt war. Emil konnte nahezu ebenerdig auf den Kai gezogen werden. Ob der sich nun aber in der Erde wohlfühlen würde, überlegte Hinnerk. Er war mehr für die Seebestattungen in den alten Piratenfilmen. So ein mit Steinen befüllter Leinensack konnte aber, wenn der Stoff im Salzwasser mürbe wurde, seinen Inhalt wieder freigeben und war deswegen heutzutage keine geeignete Bestattungsmöglichkeit mehr. Man stelle sich nur vor, wie viele Körper da im Meer herumschwämmen. Und vor allem, in welchem Zustand! Echt ekelig, fand Hinnerk und war froh, dass man sie entweder erst verbrannte oder in einem Kasten in die Erde sperrte. Auf Nimmerwiedersehen, versteht sich.

Nils und Rico hatten gerade einen dieser besagten Särge geschlossen, wobei das kein endgültiger war, sondern einer aus Carbon und Alu. Ein Übergangssarg sozusagen. So ganz klar und eindeutig war die Angelegenheit den ermittelnden Beamten nicht vorgekommen. Darum war es notwendig, dass Enno einen genaueren Blick auf die Leiche werfen musste, innerlich wie äußerlich. Niemand zweifelte aber an Emils Suizid. Der erschien jedermann logisch.

Noch bevor die Bestatter abrücken konnten, kamen zwei aufgeregte Damen den Kai entlang. In der Hand schwenkten sie Tüten. „Wartet mal", rief Oma Pusch ihrem Sohn Nils zu. Auch Enno und Bodo warf sie einen freundlichen Blick zu, der ihr noch nicht ganz so gut gelang, wie sie erhofft hatte. „Wir haben euch eine kleine Stärkung mitgebracht!"

Die Reaktionen waren unterschiedlich.

„Super", rief Rico, schnappte sich zwei Brötchen und warf Nils eins davon zu. Gemeinsam verspeisten sie die Zwischenmahlzeit auf dem Sargdeckel.

Bodo tat so, als habe er nichts gehört. Er ignorierte sie einfach. Erst schnauzte ihn die Alte so an wie seine Trude, wenn er keine Lust zur Gartenarbeit hatte, und jetzt kam sie mit irgendwelchen Brötchen, die niemand bestellt hatte.

„Na?", fragte Enno schmunzelnd. „Bisschen gut Wetter machen, was? Ich nehm zwei! Und du, Bodo, solltest ein bisschen gnädig sein und ihr verzeihen. Schließlich kannte sie dich noch nicht persönlich. Ich hätte auch blöd geguckt, wenn ich im Obergeschoss meiner Wohnung aus dem Fenster gesehen und dich angetroffen hätte, in mehreren Metern Höhe auf einem Mast. Also los, gib dir einen Ruck und ihr noch eine

Chance. Sie ist wirklich ganz in Ordnung, wenigstens meistens." Das Letzte sagte er etwas leiser.

Oma Pusch hatte es trotzdem gehört und sah ihn mit einem undefinierbaren Blick an.

„Ich weiß gar nicht, was du meinst wegen des Wetters", flunkerte sie. „Scheint doch ein schöner Tag zu werden. Wir, Rita und ich, wollten euch ein bisschen unterstützen."

„Ganz uneigennützig, wie ich vermute", sagte Enno und grinste frech.

„Selbstverständlich", gab Rita entrüstet zurück.

„Wie konnte ich auch bloß etwas anderes denken?", überlegte Enno immer noch schmunzelnd.

Oma Pusch hielt Bodo Siebenstein ein Brötchen hin. „Verzeihung, ich wollte Sie da vorhin nicht so anmeckern, aber es ist noch nie jemand vor meinem Wohnzimmerfenster rumgeklettert." Sie versuchte die Wogen zu glätten und lächelte zuckersüß. Leicht fiel ihr das nicht. Trotzdem legte sie noch nach. „Ich hatte auch wenig an. Wahrscheinlich bin ich deswegen so in Rage geraten. Es gab hier mal einen Spanner, wissen Sie."

Siebenstein guckte erst zunehmend milde, dann verdutzt und schließlich musste er sich richtig zusammenreißen, damit er nicht laut loslachte. Als ob er es nötig hatte, bei so einer alten Fregatte ins Fenster zu linsen. Um seinen Zustand zu verbergen, griff er nach dem Friedensangebot mit Rollmops und biss hinein.

„Das verwechselst du, Lotti", mischte sich Neffe Eike Hintermoser ein. „Nur, weil die alte, bekloppte Marga mit solchen Geschichten hausieren geht, sind sie noch lange nicht wahr."

„Ach so, ich dachte, da wäre was drangewesen", murmelte Oma Pusch und ließ ihn ebenfalls in die

Tüte greifen. Sie erinnerte sich an den Fall vom letzten Jahr mit dem FriesenNerz. Doch die Details hatte sie nicht mehr ganz genau im Kopf. Wahrscheinlich hatte ihr Neffe recht. „Wie geht es denn nun weiter?"

„Was interessiert dich das Tantchen?", wollte Eike wissen. „Ich wäre dir dankbar, wenn du deine Nase diesmal nur in deine eigenen Angelegenheiten stecken würdest. Für dich gibt es hier nichts zu ermitteln. Es ist unwahrscheinlich, dass wir es mit einem Verbrechen zu tun haben. Das hast du doch selbst gesehen. Der arme Emil hat sich aufgehängt. Basta! Warum er das getan hat, ist sein Bier. Rico und Nils nehmen ihn jetzt mit. Damit ist die Sache abgeschlossen." Heimlich zwinkerte er Enno und Bodo zu, die ihn etwas irritiert ansahen.

Hielt der sie für blöd?, überlegte Oma Pusch. Glaubte er, dass ihr so etwas entgehen würde? Sie beschloss, das Spielchen mitzumachen und war sicher, dass sie vielleicht nicht die besseren Karten hatte, aber ganz bestimmt listiger bluffen konnte. Euch werde ich es schon zeigen, dachte sie, seufzte und sagte: „Wie ein Mensch nur so verzweifelt sein kann."

Enno, dieser miese Verräter nickte auch noch dazu und klopfte ihr auf die Schulter. „Du kannst dich also in Ruhe auskurieren, Lotti", schlug er ihr vor. „Später gucke ich dann noch mal nach dir."

Oma Pusch schüttelte seine Hand ab, runzelte die Stirn und verließ mit Rita den Kutter. Sie hatte wie immer wenig gesagt. Jetzt war sie neugierig, ob ihre Freundin mitbekommen hatte, dass sie geleimt werden sollten.

„Hast du gesehen, wie Eike den beiden anderen zugezwinkert hat?", fragte Rita prompt und völlig entrüstet, als sie außer Hörweite waren.

„Ja klar. Die glauben, sie haben es mit zwei dösigen Alten zu tun. Ich schlage vor, wir gehen jetzt zum Kiosk und lassen die Sache auf uns wirken. Wir müssen nachdenken."

„Gute Idee", sagte Rita und keine von beiden bemerkte, dass ihnen jemand folgte.

Eike blieb es nicht erspart, Hedwig Lürsen die Todesnachricht zu überbringen. Er hatte noch nicht allzu viel Erfahrung in diesen Dingen und war meist nur als Begleitperson dabei gewesen. Allein wollte er auch jetzt nicht zu Emils Witwe gehen. Da war es schon besser, er nahm den „Kaiser“ mit. Der Polizeibeamte Christian Hansen erweckte zwar manchmal den Eindruck, er habe schon abgedankt, weil er kurz vor der Pension stand, aber in Sachen Erfahrung und Witwentröstung hatte er ihm einiges voraus. Eike rief auf der Dienststelle an und verabredete sich mit Hansen direkt vor Lürsens Haustür.

Zwanzig Minuten später war Christian Hansen mit eher gleichgültiger Miene im Süderriff vorgefahren und stieg aus.

„Moin Krischan“, sagte Eike. „Dass der Tag heute so beginnt, hätten wir uns auch nicht träumen lassen.“

„Es is, wie es is“, antwortete Hansen.

„Ich wäre dir dankbar, wenn du es ihr sagen könntest. Du kennst Hedwig doch bestimmt seit vielen Jahren“, bat Eike. „Das macht es vielleicht etwas einfacher.“

Für die Witwe oder doch eher für dich?, dachte Christian Hansen und brummte zustimmend. Was blieb ihm auch anderes übrig. Der Jungspund aus den Alpen war ihm vorgesetzt. Er hatte studiert. Aber an der Uni lehrte man eben weder das Zwischenmenschliche noch gab es Kurse in Lebenserfahrung.

Hedwig, die im Süderriff auch Fremdenzimmer vermietete, öffnete die Tür in einer bunten Kittelschürze, mit einem Staubwedel in der Hand.

Eike überlegte, dass das eine höchst unpassende Kleidung für diesen Anlass war, sagte sich aber dann, dass es die richtige dafür sowieso nicht gab.

„Moin Hedwig", sagte Hansen und wollte gerade Luft zum Weitersprechen holen, aber sie fiel ihm ins Wort.

„Moin, Emil ist nicht da, wenn ihr was von dem wollt", erklärte Hedwig.

„Nee, eigentlich wollten wir zu dir. Lass uns einen Moment reingehen", schlug Hansen vor.

Hedwig stöhnte und ging voran in die Küche. „Na, was hat der olle Suffkopp wieder ausgefressen?"

Krischan und Eike setzten sich in die Eckbank.

„Wollt ihr Tee?", fragte Hedwig.

„Nee, danke", beeilte sich Eike zu sagen, bevor Hansen annehmen konnte.

„Sett di, min Deern", sagte Hansen vertraulich und wartete, bis sie Folge geleistet hatte, „es is so, dass wir deinen Emil heute Morgen gefunden haben."

„Schön für ihn", erwiderte sie griesgrämig, „nach Hause gefunden hat er nämlich nicht, obwohl er versprochen hat, nach dem Fischen den Rasen zu mähen. Wahrscheinlich ist er im ‚Dattein' gestrandet."

„Leider nicht", antwortete Hansen, dem Eike in groben Zügen den morgendlichen Einsatz erklärt hatte. „Man hat ihn nur in der Nähe der Hafenkneipe gefunden, und er wird auch nicht wiederkommen." Hansen seufzte. „So wie es aussieht, hat er sich an seinem eigenen Mast erhängt."

Hedwig guckte zuerst ungläubig, dann grinste sie und ging zum Küchenbord. Von dort nahm sie eine unglaublich hässliche Tasse, öffnete den Mülleimer und knallte das Porzellan auf den Boden, dass es nur so schepperte. „So, das Ding wollte ich schon immer wegdonnern."

Eike und Krischan waren sprachlos.

„Was?", rief sie. „Was glotzt ihr so wie Kühe beim Wiederkäuen. Ich bin froh, dass ich den versoffenen Nichtsnutz endlich los bin. Kann ich sein Zimmer im Winter auch noch vermieten!"

Krischan zuckte mit den Achseln. „Wenn du meinst ..."

„Ist doch kein Geheimnis", fauchte sie ihn an, „wir lebten zwar in einem Haus, aber von Gemeinschaft ist da keine Rede. Es wird mir eine Freude sein, Emils Klamotten wegzuschmeißen. Vielleicht verbrenne ich sie auch im Garten." Sie schniefte. „Mist, jetzt muss ich den Rasen selber mähen. Aber wenn ich das einspare, was der alte Bock versoffen hat, dann kann ich mir künftig wen für den Garten leisten. Irgendeiner braucht immer Geld unter der Hand."

„Das hab ich jetzt nicht gehört, Hedwig", sagte Hansen mit einem Augenzwinkern. „Und lass man, der Emil hatte auch gute Seiten. Keiner kann was dafür, dass euch das Schicksal so übel mitgespielt hat. Einige schweißt das fester zusammen, andere trennt es."

Hedwig standen die Tränen in den Augen. „Ein bisschen mit mir zusammenhalten hätte er sollen, anstatt seinen Kummer im Alkohol zu ertränken. Wir hätten einander Halt geben können. Ich war auch traurig und bin es noch. Aber er hat sich einfach zurückgezogen und mich im Stich gelassen. Damals habe ich nicht nur einen, sondern zwei Familienmitglieder verloren. Er war seitdem nicht mehr für mich da, wieso soll ich ihn jetzt betrauern?"

Hansen tätschelte ihr den Arm. „Nu, nu, jetzt beruhig dich erst mal wieder. Es kommt jetzt einiges auf dich zu mit der Beerdigung und so weiter. Da musst du tapfer bleiben."

„Könnte allerdings noch etwas dauern", meldete sich Eike erstmalig zu Wort.

„Wieso?", fragte Hedwig und schnaubte laut ins Taschentuch.

„Die Ermittlungen sind noch nicht abgeschlossen", erklärte er vorsichtig und hoffte, dass sie sich damit zufriedengab.

„Ach, ist ja auch egal", schniefte sie.

„Sollen wir jemanden für dich anrufen?", wollte Krischan wissen. „Es wäre vielleicht ganz gut, wenn du jetzt nicht alleine wärst."

Sie schüttelte vehement den Kopf. „Nee, lass mal. Ich muss da erst mal selbst mit fertig werden. Danke, dass du es mir gesagt hast. Bestimmt ist es im Ort schon rum. Ich kann das Getuschel hinter meinem Rücken fast schon hören."

„Nimm dir man nix davon an", schlug Hansen vor und tätschelte ihren Arm. „Wir wollen dann mal wieder. Bleib du ruhig sitzen."

„Danke", sagte Eike draußen zu seinem älteren Kollegen. „Ich hab die Reaktion nicht so ganz verstanden. Erst knallt sie seine Tasse in die Tonne und schimpft über ihn, dann heult sie."

„Watt einer sacht und einer fühlt, können ganz gegensätzliche Dinge sein. Möglicherweise hatte sie ihn innerlich doch noch nicht so ganz abgeschrieben, wie sie gerne gewollt hätte", überlegte Hansen. „Es könnte aber auch sein, dass sie plötzlich Angst vor dem Alleinsein hatte, oder vor der Schmach, einen Selbstmörder bestatten zu müssen. Das Selbstmitleid wird auch eine große Rolle spielen. Die Lebenssituation ändert sich völlig, wenn ein Partner plötzlich fort ist, selbst wenn es ein ungeliebter war. Für irgendwas ist der andere immer noch gut gewesen. Und sei es zum Streiten. Das ist besser als die lähmende Stille."

Eike überlegte, dass der „Kaiser" wohl recht hatte und nickte.

„Und wieso dauert das nu noch mit der Beerdigung?", erkundigte sich Hansen. „Das kapier ich nicht, wo es doch Selbstmord war."

„Nun ja", begann Eike, „im ersten Moment sah es auch so aus. Mal davon abgesehen, dass er wohl ein bisschen zu wenig gruselig wirkte für einen, der sich erhängt hat. Aber dann ist uns der komische Knoten aufgefallen. So einen hatten wir noch nie gesehen."

Krischan lachte und dachte: Du Landei! „Schon mal darüber nachgedacht, dass das ein komplizierter Seemannsknoten sein könnte?"

Ärger stieg in Eike Hintermoser hoch. Aber er versuchte, ihn herunterzuschlucken. Nur weil seine Mutter Antje nach Bayern geheiratet und er dort aufgewachsen war, nahm der „Kaiser" ihn nicht ernst. „Nee, echt? Du, daran haben wir noch überhaupt keinen Gedanken verschwendet. Ist ja auch nicht naheliegend."

So ein neunmalkluger Berglümmel, dachte Krischan und wurde puterrot im Gesicht. Sein Blutdruck! Der Halbbazi brachte ihn noch ins Grab. Bei ihm hieß der insgeheim Morsmoser, und wenn er ihm gut gesonnen war, auch beinahe liebevoll Momo anstatt Hintermoser, aber jetzt hätte er ihn auch gerne Arschmoser genannt. „Aha, so so, na dann düse ich mal wieder nach Esens. Wenn der Mohr wieder gebraucht wird, einfach läuten."

Eike hatte nun doch ein schlechtes Gewissen und lenkte ein. „Sobald wir mehr wissen, gebe ich euch Bescheid. Bisher kannte keiner der Fischer diesen Knoten, aber wir konnten auch nur wenige befragen.

Vielleicht recherchierst du mit Hinrichsen zwischenzeitlich im Internet. Ich sende euch ein Foto in die Dienststelle."

Hansen brummte und stieg in seinen Wagen. Möglicherweise hatte er ein wenig überreagiert, aber wenn der Kerl ihn auch so reizte? Mit einem „Bis später dann, wir melden uns, falls wir was rausfinden", brauste er davon.

„Du“, flüsterte Rita und duckte sich, „ich hab da eben einen Schatten gesehen. Ich glaube, wir werden verfolgt.“

„Das Gefühl hatte ich auch schon“, zischte Oma Pusch, „aber lass dir nix anmerken. Wir sind gleich da und dann schließen wir die Tür hinter uns zu. Wenn ich sage: Renn, dann musst du ganz schnell machen.“

Rita nickte.

„Oder macht dein Knie etwa wieder Zicken?“

Sie schüttelte den Kopf.

„Dann also los! Renn, was das Zeug hält!“, sagte Oma Pusch.

Wer auf die beiden nicht mehr ganz taufrischen Damen geachtet hätte, wäre ins Schmunzeln gekommen. Sie gaben auf einmal Gas, rannten Richtung Kiosk und verschwanden flugs hinter der Tür.

Dort mussten sie erst einmal verschnaufen, aber das sah natürlich niemand. Der Schatten drückte sich um ein paar Ecken und blickte sich um. Dann klopfte er ans Kioskfenster.

Oma Pusch und Rita fuhren zusammen.

„Ich hab recht gehabt. Und was machen wir nun?“, fragte Rita.

„Na, nachgucken, wer's ist. Was sollen wir sonst machen? Hast du notfalls ein Handy dabei?“ Oma Pusch linste durch das Astloch des Fensterladens. Die Scheibe war noch verdeckt, aber der Makel im Holz funktionierte fast wie ein Türspion, allerdings ohne

Weitwinkel. Nichtsdestotrotz konnte sie erkennen, wer da vor der Bude stand.

„Und?“, fragte Rita.

„Du kannst dich entspannen. Stell dir vor, es ist nur Hinnerk.“

Rita stöhnte. „Wieso schleicht der uns denn hinterher?“

„Woher soll ich das wissen, aber wir fragen ihn am besten.“ Oma Pusch schloss die Kiosktür wieder auf und stemmte ihre Hände in die Hüften.

Hinnerk guckte verlegen. „Moin Lotti, schönes Wetter heute.“

„Schnack nicht dumm rum. Nu mal Butter bei die Fische. Watt schleichst du hier herum und machst uns Angst, du Dösbaddel?“, sagte Oma Pusch.

„Du willst doch immer alles wissen, was so interessant ist, nech?“, begann Hinnerk.

„Hilf mir mal eben, die Lade hochzuklappen. Wenn ich schon hier bin, dann kann ich die Bude auch aufmachen“, erklärte sie. „Klar will ich alles wissen. Komm mit rein.“

„Moin Rita“, sagte Hinnerk.

„So, und was is nu?“ Oma Pusch war neugierig. Wenn er ihr jetzt allerdings damit kam, dass Emil sich aufgehängt hatte ... Das war doch längst kalter Kaffee.

„Ja, also der Emil“, fing er an und die beiden verdrehten die Augen, „klar, dass ihr wisst, dass er sich aufgebaumelt hat“, sagte er, als er den Blick der Frauen sah. Dann hustete er. „Ist so trockene Luft hier. Schenk mal einen ein!“

„Erzähl erst!“, befahl Oma Pusch, die wissen wollte, ob sich der Einsatz lohnte.

Hinnerk seufzte. „Also gut, du bist ganz schön kleinlich. Ich weiß was, was ihr gar nicht wissen könnt.

Ich habe nämlich die Herren auf Emils Boot belauscht, weil ich auf dem Nachbardeck sauber gemacht habe."

„Rita, los gib ihm einen Küstennebel. Er ziert sich noch", bat Oma Pusch mit einem Grinsen.

„Äh, heute früh lieber einen Friesengeist, wenn ich bitten dürfte. Mir ist noch kalt und der macht morgens so einen schön minzigen Atem."

„Sollen wir dir den etwa auch noch anzünden?", fragte Rita.

„Ja klar, sonst sind meine Finger so klamm", erklärte Hinnerk.

„Tu's", sagte Oma Pusch, „und du fängst schon an zu erzählen!"

Hinnerk grinste. „Die wollten mich schon ausfragen, aber ich hab mich verdrückt."

„Was wollten die denn von dir wissen?" Oma Pusch konnte sich nicht erklären, wofür Hinnerks Wissen dienlich sein konnte. „Oder hast du gesehen, wie er's gemacht hat?" Möglich war ja alles.

„Nee, nee, die wollten was wegen des Knotens wissen, den Emil gemacht hat." Er kicherte. „Die dachten, das wäre wohl ein Seemannsknoten. Aber so einen habe ich noch nie gesehen."

Rita löschte den Friesengeist mit einem Pfännchen und gab Hinnerk das Glas.

„Hmm", sagte der und schnupperte an der heißen Oberfläche. Er wartete lieber noch.

„Das klingt ja tatsächlich interessant", gab Oma Pusch zu. „Die wissen nicht, womit sie es zu tun haben. Mir kam der Knoten auch komisch vor. Ich kenne ja einige von Fridtjof, aber dieser war merkwürdig und sah auch nicht nach Seemannsknoten aus."

„Sag ich doch", erinnerte Hinnerk und trank mit Genuss.

„Wenn wir nur deine Zeichnung noch hätten", warf Rita ein.

„Den Knoten konnte ich schlecht auf dem Papier festhalten. Einfach zu viele Windungen und die hinteren hättest du eh nicht gesehen." Oma Pusch runzelte die Stirn. „Ich bin mir aber sicher, dass Eike oder dieser Stiesel von der Spurensicherung Fotos gemacht haben. Wie hieß er noch gleich? Bodo irgendwie. Fällt mir gerade nicht ein."

„Also in den Fernsehkrimis bleibt der Knoten meist am Hals, wenn da noch was zu untersuchen ist", wandte Hinnerk ein, in dessen Magen sich eine wohlige Wärme ausbreitete.

„Ja, genau", rief Rita, „das hab ich auch schon mal gesehen. Vielleicht ist der mit in der Kühlkammer bei deinem Sohn Nils im Bestattungsinstitut."

„Weder der noch Enno würden uns einen Blick drauf werfen lassen. Da könnt ihr absolut sicher sein", sagte Oma Pusch und guckte ärgerlich. „Zumindest nicht freiwillig."

„Ein Foto von allen Seiten täte es doch auch", meinte Rita.

„Und wie willst du da drankommen? Irgendjemandem sein Smartphone mopsen? Und später feststellen, dass du den Code zum Bedienen nicht hast. Nee, das ist Humbug. Da ist es schon einfacher, sich nachts in Nils' Keller zu schleichen und selbst nachzusehen."

„Du willst wahrhaft dort einbrechen und die Leiche ...?", fragte Hinnerk entrüstet.

„Einbrechen ist nicht das richtige Wort, wenn ich bei meinem Sohn nach dem Rechten sehe. Aber nenn es, wie du willst. Auf jeden Fall fährst du uns nach Esens!", bestimmte Oma Pusch über seinen Kopf hinweg. „Oder willst du dir nix dazuverdienen? Ist doch besser, als am Strand nach Pfandflaschen zu suchen."

„Schon", bestätigte Hinnerk, der wegen des Trubels fast vergessen hatte, dass er noch um die Strandkörbe ziehen wollte. „Ich will da aber nicht mit reingezogen werden. Ich weiß von nichts."

„Du hast einfach zwei besorgte Damen nach Esens gebracht. Mehr nicht. Von mir aus kannst du uns vorher absetzen, woanders warten und ich rufe dich dann an und sage dir, wo wir wieder zusteigen", schlug Oma Pusch vor.

Hinnerk nickte zustimmend und kratzte sich am Kopf. „So könnte es gehen."

„Ich weiß ja nicht so recht", begann Rita. „Wenn ich nur dran denke, habe ich ein schlechtes Gewissen."

„Dann musst du entweder über deinen Schatten springen oder zu Hause bleiben", sagte Oma Pusch rigoros. „Mich kannst du nicht daran hindern. Ich glaube nämlich, dass an der ganzen Sache etwas faul ist. Erhängte sehen anders aus. Und jetzt noch der merkwürdige Knoten."

„Das kann schon sein, aber deswegen darf man sich doch trotzdem nicht auf diese Art einmischen." Rita war entrüstet. „Es ist doch nicht richtig, dass du heimlich im Bestattungsinstitut eindringst und an den Beweisen der Kripo herumhantierst. Oder sogar am Toten!", fügte sie noch hinzu.

„Klar gucken wir uns den Emil noch mal an und bis dahin habe ich eine Digitalkamera organisiert. Ein einfaches Modell reicht ja erst aus. Die gibt es hier überall." Oma Pusch war fest entschlossen.

„Und was ist, wenn wir herausfinden, was das für ein Knoten ist? Wie soll uns das weiterbringen? Ich glaube auch nicht, dass du an einer Leiche den Unterschied erkennen kannst, ob es Mord oder Selbstmord war", sagte Rita.

„Also was is nu?", fragte Hinnerk und stand auf. „Soll ich mich bereithalten oder nicht?"

„Ja", kam es spontan von Oma Pusch.

„Nee", entfuhr es Rita gleichzeitig.

„Ruft mich an, wenn ihr euch einig seid", lachte Hinnerk, „aber ich schätze, sie wird sich durchsetzen." Und obwohl er nicht näher definierte, wen er mit „sie" gemeint hatte, wussten es doch alle drei.

Zu schön, du bist zu schön, dachte der Gerichtsmediziner Enno Esen, als er sich über Emils Gesicht beugte. Die überdimensionale Absauganlage an der Decke musste er nicht einschalten. Der Tod war vielleicht in der Nacht oder den frühen Morgenstunden erfolgt. Auch wenn der Zersetzungsprozess bereits begonnen hatte, roch man ihn noch nicht. Enno hatte nichts dagegen. Der Fiete, den er im letzten Jahr untersuchen musste, war eine ganz andere Nummer gewesen. Gut, wenn er sich Emil später von Innen anschaute, würde er trotz allem das Gebläse in Gang setzen.

Zuerst einmal wollte er ihn so betrachten wie er war. Angezogen und noch mit dem abstrusen Knoten um den Hals, den er sich nicht erklären konnte. Auch die anderen Ermittler hatten ratlos neben Emils Leiche gestanden und mit den Achseln gezuckt. Man kannte die richtigen Henkersknoten mit ihren zahlreichen Windungen oder einfache Schlingen und sogar etliche Seemannsknoten, aber das hier war ein merkwürdiges Gewusel, ja beinahe ein Durcheinander, das trotzdem ein System zu haben schien.

Auch das Seil selbst schien kein normales Tau oder eine Leine zu sein, die auf Schiffen verwendet wurden, vor allem nicht in Rot. Er lachte in sich hinein. Wer machte denn so etwas? Also musste es eher ein Strick sein, den man für andere Tätigkeiten brauchte. Aber darum wollte er sich nicht kümmern. Er hatte mit dem Körper genug zu tun. Ihn interessierte die Beschaffenheit des Seils nur wegen der Spuren, die es an Emils Hals hinterlassen hatte. Da war zum Beispiel die

Strangmarke, die er untersuchen wollte. Vorsichtig löste er die Schlinge von Emils steifem Hals und guckte verwundert. Nanu, da war nur ein gleichmäßiger weißlicher Streifen, der vom Kinn zum Haaransatz verlief. So konnte kein sichtbares Zeichen der Strangulation aussehen.

Zur Sicherheit kramte er einen dicken Wälzer mit zahlreichen Fotos hervor und las über typisches und atypisches Erhängen. Dabei kam er zu dem Schluss, dass er recht hatte. Und damit war hier etwas faul. Es stank direkt zum Himmel. Das musste er Eike umgehend mitteilen.

„Hintermoser", meldete der sich, noch bevor Enno damit rechnete. Er schien auf seinem Smartphone gesessen zu haben.

„Stell dir vor, unsere Skepsis war berechtigt. Ich halte es für ausgeschlossen, dass sich Emil selbst umgebracht hat", sagte Enno etwas außer Atem.

„Okay, worauf stützt du deine Meinung?", fragte Eike.

„Ganz einfach, er hat sich nicht erhängt und ist auch nicht erhängt worden. Bisher habe ich überhaupt noch keine Strangulationsmerkmale gefunden", erklärte Enno. „Also muss ihn jemand da raufgeschafft haben, nachdem er schon tot war."

„Das ist krass und gibt der ganzen Sache eine völlig neue Wendung", überlegte Eike. „Kannst du denn schon sagen, ob es ein natürlicher Tod war, den jemand nach Selbstmord aussehen lassen wollte, oder haben wir es sogar mit einem Tötungsdelikt zu tun?"

„Puh, du stellst Fragen. So auf die Schnelle lässt sich das nicht beantworten."

„Dann gib mal eine intuitive Schätzung ab", bat Eike. „Bisher haben wir nämlich keine Tatverdächtigen befragt, weil wir überhaupt nicht davon ausgegangen sind, es mit einem möglichen Mord zu tun zu haben."

Enno zögerte. „Also, viel sagen kann ich noch nicht. Ich habe ihn ja nicht mal entkleidet und so, aber ich überlege, was es für einen Sinn macht, ihn aufwendig aufzuhängen, wenn man keinen Mord vertuschen will. Mein Bauchgefühl tendiert also eher in Richtung Verbrechen. Wäre es einfach ein Unfall gewesen, hätte man Hilfe gerufen. Aber jetzt lass mich erst mal weitermachen. Ich will wenigstens die Todesursache ergründen. Vielleicht bringt uns das Wie auch in der Beurteilung des möglichen Tat- oder Unfallhergangs weiter."

„Klingt logisch", bestätigte Eike Ennos Worte. „Ich muss nur schnellstmöglich entscheiden, wie wir ermittlungstechnisch weiter vorgehen. Wenn du also Mord nicht von vornherein ausschließen kannst, müssen wir den Fall als solchen behandeln. Andernfalls vergeht zu viel Zeit, in der Spuren verwischt werden können. Die ersten Stunden sind immer die wichtigsten."

„Verstehe", antwortete Enno, „meiner Meinung nach hätte es keinen Sinn gemacht, einen Unfall zu vertuschen. Versicherungstechnisch ist ein Suizid auch nicht unbedingt von Vorteil. Manche Lebensversicherungen schließen Zahlungen in diesem Fall aus. Mord ist also das Wahrscheinlichste. Ermittele in dieser Richtung. Sobald ich mehr weiß, werde ich dich informieren."

„Na, dann wollen wir mal das volle Programm abspulen. Hansen und Hinrichsen werden sich auf die Überstunden freuen", sagte Eike und schmunzelte insgeheim.

„Ganz bestimmt", erwiderte Enno, der sich den Tag auch anders vorgestellt hatte und nun hoffte, dass er Emil sein Geheimnis schnell entlocken konnte. Doch dazu sollte es erst einmal nicht kommen.

Hinnerk, der sich von Oma Pusch eine Plastiktüte geliehen hatte, schlenderte runter zum Strand. Es waren zwar noch nicht so viele Touristen hier in Neuharlingersiel, aber die Strandkörbe standen seit knapp zwei Wochen und der eine oder andere hielt sich wegen des warmen Wetters schon dort auf. Da manchem der Weg zum Papierkorb zu weit war, genügte es nicht, nur dort nach Mehrwegflaschen zu suchen. Die beste Ausbeute hatte er, wenn er um jeden Strandkorb einen Kreis zog. Das Pfandgut steckte manchmal auch im Sand. An diesem Vormittag waren die Dinger noch verschlossen. Wer setzte sich auch schon dorthin, um sich einen kalten Mors zu holen. Um die beliebten Strandsitzmöbel vor unbefugter Nutzung zu schützen, hatte man ihnen eine Art Maulkorb verpasst. Durch das Holzgitter konnte man das genüssliche Plätzchen zwar sehen, sich aber nicht hineinsetzen. Das war ungefähr so, als ob man jemandem ein Stückchen Sahnetorte durch die Glasscheibe zeigte. Hinnerk war der Ansicht, dass man die Strandkörbe zur freien Verfügung anbieten sollte. Dann könnte er in lauen Sommernächten dort schlafen, um gleich morgens früh seiner Arbeit nachzugehen. Aber ihn fragte ja niemand. Dabei gab es bestimmt viele Menschen, die so einen Übernachtungsplatz einer teuren Unterkunft vorziehen würden. Waschen konnten die sich schließlich im Meer, und was brauchte man bei Hitze schon zum Anziehen? Wenn die Sonne untergegangen war, reichten ein Seemannspulli und ein paar Wollsocken. Dabei fiel ihm ein, dass seine ein Loch hatten. Er überlegte, wem er mit der Mitleidsnummer kommen konnte, um Ersatz zu beschaffen. Der Witwe vielleicht. Hedwig war in so einem Strickkreis und würde nicht nur stopfen können. Ein neues Paar wäre mal wieder gut. Außerdem war sie durch die Trauer sicher nah am Wasser gebaut und sensibel. Möglich, dass da etwas mehr drin war, wenn er ihr seine tröstende Schulter anbot. Er grinste.

Aber das Grinsen fror zunächst auf seinem Gesicht ein und wich dann einem entgeisterten Ausdruck. Ach du grüne Neune! Er sah sich um. Keiner in der Nähe. Nur weiter hinten im Watt konnte er schemenhaft ein paar Menschen erkennen. Hinnerk lugte durch das Holzgitter des Strandkorbs, um ganz sicher zu sein, denn das Bild, das sich ihm bot, war grotesk. Hinter dem Gitter saß der Theo mit angezogenen Beinen und einem erschrockenen Blick. Im ersten Moment hatte es so ausgesehen, als ob er ihn bei irgendetwas Unseriösem überrascht hatte, aber dann fiel ihm die Schere auf, die Theo in der Hand hielt und von der nur die runden Enden noch aus dem Körper guckten. Bloß weg, dachte Hinnerk, bevor ihn noch jemand damit in Verbindung brachte. Und schnell zu Oma Pusch in den Kiosk. Die konnte in der Nacht gleich zwei Leichen inspizieren. Das lohnte sich wenigstens. Denn das mit dieser auch etwas faul sein musste, sah ein Blinder mit dem Krückstock. Eine Schere war spitz und wenn sie durch Haut drang, blutete es. Vor allem, wenn man davon starb. Aber der Theo hatte mit seinem weißen Hemd eher so ausgesehen, als ob er zur Kirche gehen wollte, oder schon für die Beerdigung schick hergerichtet war. Das war merkwürdig.

So schnell Hinnerk konnte, hinkte er mit seinem einen kürzeren Bein zum Kiosk zurück und war völlig außer Atem, als er am Tresen anstand und warten musste, weil ein Touristenpärchen Sabbelwasser getrunken hatte. Genervt trat er von einem Bein aufs andere.

„Ja, es scheint ein wirklich schöner Tag zu werden", sagte Oma Pusch und packte neben den Rollmopsbrötchen auch noch zwei Flaschen Apfelschorle in den Rucksack der Gäste. „Haben Sie denn schon gehört, was heute Morgen passiert ist?"

Hinnerk stöhnte. Jetzt musste er die ganze Geschichte noch mal von vorne bis hinten ertragen. Er versuchte, Rita ein Zeichen zu machen, doch die dusselige Kuh brauchte ewig, bis sie begriff, dass er ihr etwas mitteilen wollte.

Dann jedoch reagierte sie sofort, trat ihrer Freundin auf den Fuß und fing sich dabei einen bösen Blick ein. Das jedoch gab ihr die Möglichkeit, deren Aufmerksamkeit für ein paar Gesten zu erhaschen, die Oma Pusch veranlassten, das Gespräch gekonnt zu verkürzen und die Leute mit einem gewinnbringenden Lächeln zu verabschieden.

„Was trittst du mich?", schimpfte sie anschließend.

„Der Hinnerk will was", sagte Rita. „Es scheint dringend zu sein."

„Genau", flüsterte er und kam etwas näher an den Tresen. „Was spendierst du für eine brandheiße Neuigkeit?"

„Wie heiß?", wollte Oma Pusch wissen.

„Kannste Spiegeleier drauf braten", versprach Hinnerk, „aber es muss schon was dabei rausspringen."

„Komm erst mal rein!" Oma Pusch sah sich um. Kein weiterer Kunde in Sicht.

„Nee, ihr kommt raus", bat Hinnerk, „ihr müsst zum Strand runter."

„Ach", lachte Rita, „du willst uns wohl verkohlen. Das ist doch unglaubwürdig, wenn du uns jetzt erzählst, dass du wieder eine Leiche im Watt gefunden hast."[2]

Hinnerk guckte beleidigt. „Wer schnackt denn watt vom Watt? Der Theo sitzt im Strandkorb."

„Ja und? Vielleicht hat er frei und hat es sich gemütlich gemacht", wandte Oma Pusch ein.

„Hinter verschlossenem Gitter mit erstarrtem Blick und einer Schere in der Brust?"

Rita schlug sich die Hand vor den Mund.

„Also Mord!", vermutete Oma Pusch nach kurzem Zögern. Ihr Körper schüttete in Sekundenschnelle eine gehörige Portion Adrenalin aus. Sie war bereit, den Kampf gegen das Böse aufzunehmen.

Aber Hinnerk wackelte mit dem Kopf. „Na ja, woher soll ich das wissen? Auf jeden Fall hatte er die Hände an der Schere und zwar etwa so." Er hielt sich die eigenen in Höhe des Herzens vor die Brust.

„Hast du jemanden in der Nähe gesehen?", wollte Oma Pusch wissen.

„Nee, nur ein paar Spinner draußen im Watt", erklärte er.

„Sonst was Auffälliges?"

Hinnerk zuckte mit den Schultern. „Reicht dir das nicht? Das ist doch eine brisante Neuigkeit. Ich hoffe, da springt für mich was raus."

Oma Pusch öffnete die Kasse und zog einen Zwanziger heraus. Den hielt sie ihm hin. „Jetzt zeigst du uns aber auch noch wo!"

Er griff sich den Schein und antwortete: „Nummer 337, ist weiter hinten, fast an der Drachenwiese und nicht zu verfehlen."

„Du kommst nicht mit?", fragte Rita.

[2] *siehe FriesenNerz*

„Ganz bestimmt nicht. Mit den Bullen habe ich schlechte Erfahrungen gemacht. Ihr rückt wenigstens mal was raus für so einen armen Schlucker wie mich. Die anderen wollen immer nur alles wissen und lassen mich dann sogar noch auf meinen Spesen sitzen. Nee, danke. Da geht man allein hin."

„Okay", sagte Oma Pusch, „aber einen Gefallen tust du uns noch." Sie zog eine Flasche Küstennebel aus dem Regal, weil sie wusste, dass Hinnerk ein Faible dafür hatte, ihn sich aber selbst nicht leisten konnte oder wollte.

„Was muss ich tun?", fragte er misstrauisch.

„Nur telefonieren, aber bloß nicht von deinem Handy", erwiderte Oma Pusch. „Anonym", fügte sie noch hinzu, als sie seinen abweisenden Blick sah. „Du nimmst diese Münzen hier, gehst zu einem öffentlichen Fernsprecher und rufst die Kripo in Esens in genau einer halben Stunde an. Die Nummer schreibe ich dir auf. Leg ein Taschentuch auf die Muschel und verstell deine Stimme ein bisschen. Dann meldest du deinen Fund. Rita und ich haben unterdessen genug Zeit, den Toten in Augenschein zu nehmen, und wir sind dann schon wieder weg, bevor die Beamten eintrudeln."

„Genialer Plan", sagte Rita.

Und obwohl Hinnerk noch nicht davon überzeugt war, dass dies eine gute Idee war, schnappte er sich schließlich die Buddel. „Denn ruf ich die genau zwanzig vor zwölf an und jetzt mal ran an die Buletten. Sonst ist noch jemand vor euch da." Mit diesen Worten hinkte er davon.

Oma Pusch grinste, nahm den Schlüssel vom Bord und schob Rita aus dem Kiosk. „Los jetzt, viel Zeit haben wir nicht."

Benno Siebenstein hatte der Sache am Morgen nicht allzu viel Bedeutung beigemessen. Er saß längst wieder in seinem Labor und trällerte ein Seemannslied. Gut, die Spurenlage war tatsächlich nicht ganz eindeutig gewesen, aber es gab auch etliche Formen atypischen Erhängens. Damit sollte sich Enno beschäftigen. Er hatte an der Leiche alles gesichert, und sollte sich doch ein Mordverdacht erhärten, würde er sich den ollen Kutter von Emil noch einmal vornehmen. Aber ehrlich gesagt, wer machte sich schon die Mühe, jemanden umzubringen und ihn dann auch noch am Mast hochzuziehen wie eine Fahne. Einen Selbstmord hätte man auch einfacher vortäuschen können. Das Beste wäre in dem Fall noch gewesen, man hätte ihn schlicht verschwinden lassen. Mit Steinen beschwert weit draußen im Meer oder unter dem Deich. Weiter in Richtung Bensersiel versteht sich, wo nachts niemand war. So ein kleiner Mensch wie Emil passte verschnürt gut in eine Schubkarre. Und dann war es ganz einfach: Grasnarbe weg, Loch buddeln, Erd-Sand-Gemisch in die jetzt leere Karre, Emil rein, Loch zu, Gras wieder drauf und schön angießen. Den Aushub konnte man irgendwo ins Schilf kippen. Für ihn selbst wäre das allerdings nichts. Er hasste Gartenarbeit wie die Pest und hätte die Variante mit dem Versenken vorgezogen. Seine Frau Trude aber hätte fürs Buddeln votiert. So war eben jeder Mensch unterschiedlich, auch beim Beseitigen von Leichen.

Sonderlich spektakulär schien die Sache mit Emil leider nicht zu sein. In seinem Fall war es eher interessant, was er nicht gefunden hatte. Das Strangulieren führte nämlich meist dazu, dass sich die Körper der Scheidenden so verhielten wie die Hühner von „Witwe Bolte". Im übertragenen Sinne gesehen. Jeder kannte die Geschichte von „Max und Moritz", in der sich drei Hühner und ein Hahn an Schlingen um den Ast eines Apfelbaums wickeln. Wilhelm Busch schreibt dazu: *Jedes legt noch schnell ein Ei und dann kommt der Tod herbei.* Der Hahn verlor dabei allerdings nur ein Stückchen Schiet, erinnerte sich Bodo.

Tja und eben dies beides vermisste er bei Emil. Kein Samenerguss, der zugegebenermaßen nicht immer vorkam, aber auch sein Darm hatte sich nicht entleert und das war ungewöhnlich. Sogar die Blase hatte dichtgehalten. Jedenfalls hatte er nichts gerochen. Möglicherweise würde er später doch minimale Spuren finden, wenn er die Kleidung im Labor untersuchte, falls es überhaupt dazu kam. Falls nicht, wäre er auch nicht traurig. Ein früher Feierabend könnte ihn zu einer Tour mit dem Rad verlocken, wenn Trude nicht schon etwas anderes für ihn vorgesehen hatte. Das war nicht immer abschätzbar, und dann war es eigentlich besser, noch im Labor zu bleiben. Seine Gedanken wurden von der aufschwingenden Tür unterbrochen. Bodo hörte auf zu summen. Es war Nele Freese, seine Mitarbeiterin. Ein heißer Feger mit fünfmal „E" im Namen. Gut, dass er schon ein alter Sack war, überlegte er. Nele war so etwas wie ein Sahneteilchen und verlockend, vor allem, wenn man streng auf Diät gesetzt war. Er war zum Glück nicht anfällig für die Versuchungen des Lebens, weil er – wenn man von der Gartenplackerei einmal absah – eine sehr harmonische Ehe mit seiner Trude führte.

Nele grinste ihn an. „Wir haben spannende Arbeit, hörte ich."

„Das bleibt abzuwarten", erklärte Bodo. „Ich schätze fifty-fifty."

In diesem Moment klingelte das Telefon und Eike informierte die Spurensicherung, dass sie den Fall wie einen Mord behandeln sollten, da er dies nicht zu einhundert Prozent ausschließen könne.

„Alles klar, behandeln wir es wie einen Fall von Fremdeinwirkung", erwiderte Bodo auf Eikes Erklärungen.

„Also doch spannend", sagte Nele mehr zu sich selbst und hörte weiter zu, wobei sie nur Bodos Anteil an dem Gespräch verstand.

„Gut, dass ihr den Kahn sicherheitshalber abgesperrt habt."

...

„Ja, ich denke, dass wir in etwa einer halben Stunde aufbrechen können. Nele ist inzwischen auch hier."

...

„Mach ich. Komm doch nachher, wenn ihr mit den Befragungen durch seid oder Pause macht, mal an Emils Kutter vorbei. Ein kleiner Informationsaustausch wäre doch nicht schlecht."

...

„Okay, dann bis später."

Nele sah ihn fragend an.

„Ich soll dich von Eike grüßen, und die Sache, in der ich heute Morgen schon ermittelt habe, hat jetzt höchste Priorität. Du kannst dich also umziehen und mit mir mitkommen. Im Auto bringe ich dich auf den aktuellen Stand."

„Wie du wünschst, Chef", sagte sie und machte einen angedeuteten Bückling.

Bodo lachte nur und begann zu summen. Ein Schiff zu durchsuchen, war eine gute Alternative zu seiner Radtour und eine spitzenmäßige im Vergleich zum Setzen neuer Rasenkantensteine oder ähnlicher Torturen.

Oma Pusch zog ihre Freundin Rita ungeduldig mit sich und noch während sie in Richtung Strand eilten, zog die resolute Dame im besten Alter ihr Handy aus der Tasche.

„Ich will eben Miezi anrufen. Sie soll was für uns erledigen“, erklärte sie.

„Ist deine Cousine jetzt nicht im Geschäft?“, fragte Rita. Miezi hatte seit dem vergangenen Jahr einen Frisiersalon in Bensersiel. Sie war viel jünger als Oma Pusch und hatte bisher in Leipzig gelebt. Der komische, haarlose Vogel war eigentlich ihrer, aber seltsamerweise hatte sie ihn nie wieder bei Lotti abgeholt und die wollte gar nicht daran erinnern, weil sie sich an den Papagei gewöhnt hatte. Sie konnte sich nicht vorstellen, dass in ihrer Wohnung über dem „Dattein“ nie wieder jemand zur Begrüßung „Du hast hier nichts zu sagen!“ rief. Das Brathähnchen auf der Stange hatte sie um den Finger gewickelt, auch wenn sie das nie zugeben würde.

Oma Pusch hatte Ritas Einwurf überhört und längst deren Nummer gewählt. Sie sah nicht, wie Miezi insgeheim fluchte und versuchte, den Hörer trotz farbbekleckster Handschuhe abzuheben.

„Entschuldigen Sie bitte einen Moment“, bat sie ihre Kundin. „Friseursalon Schneidwerk, Miezi am Apparat, was kann ich für Sie tun?“

„Miezi, ich bin's, deine Cousine Lotti. Du, ich brauche mal deine Hilfe.“

„Ja, gerne“, flüsterte sie in den Hörer, „aber ich kann jetzt nicht, ich habe Farbe an den Händen.“

„Warte kurz", bat Oma Pusch. „Hast du eine Digitalkamera? Oder kann mir jemand eine von Foto Krüger in Esens besorgen?"

„Wer braucht denn so was noch?", entfuhr es Miezi. „Kauf dir doch endlich ein Smartphone. Du lebst doch sonst nicht hinter dem Mond. Die Kameras da drin sind heute so gut, dass kein Mensch mehr eine Digicam braucht. Was willst du denn knipsen und wann?"

„Am liebsten sofort, aber wenn das nicht geht ... ich muss unbedingt bis heute Abend ein Gerät haben, das Bilder macht", erklärte Oma Pusch. „Und mir ist auch egal, was es für ein Ding ist. Das ist ein Notfall."

Miezi stöhnte. „Wer weiß, was du wieder vorhast. Okay, dann schicke ich dir eben meinen Lehrling mit meinem iPhone rüber. Zum Kiosk?"

„Nee, der soll gleich oben am Hafen parken und über den Deich in Richtung Strand gehen. Da fangen wir ihn ab und du hast ihn sofort wieder. Danke, Miezi. Ich erkläre es dir später. Und wie kriege ich dann die Bilder auf meinen Laptop?"

„Ganz einfach. Du gehst in Fotos, wählst die aus, die du haben willst und mailst sie dir zu", erklärte Miezi. „Das ist nahezu selbsterklärend. Luigi kann dir das kurz zeigen."

„Tausend Dank! Du bist ein Schatz", sagte Oma Pusch und legte auf.

Rita schmollte. „Erst hast du es so eilig und ziehst mich hinter dir her und jetzt stehen wir hier doof rum und warten. Wer weiß, ob die Polizei nicht doch gleich schneller da ist als wir."

„Papperlapapp", erwiderte Oma Pusch, „aber wenn du willst, können wir uns auf eine der Bänke hier auf dem Deich setzen. Dann sehen wir den Jungen auch schneller, der mir Miezis Smartphone bringt. Ich will nicht wieder blöd dastehen und keine Fotos machen können. Denk vor allem an heute Nacht, wenn wir in Esens weitere Nachforschungen anstellen wollen. Bestimmt ist der Theo dann auch schon dort. Das bedeutet, dass wir zwei Fliegen mit einer Klappe schlagen können."

„So ein Aufwand, nur damit du knipsen kannst. Kauf dir doch selbst so ein Ding!", schlug Rita vor.

„Darauf kannst du Gift nehmen. Das mache ich vielleicht sogar heute noch, aber wer weiß, ob ich das Ding gleich in Gang kriege. Sicher ist sicher. Besser, ich habe Miezis zusätzlich in der Tasche."

Sie mussten gar nicht lange warten. Luigi, der keinen eigenen Wagen hatte, war höchst erfreut, dass er mit Miezis Schlitten, einem Mercedes Oldtimer, am Deich entlangfahren konnte. Das war teilweise schön kurvig und der betagte Flitzer lag auf der Straße wie ein Brett. Er kam sich wie ein reicher Großprotz vor. In seiner Vorstellung besaß er ein Haus direkt am Strand, ein Casino sowie eine Schar von Bediensteten. Vergessen waren die eintönigen Lockenwickeltätigkeiten und das Wegfegen abgeschnittener Haare oder die endlosen Massagen auf den Köpfen betagter Damen. Er war Luigi, der Schöne, dem alle zu Füßen lagen und nicht irgendein Friseurlehrling in einem Nordseekaff. Es tat ihm auch gut, den beiden Alten zu erklären, wie das iPhone seiner Chefin funktionierte. Immerhin kannte er sich mit diesen Dingen gut aus. Die Oma war weniger begriffsstutzig, als er befürchtet hatte. Schade irgendwie, denn dann hätte sein Ausflug länger gedauert. Aber wenigstens hatte er die Rückfahrt noch vor sich.

Rita und Oma Pusch hatten es jetzt eilig. Sie mussten unbedingt die Ersten am Strandkorb 337 sein. Es dauerte auch gar nicht lange, bis sie ihn gefunden hatten. Bisher waren nur wenige Menschen auf der Strandpromenade unterwegs. Sie hofften nicht aufzufallen. Oma Pusch bat Rita Schmiere zu stehen, während sie den armen Theo hinter dem Gitter in Augenschein nehmen wollte. Dann konnte sie auch gleich Fotos machen, dachte sie. Aber Rita ließ es sich natürlich nicht nehmen, ebenfalls einen ersten Blick auf Theo zu werfen.

Theo Mertens war ein echtes Küstenurgestein. Seit Oma Pusch sich erinnern konnte, vermieteten seine Vorfahren und er Strandkörbe in Neuharlingersiel. Sie sah noch seinen Vater Thorwald mit der tragbaren Kasse von Korb zu Korb wandern oder nächtliche Liebespaare aus den Sitzmöbeln vertreiben. So manch einer, der seinen Rausch am Strand in Thorwalds Eigentum ausschlafen wollte, sah sich von einem Eimer Meerwasser übergossen und verflucht. Auf Platt versteht sich. Wobei er bei den Einheimischen des Öfteren eine Ausnahme machte, vor allem, wenn die noch Schluck dabeihatten. Dann setzte er sich dazu, trank einen oder auch zwei mit und wünschte dem Saufbüdel eine gute Nacht. Jedoch nicht, ohne denjenigen zu ermahnen das Weite zu suchen, bevor die Touristen kamen. Eventuelle Verunreinigungen waren selbstverständlich vorab zu beseitigen. Tja, das war lange her. Der Thorwald war nun schon unter der Erde, die hier in der Gegend ziemlich sandig war, was den Würmern den Weg leichter machte. Und so wie es aussah, würden sie schon bald Gefallen an Theo finden, wenn er ihnen erst zu Füßen lag.

„Nun lass mich doch auch erst mal gucken", meckerte Rita, die zwar nichts dagegen hatte, dass Oma Pusch die Fotos machte und die Leiche genauer inspizierte, aber nicht, ohne die Lage selbst in Augenschein genommen zu haben. „Los, rück mal!"

Oma Pusch war in diesem Moment etwas sprachlos, was wirklich selten vorkam. Da saß er nun, der olle Theo, in ganz merkwürdiger Lage mit angewinkelten Beinen. Und das auch noch in seinem eigenen Strandkorb, in den man ihn eingesperrt hatte. Weil das Gitter mit der Sitzfläche abschloss, hatte Theo die Beine etwas unnatürlich rechts und links seines Gesäßes angehockt. Der eine Fuß stand auf dem Polster. Mit dem anderen stützte er sich an der hölzernen Absperrung ab, so sah es zumindest aus. Seine Hände hielt er fest um eine Schere geklammert, die aus seiner Brust ragte. Ungefähr in Herzhöhe lugten die metallenen Rundungen aus seinen Fingern hervor. Der Blick in seinem Gesicht war eingefroren. So kam er aus dem Staunen nicht mehr heraus, bis jemand so gnädig sein würde, ihm die Augen zu schließen, aber da kamen sie sowieso nicht ran, geschweige denn, dass sich die Damen getraut hätten, an ihm herumzuhantieren. So weit ging ihre Dreistigkeit nun doch nicht.

„Guck mal, wie der guckt", sagte Rita. „So, als ob der sich über irgendwas wundert. Sieht man so aus, wenn man sich selbst mit einer Schere ersticht?"

Oma Pusch schüttelte den Kopf. „Nee, eigentlich nicht. Dann rechnet man wohl damit, dass das wehtut und dass man sterben muss."

„Aber der Theo staunt doch. Ich frage mich worüber", erklärte Rita.

„Ich sehe auch gar kein Blut", überlegte Oma Pusch laut, „und da müsste doch nun wirklich welches sein. Denkst du nicht?"

„Ganz bestimmt. Du, schau mal, das Hemd ist komisch verdreht. Siehst du das? Die Schere scheint genau zwischen den Knöpfen durch den Schlitz gestoßen zu sein", sagte Rita.

„Vielleicht wollte er sein Hemd nicht zerstören und hat es erst zur Seite gerückt."

Rita tippte sich an die Stirn. „Das ist ja wohl oberbekloppt. Wenn man sich verletzt, weiß man, dass es blutet und dann wäre das Hemd eh versaut gewesen."

„Versaut schon, aber nicht kaputt. Man hätte es waschen können", wandte Oma Pusch ein.

„Und wozu?", wollte Rita wissen. „Wer würde denn das noch anziehen wollen? Theo selbst schon mal nicht." Sie kicherte. „Stell dir mal vor, das bietet einer bei eBay an. Frisch gewaschen und gebügelt ..."

„Ich wusste gar nicht, dass du so fiese Gedanken hast, Rita", wunderte sich Oma Pusch. „Das Kleidungsstück hätte dann unter Kuriositäten einen höheren Preis erzielt. So nach dem Motto: Gebrauchtes, aber einwandfreies Herrenoberhemd der Marke XY in der Größe ...", sie sah Theo abschätzend an, „... sagen wir mal 42. Nur einmal drin gestorben."

„Pfui, Lotti, ich bin vielleicht fies, aber du bist direkt makaber. Und nun mach hin. Sieh zu, dass du Fotos machst, mit denen wir hinterher was anfangen können", meckerte Rita mit einem Zwinkern in den Augen.

Und Oma Pusch knipste, was das iPhone von Miezi hergab. Einmal Theo rauf und runter. Seine Fußsohle am Gitter, die merkwürdige Beinstellung, Details seiner Klamotten, Gesicht und Hände aus mehreren Blickwinkeln.

Dazu musste sie sich mächtig ins Zeug legen, denn sie war wegen des Holzgitters in ihren Möglichkeiten eingeschränkt.

„Meinst du, wir könnten das Absperr...", begann sie.

„Denk die Idee nicht mal zu Ende!", warnte Rita. „Hier bleibt alles, wie es ist. Es genügt schon, dass wir vielleicht Spuren zertrampelt haben."

„Das wird Hinnerk schon besorgt haben", erwiderte Oma Pusch. „Ich käme viel besser ran."

„Nein!", sagte Rita entschieden. „Und ich möchte jetzt gehen. Stell dir vor, was passiert, wenn dein Neffe und seine Truppe uns hier erwischen. Das will ich mir nicht ausmalen."

„Na gut", gab sich Oma Pusch geschlagen. „Machen wir heute Nacht weiter, wenn wir die beiden vor uns liegen haben."

Rita, die dieses Vorhaben schon verdrängt hatte, nickte, obwohl ihr bei dem Gedanken zunehmend unwohl war. Aber ohne die Aussicht auf weitere Nachforschungen würde sie ihre Freundin nur schwer von hier wegbekommen. Das war sonnenklar.

„Moment mal", sagte Oma Pusch und hielt inne. Sie schnüffelte. „Riechst du auch was Komisches, was hier nicht hingehört?"

„Wo?", fragte Rita.

„Na, an Theo", erklärte sie. „Geh mal näher ran."

Rita wollte eigentlich nur noch weg, aber damit keine unnötigen Diskussionen aufkamen, ging sie etwas näher an den Strandkorb heran und sog mehrmals tief Luft ein. „Riecht irgendwie gesund oder so. Vielleicht ein bisschen nach Tee? Schwer zu sagen. Merkwürdig an diesem Ort, aber nicht unangenehm. Es erinnert mich an was, wenn ich bloß wüsste, was."

„Geht mir genauso", gab Oma Pusch zu. „Also dann los, ab durch die Mitte, bevor wir auffallen. Ich schlage vor, wir gehen zu mir und schauen uns die Bilder genau an. Am besten auf dem Laptop und schön groß.

Rita nickte. Sie hatte sowieso keine andere Wahl. Zum einen wollte sie ihre Freundin Lotti nicht vor den Kopf stoßen, zum anderen war sie selbst schrecklich neugierig, auch wenn sie das ungern zugab.

Beide ahnten nicht, dass der Tag noch so einige Überraschungen für sie bereithielt.

Während Hedwig ihren Emil nicht sonderlich vermisst hatte und deswegen auch noch nicht zur Polizei gegangen war, traf, kurz nach Eikes Rückkehr, Mia Mertens auf der Dienststelle ein. Aufgelöst und in Sorge war sie, vor allem, weil sie vor der Tür die alte, durchgeknallte Marga getroffen hatte. Und die wusste nichts Besseres zu erzählen, als dass ein böser Geist an der Küste sein Unwesen trieb.

Nicht nur Eike, sondern auch die beiden Beamten Krischan Hansen und Martin Hinrichsen stöhnten innerlich auf. Eine Frau in einem Vermisstenfall zu begleiten und zu trösten, war die eine Sache. Sie aber jetzt noch davon zu überzeugen, dass kein Geist übers Meer gekommen war, um ihren Theo zu holen, die andere. Mia heulte. Eike nahm sich ihrer an und führte sie nach nebenan, wo es ruhiger war und wo sie vor allem fernab von Margas Hirngespinsten sprechen konnten.

Der „Kaiser" Hansen raffte sich aus seinem Bürostuhl auf und ging zu Marga an den Tresen. Die winkte ihn näher zu sich ran.

Aus dem Plattdeutschen zum besseren Verständnis übersetzt:

„Du Krischan, ich hab mir was überlegt", flüsterte sie.

Christian Hansen versuchte, nicht zu genervt zu klingen. „Na, da bin ich ja mal gespannt", log er.

„Du bist ja 'en starken Kerl", begann sie, „und groß. Und Angst hast du sowieso nicht. Vor nix und niemandem. Stimmt's?"

„Ja", antwortete er, wobei er nicht so recht wusste, worauf sie hinauswollte. Er startete einen Versuchsballon. „Marga, du kannst dich ganz sicher fühlen. Hier in Esens und Umgebung beschütze ich dich. Da kommt niemand an dich ran."

„Auch bei die übernatürlichen Dinge?", wollte Marga mit gesenkter Stimme wissen.

Hansen musste tief durchatmen. „Klar, in allen Lebenslagen."

Sie guckte skeptisch und wackelte mit dem Kopf. „Ich weiß nicht so recht. Mir ist es doch lieber, wenn du mir deine Waffe gibst. Dann kann ich auf mich selbst aufpassen. Und auf meine Lütten", fügte sie noch hinzu.

„Wieso, was ist denn mit den Vi... Tieren?", fragte Hansen und grinste insgeheim über ihre Idee mit der Waffe. Gott bewahre, dass sie jemals etwas zum Schießen in die Finger bekam. Wie so manche alleinstehende Dame höheren Alters besaß Marga unzählige, räudige Katzen. Niemand wusste, wie viele es inzwischen waren.

„Salome ist weg", zischte Marga zwischen ihren Zähnen hindurch.

„Das kommt doch schon mal vor, dass sich Katzen ein neues Zuhause suchen", erklärte ihr Hansen mit ruhiger Stimme. „Da ist nix Schlimmes bei. Musst du dir keine Gedanken machen, Marga."

„Salome ist anders. Wenn sie nicht mehr kommt, hat jemand sie umgebracht. Das will ich melden. Dein Kollege fängt doch Mörder, oder?" Margas Blutdruck stieg. „Und ich weiß auch, wer's war. Nur wie man an ihn rankommt, weiß ich nicht. Aber wenn ich ihn wiedersehe, könnte ich ihn erschießen. Einer von euch könnte mir doch seinen Revolver leihen."

„Wir sind doch hier nicht im Wilden Westen, wo jeder einfach so rumballern kann", prustete Hansen, dem der richtige Ausdruck einfiel, als Marga Revolver sagte.

„Ich kann gut zielen", entrüstete sich die Alte. „Ich hab früher mit Heinis Luftgewehr so manches Karnickel oder auch mal eine Taube erwischt. Wenn man immer nur Fisch isst, kriegt man ja Schuppen. Ab und zu was Handfestes auf dem Teller ... aber na ja, meine Tochter hat es mir vor drei Wochen weggenommen."

Der Schreck fuhr in Hansens Glieder, als er darüber nachdachte, was alles hätte passieren können. So gut sah die über Neunzigjährige bestimmt nicht mehr. Es war besser, von diesem Thema abzulenken. „Wir fangen hier nur Mörder, die einen Menschen getötet haben, nicht welche, die Tiere auf dem Gewissen haben. Tut mir leid, Marga. Außerdem hat man doch ihre Leiche noch gar nicht gefunden."

„Also kein Schießeisen?"

Hansen schüttelte vehement den Kopf. „Die dürfen wir gar nicht rausgeben."

Sie zuckte mit den Schultern und flüsterte wieder: „Egal. Dann muss ich mir was anderes ausdenken. Vielleicht lieber mit Feuer. Der Schuss wär durch den eh durchgegangen."

„Wieso das?", fragte Hansen, dem bei der Vorstellung eines von Marga angerichteten Flammeninfernos ein Schauder über den Rücken lief.

„Weil das ein Gespenst ist, du Dösbaddel. Hörst du mir nich zu?" Sie sah sich um und sprach noch leiser. „Ich hatte von was Übernatürlichem gesprochen. Ganz weiß war es. Ich hab's im Mondlicht genau gesehen. Zwei Hexen flogen mit ihm davon. Ich hab sie kichern hören. Die hatten was vor. Wahrscheinlich brauchten sie meine arme Salome für satanische Zwecke." Sie bekreuzigte sich.

Jetzt wurde es Hansen zu bunt. Er hatte den Kanal voll.

„Gut, dass wir das wissen", sagte er und tätschelte ihr den Arm. „Dann werde ich heute Abend mal nach denen Ausschau halten. Ich schlage vor, du gehst jetzt nach Hause, guckst, ob deine anderen Schützlinge noch alle da sind und machst ein kleines Mittagsschläfchen. Wenn du nachts keinen rein- oder rauslässt, kann nichts passieren."

„Krischan, du hast keine Ahnung", sagte Marga und schüttelte den Kopf. „Jeder weiß doch, dass Gespenster auch durch Schlüssellöcher passen."

„Die Katzen aber nicht, lass sie also drin", betonte Hansen, „so, und jetzt bringt der Martin dich heim. Ich drücke dir die Daumen, dass deine Salome wiederkommt."

Für heute hatte er sein Soll in Sachen Pfadfinder mehr als erfüllt: Jeden Tag eine gute Tat! Das war ihr Motto.

Doch in diesem Moment klingelte das Telefon und Hansen machte Marga ein Zeichen, dass er kurz rangehen müsse.

„Kriminalpolizei Esens, Sie sprechen mit Polizeihauptmeister Hansen."

Ein Krächzen war auf der anderen Seite der Leitung zu hören. Hinnerk war nicht geübt im Stimme verstellen. „Ja, ich will was melden", versuchte er sich in einem tiefen Bass. Er hatte Wort gehalten und war zur vereinbarten Zeit in einer Telefonzelle.

„Das denke ich mir, wenn Sie hier anrufen", sagte Hansen. Hatte er es denn heute nur mit Bekloppten zu tun? „Ihr Name?"

„Der tut nichts zur Sache, ich wollte nur Bescheid sagen, dass in Strandkorb 337 ein Toter sitzt. Mehr nicht." Klack. Hinnerk hatte aufgelegt.

„Mehr nicht", entfuhr es Hansen mit einem Seufzer. Na, der hatte gut reden. Wenn da was dran war, konnte er den Feierabend vergessen.

„Is wieder wer verschwunden?", fragte Marga neugierig.

„Nee, nee, Marga, der Martin bringt dich jetzt. Hinrichsen!", rief Hansen. „Sei so lieb und bring unseren geschätzten Gast nach Hause. Aber sieh zu, dass du keinem Gespenst über den Weg läufst."

Marga verdrehte die Augen und tätschelte Hansen zum Abschied die Hand. Der Krischan hatte wirklich keine Ahnung von übernatürlichen Dingen. Sogar jedes Kind wusste, dass es nur nachts spukte, vorzugsweise zwischen Mitternacht und ein Uhr. Deswegen hieß das ja auch Geisterstunde. Hier war keine Hilfe zu erwarten. Sie musste die Sache selbst in die Hand nehmen.

Auch wenn der Morgen schön begonnen hatte, schoben sich jetzt doch ein paar Wolken vor die Sonne. Es hatte aufgefrischt. Oma Pusch wagte beim Blick in den Himmel die Prognose, dass der ablandige Wind die Störenfriede bald vertreiben würde. Als sie sich auf dem Weg zum „Dattein" gegen die Brise den Deich hochkämpften, hielt Oma Pusch inne.

„Gut, dass es vorhin noch nicht so geweht hat, sonst wäre der Emil bestimmt hin- und hergebaumelt. Das hätte richtig gruselig ausgesehen."

„Stimmt", bestätigte Rita und musste etwas lauter sprechen. „Hoffentlich weht der Theo jetzt nicht mit Sand zu. Hinnerk wird doch bei Eike angerufen haben?"

„Er hat's versprochen", erinnerte Oma Pusch, „also wird er wohl. Schließlich kann er's sich nicht leisten, uns zu enttäuschen, wenn er an einer weiteren Zusammenarbeit interessiert ist, was die Ermittlungen angeht."

„Dann werden die bestimmt bald am Strand sein", schlussfolgerte Rita.

„Genau, und deswegen haben wir freie Bahn", erklärte Oma Pusch.

„Freie Bahn wofür?", wollte Rita wissen.

„Ich hab mir überlegt, wir sehen zuerst noch mal auf Emils Kutter nach, bevor wir uns an die Fotos machen. So richtig haben die da gar nicht nach Spuren gesucht. Okay, der eine hing im Mast bei Emil, aber weiter hat das zu nichts geführt. Ich habe nicht gesehen, dass sie das Schiff durchsucht hätten. Und Hinnerk hat davon auch nichts gesagt. Nach einer Weile palavern, sind

Kripo, SpuSi und Rechtsmedizin wieder von Bord gegangen, erzählte er."

„Na ja, das ist bei Selbstmord doch auch nicht üblich", wandte Rita ein. „Da wundert es mich sowieso, warum sie ihn noch weiter untersuchen wollen."

„Vielleicht machen sie das auch gar nicht, sondern legen ihn nur bei Nils und Rico bis zur Bestattung auf Eis. Obwohl er mir ja viel zu schön war. In dieser Situation zumindest", stellte Oma Pusch fest.

„Möglicherweise gab es da bei der ersten Inaugenscheinnahme auch vage Zweifel bei den Ermittlern? Es könnte doch sein, dass sie Ähnliches gedacht haben wie du", überlegte Rita laut.

„Da gibt es dann aber nur Hopp oder Top. Man kann ja auch nicht nur ein bisschen schwanger sein. Entweder sie schließen Mord kategorisch aus, oder sie müssen das Ganze als Verbrechen behandeln", sagte Oma Pusch.

„Siehst du hier jemanden?", fragte Rita, als sie auf der Höhe von Emils Kutter waren.

„Nö", antwortete Oma Pusch.

„Tja, dann schätze ich, sie haben es als Selbstmord abgehakt. Dann kannst du dir den Weg in Nils' Keller auch sparen." Rita atmete insgeheim auf.

„Keineswegs", erwiderte Oma Pusch empört, „da liegt doch nachher auch Theo. Oder hältst du das auch für Selbstmord?"

Rita zuckte mit den Schultern. „Komisch ist bei beiden was."

„Siehst du", freute sich Oma Pusch, „und deswegen lassen wir zwei auch nicht locker und machen da weiter, wo die offiziellen Stellen aufgehört haben."

„Aber da ist noch abgesperrt", wandte Rita ein. Ihr war nicht ganz wohl bei der Sache.

„Ja und?", versuchte Oma Pusch ihre Bedenken wegzufegen. „Scheint sich aber doch niemand mehr für den ollen Kahn zu interessieren, sonst wären die schon längst wieder hier. Wir sehen keinen. Also rauf aufs Deck! Das ist so wie auf der Straße, nachdem eine Baustelle schon längst abgebaut ist. Die Schilder stehen blödsinniger Weise noch, und keiner weiß warum."

„Du gehst zuerst drauf. Ich folge dir nur, damit dir nichts passiert", versuchte sich Rita aus der Affäre zu ziehen.

„Schon klar", nickte Oma Pusch und grinste, „falls ich verunglücke, kannst du Hilfe holen. Auf den Mast wollte ich aber nicht aufentern, falls du das gedacht hast. Keine Sorge, ich übernehme die volle Verantwortung."

Rita zwinkerte ihr zu.

Das schöne Wetter hatte sich hinter den Wolken versteckt, die nun zunehmend dichter wurden und den Hafen verdunkelten. Wunderbar, denn die Natur spielte den Damen in die Karten.

Es war relativ einfach, auf Deck zu gelangen. Das Wasser kam inzwischen zurück und mit der steigenden Flut konnten sie beinahe ebenerdig über die Reling steigen. Allerdings nicht, ohne sich vorher umgesehen zu haben. Aber die Menschen, die am Hafen entlangschlenderten und misstrauisch zum Himmel lugten, schienen sich nicht für zwei ältere Damen zu interessieren, die auf ein Fischerboot stiegen.

„Komm, wir wollen mal die Gegend rund um den Mast untersuchen", schlug Oma Pusch vor. „Falls da noch jemand anders seine Finger im Spiel hatte, wird man ihn da irgendwie hochgezogen haben müssen."

„Das ist ja nun ganz einfach“, sagte Rita, „da müssen wir nicht lange überlegen. Fast jeder hat hier eine Seilwinde an Bord. Wie willst du denn die Netze aus dem Wasser kriegen?“

Rita hatte recht. Darauf hätte sie auch selbst kommen können, ärgerte sich Oma Pusch. Sie versuchte abzulenken. „Mir geht dieser Knoten immer noch nicht aus dem Sinn. So etwas komisch Verdrehtes.“

„Trotzdem kam er mir auch bekannt vor. So als ob ich so etwas schon mal gesehen habe, nur irgendwo anders vielleicht. Keine Ahnung“, sagte Rita und schnüffelte. Sie war in die Hocke gegangen. „Riechst du das?“

Auch Oma Pusch ging in die Knie und versuchte zu ergründen, was ihre Freundin gemeint hatte.

„Ich glaube, es ist das, was wir bei Theo vorhin auch schon in der Nase hatten“, stimmte Oma Pusch zu. „Dies Gesunde, Undefinierbare. Wobei ich finde, dass es hier auch noch leicht süßlich ist. So wie Erkältungstee mit Honig.“

Rita roch noch einmal genauer und näher in Richtung Mast und nickte.

„Du, ich habe eine Idee“, rief Oma Pusch.

Rita zischte „Pst!“

Beide sahen sich erschreckt um. Im Eifer des Gefechts hatten sie fast vergessen, dass sie in geheimer Mission unterwegs waren. Dann nahm Oma Pusch vorsichtig ihren Finger und tippte leicht an eine Stelle unweit des Mastes. Sie glänzte etwas matter als das lackierte Holz.

„Das klebt“, erklärte sie ihrer Freundin und schmunzelte. Dann stand sie auf und zog ihre Hosenbeine hoch.

„Mensch Lotti, was hast du denn nun schon wieder vor?“, stöhnte Rita leise.

„Wart's ab", gab Oma Pusch zurück und leerte den Inhalt ihrer Aufschläge in die hohle Hand. Dann streute sie den Sand rund um den Mast.

„Muss ich einen Arzt rufen?", fragte Rita. „Bist du jetzt völlig durchgeknallt, hier mit Sand zu spielen?"

Oma Pusch grinste frech. „Von mir aus. Du kannst aber auch erst mit mir pusten und sehen, was dann passiert. Wenn du anschließend immer noch der Meinung bist, dass ich eingewiesen werden sollte, nur zu. Tu dir keinen Zwang an. Anderenfalls kannst du mich aber für genial und ausgekocht halten. Los, jetzt kräftig den Sand wegpusten!"

Rita wusste zwar nicht, wozu das gut sein sollte, aber sie tat ihrer Freundin den Gefallen. Schließlich wollte sie wissen, was es mit diesem komischen Verhalten auf sich hatte. Und siehe da, vor ihnen waren mehrere Muster entstanden.

„Ich glaub's ja nicht", entfuhr es Rita. „Sieht aus wie Schuhabdrücke. Nicht vollständig, aber immerhin. Und so etwas wie eine Schleifspur."

„Na, dann will ich das doch mal mit Miezis Smartphone festhalten", schlug Oma Pusch vor.

„Deine Idee ist wirklich genial", gab Rita zu. „Wie bist du nur darauf gekommen?"

„Ach, das machen die doch bei der Spurensicherung auch so. Nur dass die so ein feines Pulver haben und mit dem Pinsel zu Werke gehen. Hast du das nie im Fernsehen mitverfolgt? Sieht man doch oft in den Krimis. Ich dachte, Nordseesand tut's auch, vor allem auf dem dunklen Deck. Da kommen die hellen Spuren schön raus."

„Ja, schon, aber was sagt uns das jetzt?", fragte Rita.

„Vielleicht erst mal noch nichts. Aber wir haben die Spuren im Kasten. Da bei Theo am Strand hätte das keinen Sinn gehabt, welche zu suchen. Aber das mit dem Geruch ist seltsam. Ich meine, dass wir ihn im Strandkorb und jetzt auch hier auf Emils Deck wahrgenommen haben."

„Nun wirst du doch wohl nicht darauf kommen, dass diese beiden Todesfälle etwas miteinander zu tun haben?", wunderte sich Rita.

„Warum nicht? In diese Richtung denken sollten wir aber. Und weißt du auch warum?", wollte Oma Pusch wissen.

„Nee."

„Weil das nicht die einzige Übereinstimmung ist", erklärte Oma Pusch.

„Ich kann nicht erkennen, dass es weitere Gemeinsamkeiten gibt", erwiderte Rita. „Einer ist erhängt, einer erstochen, ob durch eigene Hand oder nicht, wissen wir nicht."

„Ja, das schon. Aber: Beide waren zu unversehrt, zu wenig schrecklich, viel zu normal tot. Kein schockierendes Äußeres, kein Blut. Verstehst du?" Oma Pusch machte ein triumphierendes Gesicht. „Und das wundert mich. Da ist manipuliert worden. Ich kann es förmlich fühlen, dass da etwas nicht mit rechten Dingen zugeht."

„Wir reden aber jetzt nicht über Gespenster?", lachte Rita.

„Keineswegs", prustete Oma Pusch, „und wenn, wären es höchst reale aus Fleisch und Blut."

Platsch, beim letzten Wort klatschte ein Tropfen auf Ritas Hand. Sie zuckte zusammen, aber es war nur der Beginn eines üppigen Frühlingsschauers.

„Jetzt aber nichts wie weg", zischte Oma Pusch. Sie saß bereits rittlings auf der Reling.

Und das war keinen Moment zu früh, denn die Beamten der Spurensicherung kamen in ihren weißen

Anzügen direkt auf Emils Kutter zu, als auch Rita wieder am Kai stand.

„Schlag deinen Kragen hoch!", befahl Oma Pusch.

„Ich hab keinen", fauchte Rita zurück.

„Dann zieh deine Jacke über den Kopf! Die werden denken, es sei wegen des Regens. Und jetzt ab durch die Mitte."

Unerkannt schlenderten zwei regennasse Damen in Richtung der Kneipe „Dattein". Das war nichts Ungewöhnliches und fiel daher nicht auf. Oma Pusch sah wie ein begossener Pudel aus, aber im Gesicht hatte sie ein schadenfrohes Grinsen. Sie waren den Ermittlern meilenweit voraus.

Mia Mertens war das, was man im Volksmund eine graue Maus nannte. In ihrer Kittelschürze pflegte sie Haushalt und Garten, hatte aber ansonsten nicht viel zu melden. Ihr Mann, der verblichene Theo, von dem sie noch nicht wusste, dass er sein Leben ausgehaucht hatte, war dominant gewesen, so lange sie ihn kannte. Was jeden modernen Menschen ins Haareraufen geraten ließe, war für Mia normal. Ja, sie ordnete sich ihrem Hausvorstand gerne unter. Das bot ihr den notwendigen Schutz, den sie brauchte. Sie musste keine Entscheidungen treffen und keine Verantwortung für irgendwas übernehmen. Der Theo machte das schon.

Auch Sohn Eckhard war, kaum den Windeln entstiegen, in dasselbe Muster verfallen wie Vaddern und beherrschte seine Mutter gekonnt auf seine eigene Art und Weise. Und Mia? Die tat, was sie immer tat: sich unterordnen. Das kannte sie, dieses Verhalten war ihr vertraut. Manch orientalischer Pascha hätte sich eine Scheibe bei Theo abschneiden können, aber an dem schnitt jetzt bestenfalls noch Enno herum, falls denn sein Ableben fraglicher Natur war.

Mia hatte sich von der alten Marga ganz wuschig machen lassen. Weinend saß sie vor Eike und murmelte was von einem, der übers Meer kam, um Küstenbewohner zu holen mit seinen großen Klauen. Wie ein erwachsener Mensch nur so leichtgläubig sein konnte. Er interessierte sich nur für die Fakten.

„Frau Mertens“, versuchte er zu der schluchzenden Frau durchzudringen, „auf Margas Erzählungen würde ich nichts geben. Wir haben schon die dollsten Geschichten von ihr gehört."

Mia blinzelte verwirrt durch den Tränenschleier. „Meinen Sie wirklich, Herr Wachtmeister?"

„Oberkommissar", konnte sich Eike nicht verkneifen. Er war immer noch stolz auf seine Beförderung. „Glauben Sie mir, das Übernatürliche und jedes andere paranormale Phänomen können wir ausschließen. Und jetzt erzählen Sie mir doch bitte erst mal genau, was vorgefallen ist."

„Mein Theo ist heute Nacht nicht nach Hause gekommen", klagte Mia.

„Und das ist das erste Mal, dass er ausgeblieben ist?", fragte Eike und bemühte sich sachlich zu bleiben. Er hatte von Theos Ruf gehört. Es hieß, er vögelte alles, was nicht bei drei auf dem Baum war. Tja, und allein reisende Damen waren wohl während ihres Urlaubs nicht so schnell beim Klettern.

„Doch, doch", bestätigte Mia, „das kam schon mal vor, wenn er in seinem Büro am Hafen über der Buchführung eingeschlafen ist. Aber dann war er wenigstens zum Frühstück wieder da. Doch heute ..." Sie schniefte.

„Heute kam er nicht?", fragte Eike.

Mia schüttelte den Kopf.

Hinter Mia machte Krischan Hansen durch die Glasscheibe Zeichen. Es schien dringend zu sein.

„Frau Mertens", sagte Eike und schob Mia ein Blatt und einen Kugelschreiber zu, „seien Sie doch so lieb und schreiben mir auf, welche Kleidung Ihr Mann gestern Abend getragen hat, als er fortging. Ich müsste mich mal kurz mit meinem Kollegen besprechen. Bitte entschuldigen Sie mich einen Moment. Ich komme gleich wieder zu Ihnen."

„Was ist denn so eilig?", fragte Eike.

„Es hat jemand angerufen. Unbekannt, wollte seinen Namen nicht sagen. Er behauptet, er hätte am Strand von Neuharlingersiel eine Leiche gefunden", erklärte Hansen.

„Und wo da?", wollte Eike wissen.

„In Strandkorb 337", gab Hansen bekannt. „Mehr weiß ich allerdings nicht."

Eike sah sich um. „Ist Hinrichsen schon unterwegs?"

„Nee, der bringt Marga nach Hause und wird bestimmt nass bis auf die Knochen", sagte Hansen, der aus dem Fenster sah. Es schüttete wie aus Kübeln.

„Schön, dann soll später einer von euch zum Strand rausfahren, nachdem Martin wieder hier ist und ihr einen schönen, heißen Tee zur Stärkung getrunken habt", schlug Eike vor.

„Echt?", fragte Hansen ungläubig.

„Natürlich nicht", schimpfte Eike lauter, als er wollte. „Ruf sofort den Hinrichsen an, dass der sich hier umgehend wieder einfindet. Und zwar schneller, als die Polizei erlaubt. Das geht so nicht mehr. Demnächst rufen wir der alten Schachtel ein Taxi, das sie nach Hause bringt oder meinetwegen rufen wir auch ihre Tochter an. Aber wir dackeln nicht mehr mit ihr heim. Habe ich mich klar genug ausgedrückt?"

Krischan Hansen wurde puterrot. Das hatten sie immer schon so gemacht. Seitdem er sich erinnern konnte, brachten sie Marga zurück. Ein feiner, kleiner Spaziergang an der frischen Luft, bei dem man sich auch ein Fischbrötchen oder Ähnliches mitbringen konnte. Mal kurz raus aus der Büroluft. Und das wollte dieser hinterfotzige Hintermoser jetzt ändern. Nicht mit ihm. Das konnten sie in Bayern mit den Leuten machen. Sollte er doch wieder da hingehen, wo die Kühe wegen der Hanglage zwei kürzere Beine hatten.

„Ja, Chef", brachte er mühsam über die Lippen, obwohl er „Nein, du Bergschrat" meinte.

„Weißt du was?", fragte Eike, dem nicht entgangen war, was sich im Hirnkastl vom „Kaiser" abgespielt hatte.

„Nee", entgegnete Hansen knapp.

„Du fährst ihm entgegen, nachdem du ihn angerufen hast. Gabel ihn an einer geschickten Stelle auf. Dann geht es noch schneller. Ihr gebt mir sofort Bescheid, wenn es sich bestätigt und wir es nicht mit einem dummen Scherz zu tun haben. Ich verständige dann umgehend die SpuSi und komme nach, wenn ich mit Mia Mertens fertig bin. Es steht nur zu befürchten, dass der Tote im Strandkorb ihr vermisster Theo ist." Er kratzte sich an der Stirn.

„Oha", entfuhr es Hansen, während er den Hörer abnahm.

Eike erwischte Bodo Siebenstein nur auf dem Handy und warnte ihn vor, dass es möglicherweise noch einen weiteren Toten am Strand gab. Die Spurensicherung war auf dem Weg zu Emils Kutter und damit ohnehin in der Nähe. Falls sich die Meldung bestätigte, würde er den Kahn notgedrungen seiner Kollegin Nele Freese überlassen, aber am liebsten hielt er die Fäden selbst in der Hand. Und zu einem frischen Fundort ließ er sie auf keinen Fall allein. Sie mussten sich also eventuell aufteilen. Beide Einsatzorte ließen sich glücklicherweise vom Parkplatz am Hafen aus erreichen. Das konnte ein turbulenter Morgen werden.

Eike beeilte sich, wieder zu Mia Mertens zu kommen. Sie hatte mittlerweile notiert, wie Theo gekleidet gewesen war.

„Vielen Dank, dass Sie gewartet haben. Wir werden jetzt nach Ihrem Mann Ausschau halten. Ich kann doch davon ausgehen, dass Sie bereits bei Verwandten, Bekannten oder Nachbarn nachgefragt haben, ob die ihn gesehen haben oder wissen, wo er sein könnte?"

„Natürlich", bestätigte Mia, „ich bin den ganzen Vormittag mit nichts anderem beschäftigt gewesen, aber die Einzige, die eine Idee hatte, war die alte Dame, die ich vor dem Eingang hier getroffen hatte."

„Nun ja, das können wir leider nicht ernst nehmen, aber wir werden Ihren Mann schon finden", sagte Eike. „Gehen Sie nun besser erst mal nach Hause. Sobald wir etwas erfahren, melden wir uns bei Ihnen. Schreiben Sie mir bitte noch Ihre Adresse und Telefonnummer auf, damit ich Sie erreichen kann."

Mia notierte das Gewünschte und stand dann auf. Sie hatte sich wieder etwas gefangen. Oberkommissar Eike Hintermoser ahnte, dass das nicht von langer Dauer sein würde.

„Ich weiß gar nicht, was ich jetzt tun soll?", überlegte Mia.

„Was machen Sie denn sonst um diese Uhrzeit?", fragte Eike.

„Eigentlich hätte ich schon morgens mit Putzen und Saugen angefangen, sobald Theo aus dem Haus war, aber ..."

„Ja, dann wäre es doch eine gute Idee, wenn Sie das nachholen, damit alles fein ist, wenn er wieder zurückkehrt", schlug Eike vor.

Mia nickte geistesabwesend, schüttelte ihm die Hand und war in Gedanken schon dabei, ihre Küche zu wischen. Ja, genau das würde sie jetzt tun.

Man brauchte keine Eingebungen zu haben, um zu erahnen, wo Hinrichsen auf dem Rückweg von Marga hängen geblieben war.

Hansen gabelte ihn bei Schlicky Becker auf, als er gerade in ein ordentliches Stück Käsekuchen beißen wollte. Dabei lehnte er am Tresen und machte den Bedienungen schöne Augen. Wahrscheinlich bildete er sich ein, dass sie ihn, den schlaksigen Kerl mit den abstehenden Ohren, auch noch attraktiv fanden. Hansen wusste es besser. An ihm war auch keine mehr interessiert. Sie hofften lediglich auf etwas polizeiliche Milde, falls sie einmal in die Situation kamen.

Hinrichsen staunte nicht schlecht, als auf einmal sein Kollege Krischan in der Tür stand und ihm irgendwelche Zeichen machte.

„Mensch, nu lass dir dein Teilchen da einpacken und sieh zu, dass du an Land kommst", herrschte Krischan ihn an.

„Für Sie auch eins, Herr Hansen?", flötete die Bedienung.

Er zuckte mit den Schultern. Klar wollte er, aber der fleischgewordene Almdudler lag ihm im Magen. Sie durften keine Zeit verlieren.

„Ich pack's Ihnen mit dazu", schlug Hanna vor. Sie sah ihrer Großmutter Lotti ähnlich. Wie aus dem Gesicht geschnitten.

„Meinetwegen", knurrte Hansen.

„Was machst du denn hier für einen Aufriss", beschwerte sich Martin Hinrichsen, als sie wieder draußen standen. Der Regen hatte nachgelassen, aber seine Hosenbeine waren klitschnass. „Nicht mal meinen Tee konnte ich noch austrinken."

„Leichenfund am Strand und der Morsmoser hat schon gemeckert, dass du mit Marga mitgegangen bist. An mir hat er's ausgelassen", erklärte Hansen.

„Ja und? Das haben wir doch schon immer so gemacht", entfuhr es Martin.

„Schon, aber jetzt nicht mehr. Du sollst ihr in Zukunft eine Taxe oder ihre Tochter rufen", sagte Hansen.

Martin tippte sich an die Stirn. „So ein Aufriss, wegen der paar Meter. Meist ist doch hier eh nix los. Außerdem haben wir sie dann so lange am Hals, bis einer eintrudelt, um sie abzuholen."

Das war ein gutes Argument, fand Hansen und beschloss, es sich zu merken. „Deine Hosenbeine sind fast bis zu den Klöten durchgeweicht", schmunzelte er. „Da wird der Sand gleich schön dran hängen bleiben."

„Na ja, umziehen ist ja wohl nicht drin, oder?", fragte Martin eigentlich nur rhetorisch.

„Nicht wirklich", gab Krischan ihm recht. „Musst du wohl durch."

Martin Hinrichsen ergab sich in sein Schicksal und zuckte mit den Achseln. Wenn er krank wurde, konnte er zu Hause bleiben.

Unlustig fuhren die beiden Beamten in Richtung Neuharlingersiel.

„Und wenn uns da nur einer vergackeiern will?", begann Hinrichsen und biss in seinen Kuchen.

„Das sehen wir ja dann", brummte Hansen, „bleibt uns eh nix anderes übrig als nachzusehen. Sonst schäumt der Weißblaue wie ein zu warmes Weizenbier."

„Magst du dieses Gesöff?", wollte Hinrichsen wissen.

„Es geht doch wohl nichts über so ein schönes norddeutsches Bier, aber selbst wenn ich mal zum Leberkäse so eins tränke, würde ich es nicht zugeben. Zumindest nicht vor dem Jodelfritzen", sagte Hansen.

„Meinst du, der kann echt jodeln?", überlegte Hinrichsen. „Immerhin ist er nur zur Hälfte Bazi. Seine anderen Gene sind von hier. Und ich glaube, unsere Kehlen sind für solche Töne nicht gemacht. Oder hast du den Siebenstein schon mal bei so was erwischt?" Hinrichsen lachte.

„Wo der herkommt, weiß eh niemand", stimmte Hansen in das Gelächter mit ein, „aber Shantys mit Jodeleinlage, das wäre der Kracher."

Endlich hatten sie den Parkplatz erreicht und stiegen aus dem warmen Fahrzeug. Der Regen hatte die Temperatur nach unten gedrückt. Die Hosenbeine flatterten klamm an Hinrichsens Beine. Eine freche Möwe nahm seinen Kuchen ins Visier und versuchte ein kleines Diebstahlmanöver.

„Menno!", meckerte er und scheuchte den Vogel weg. „Wo soll denn der Tote nun sein?"

„Im Strandkorb 337", erklärte Hansen.

„Na, denn man tau", sagte Hinrichsen und ging auf den Deich zu. Dahinter blies es noch heftiger. „Wenigstens sind hier kaum Leute unterwegs."

„Wären wir auch nicht, wenn wir nicht müssten", bemerkte Hansen missmutig.

Der Regen hatte wieder eingesetzt. Dazu kam ein auffrischender Wind, der die Tropfen beinahe waagerecht auf die Beamten prasseln ließ. Innerhalb von Sekunden waren beide bis auf die Haut durchnässt.

„Wir hätten unsere Friesennerze anziehen sollen“, schrie Hansen gegen den Wind.

„Wer konnte denn ahnen, dass es plötzlich so ekelig wird?“, antwortete Hinrichsen. „Sollen wir zurückgehen?“

„Nee, ist jetzt eh zu spät“, waren Hansens Worte. Martin konnte ihn kaum verstehen. „Lass uns möglichst lange auf dem gepflasterten Bereich bleiben. Der Sand wird wie Pech an uns kleben. Wo ist nur diese besch... 337?“, fluchte er.

„Bestimmt ganz hinten“, unkte Martin Hinrichsen. Um ein Haar hätte er richtig gelegen.

Während sich Krischan und Martin kalte Füße holten, weil sie nach Strandkorb 337 suchten, saßen Oma Pusch und ihre Freundin Rita mit einer herrlich heißen Tasse Tee vor dem Laptop und stierten auf den Bildschirm.

„Mensch Lotti, echt pfiffig von dir, dass du dir die Bilder per E-Mail geschickt hast, um sie auf den Rechner zu kriegen!", freute sich Rita.

„Schade, dass wir kein einziges von Emil haben", bedauerte Oma Pusch.

Sie war wild entschlossen, sich anstatt einer Digitalkamera ein nagelneues Smart-phone zu kaufen. Miezis machte super Bilder. Das vorsintflutliche Ding, das sie vor einiger Zeit von ihrer Enkelin Hanna geerbt hatte, war längst hinüber. Es aber nur durch ein einfaches Handy ersetzt zu haben, war darüber hinaus ein Fehler gewesen. Das wurde ihr jetzt schmerzlich bewusst.

Sie öffnete das erste Foto, das sie von Theo gemacht hatten.

Eine Zeit lang schwiegen beide und betrachteten den Toten.

„Ich weiß jetzt, was du gemeint hast", sagte Rita, „mit dem, dass er zu gut aussieht. Man merkt zwar, dass er nicht mehr lebt, aber es ist nichts Schreckliches an ihm. Kein Blut, kein entstelltes Gesicht. Er guckt eher erstaunt oder überrascht. So als ob er nicht damit gerechnet hat zu sterben."

„Das tun wohl die Wenigsten", wandte Oma Pusch ein, „zumindest, was den genauen Moment angeht."

„Stimmt schon“, erwiderte Rita, „aber ist der ungläubige Blick nicht ein Indiz für Mord?“

„Wie meinst du das denn?“, wollte Oma Pusch wissen.

„Na ja, gut, vielleicht nicht unbedingt nur für Mord, sondern eher für alle Todesfälle, in denen der Betreffende gerade noch feststellen kann, dass es ihm gleich an den Kragen geht, er aber nicht genug Zeit hat, die Tatsache zu bedauern“, erklärte Rita.

„Eine sehr gewagte These“, überlegte Oma Pusch. „Lass uns darüber mal nachdenken.“

„Stell dir vor“, begann Rita, „dir will einer ans Leder und es gelingt ihm beispielsweise, dir eine Zaunlatte über den Schädel zu ziehen. Wetten, dass du da auch erst mal doof guckst, vor allem, wenn du denjenigen kennst. So nach dem Motto: Das darf ja wohl nicht wahr sein! Warum tut der das? Tja, und wenn dir in diesem Moment das Lebenslicht ausgeht, dann bleibt dein Gesicht vielleicht so.“

„Du meinst, der Theo hätte seinen Mörder gekannt?“, fragte Oma Pusch.

Rita nickte. „Davon bin ich sogar überzeugt, oder glaubst du, ein geprellter Strandkorbmieter wollte sich rächen? Sind doch genügend zu haben um diese Jahreszeit.“

„Es wäre aber auch denkbar, dass er beispielsweise ein Liebespaar erwischt hat, das heimlich das Gitter entfernt hat, um ...“, mutmaßte Oma Pusch. „Wenn die ihm dann die Schere reingestoßen haben?“

„Nee, dann wäre sein Gesicht empört oder wütend gewesen. Die hätten ihn erstochen, während er in Rage war“, wandte Rita ein.

„Ich glaube sowieso nicht, dass das die Todesursache war, aber wozu dann die Schere?“, dachte Oma Pusch laut.

„Ist doch sonnenklar“, lachte Rita, „damit jeder denkt, dass er's selber war. Er hatte doch die Enden noch in der Hand.“

Oma Pusch schwieg. Sie dachte nach und wägte ab. „Lass uns doch ein Foto anschauen, auf dem man den Bereich gut sehen kann.“ Sie blätterte vor. „Hier, guck mal!“

Die Freundinnen inspizierten das Bild. Es zeigte Theos Hände am potenziellen Tatwerkzeug. Seine Finger waren unterhalb der Eintrittsstelle um den Stahl gelegt, beide Daumen steckten jeweils in einem der Grifflöcher.

„Hmm, würdest du dich so erstechen?“, fragte Oma Pusch.

„Keine Ahnung. Ich hab's noch nie probiert“, erwiderte Rita. „Hast du eine Schere da? Dann könnten wir es mal simulieren.“

„Gute Idee“, sagte Oma Pusch, „warte, ich hole eine aus der Küche.“

„Mach keinen Quatsch!“, meldete sich Ronny aus seinem Käfig, der bis dahin ein kleines Nickerchen gemacht hatte und nun neugierig den Kopf schief legte.

Rita kicherte. „Keine Bange, wir machen nicht ernst!“

Der komische, haarlose Vogel wippte wie ein aufrechtes Brathähnchen auf seiner Stange. Er tanzte wohl. Oma Pusch ließ für ihn immer das Radio oder den Fernseher laufen, wenn sie nicht zu Hause war. Sie hatten herausgefunden, dass Ronny ein Faible für bayrische Musik hatte. Und das als waschechter Sachse!

Jetzt lief gerade Andreas Gabalier. Der Vogel war in seinem Element. „Liad füa di“, kreischte er, als Oma Pusch mit der Haushaltsschere zurückkam.

„So, jetzt bin ich gespannt“, sagte sie. „Mach mal die Augen zu und versuch nicht vorher drüber nachzudenken, wie du sie halten solltest, falls das geht.“

„Sehr witzig, wir denken schon die ganze Zeit darüber nach“, gab Rita zurück, nahm die Schere und schloss die Augen. „Ich weiß zwar nicht, wieso ich sie zumachen muss ...“

„Na, um instinktiver zu handeln“, erklärte Oma Pusch.

Rita umschloss den oberen Teil der Schere mit beiden Händen und führte sie langsam in Richtung Brust.

„Nicht bewegen, ich mache eben ein Foto.“

„So, und jetzt du“, verlangte Rita. „Wie knipse ich mit dem Ding?“

„Einfach da auf den Punkt drücken. Mehr nicht“, wies Oma Pusch ihre Freundin ein. Dann setzte sie sich und versuchte es ebenfalls. Ihre rechte Hand umschloss den Schaft der Schere oberhalb der Schneiden, die linke legte sie auf die Griffe. „Ich würde es so machen.“

„Warte, ich drücke eben ab“, befahl Rita und es klickte leise.

„Ganz anders“, wunderte sich Oma Pusch beim Betrachten der Fotos, „sogar wir beide haben es unterschiedlich gemacht, aber keine von uns hat die Daumen in die Grifflöcher gelegt. Wir haben mindestens eine Hand dazu benutzt, um von oben Druck auf die Schere auszuüben. Jetzt versuchen wir es mal auf Theos Art. Du fängst wieder an.“

Rita sah noch einmal genau nach, wie der Tote das Werkzeug hielt. „Unmöglich!“, sagte sie bei dem Versuch, es ihm gleichzutun. „Die Kraft würde niemals reichen.“

Auch Oma Pusch probierte es aus. Sie schüttelte den Kopf. „Du hast recht, Rita. Auf diese Weise geht es auf keinen Fall. Er müsste ja gezogen und nicht gedrückt haben. Das ist vollkommen unrealistisch. Dazu kommt noch das fehlende Blut. Also ich schätze, hier wollte jemand vorgaukeln, dass Theo sich umgebracht hat."

„Sein Mörder", entfuhr es Rita mit einem Zittern in der Stimme.

„Wer sonst?", fragte Oma Pusch. „Alles andere macht doch keinen Sinn."

„Aber was es wohl mit diesem Geruch auf sich hat?", überlegte Rita.

„Da habe ich überhaupt keine Idee", gab Oma Pusch zu. „Aber ich kenne das Zeug. Es weckt in mir Erinnerungen, die ich nicht greifen kann. Doch ob es eine Verbindung oder einen Zusammenhang gibt? Keine Ahnung. Wieso sollte ein Duft etwas damit zu tun haben?"

„Um was zu überdecken?", schlug Rita vor.

„Was denn zum Beispiel?", wollte Oma Pusch wissen.

„Leichengeruch oder so, falls sie länger nicht entdeckt worden wären. Vielleicht auch den Geruch von irgendeinem Gift, das man erkennen könnte", schlug Rita vor.

„Na, so auffällig wie die beiden drapiert waren, wollte man sie nicht lange vor der Öffentlichkeit verbergen, darum können wir das mit der Verwesung ausschließen. Aber deine andere Theorie klingt ganz interessant. Ein Gas wäre auch möglich", fügte Oma Pusch an. „Ich bin gespannt, was mein Schwager Enno so alles herausfindet. Wenn er seine Unterlagen auf dem Schreibtisch lässt, können wir heute Nacht einen Blick darauf werfen. Ansonsten stöbern wir ein bisschen."

Rita seufzte. „Du hast dein Vorhaben immer noch nicht aufgegeben. Dabei hatte ich gehofft ..."

„Papperlapapp! Jetzt erst recht. Ist doch wohl klar! Da liegen schon zwei Kandidaten im Keller, wenn wir dort unsere Inspektion vornehmen", freute sich Oma Pusch.

Dies jedoch war reine Spekulation. Die Realität sollte sie eines Besseren belehren.

Der gute Enno hatte sich den Emil gleich auf den Tisch legen lassen. Und obwohl der Tote noch ziemlich frisch roch, ließ der Allgemeinarzt mit Rechtsmedizinerzulassung die Absauganlage laufen. Er hatte eine empfindliche Nase.

Beim Eröffnen einer Leiche entstiegen derselben immer Gerüche unterschiedlichster Art. Oder auf Hochdeutsch gesagt: Der Mensch stank innerlich und konnte froh sein, dass er, solange er noch lebte, alles fein in Haut, Schleimhaut, Adern oder Gedärm verpackt hatte.

Enno beugte sich über Emil und wollte gerade den Y-Schnitt ansetzen, als es ihm heftig in den Rücken schoss. Er ließ das Skalpell fallen und hielt sich am Sektionstisch fest. Der Schmerz war so groß, dass ihm die Tränen in die Augen stiegen, ohne dass er es wollte. Krumm wie ein Flitzebogen stand er da und konnte sich nicht rühren. Es war unmöglich. Also abwarten, bis die Tortur nachließ.

Als Nils Esen eine halbe Stunde später an die Tür klopfte, stand Enno immer noch so da.

„Komm rein“, rief er, „ich brauche Hilfe.“

Nils, der mehr an eine Unterstützung bei der Sektion oder dem Rücktransport Emils in die Kühlkammer dachte, öffnete die Tür und blickte auf ein Bild des Jammers. Über den Toten gebeugt stand Enno, mit einem fast ebenso bleichen Gesicht und roten Augen.

„Ist dir schlecht geworden?“, fragte er vorsichtig. Er wollte den Mediziner nicht in seiner Ehre kränken.

„Nein, Hexenschuss“, stöhnte Enno, „kannst du den Emil eben wegpacken? Ich kann jetzt unmöglich sezieren.“

„Klar, mache ich“, erwiderte Nils und schob die fahrbare Trage neben den Tisch. Mit geübten Händen bettete er die Leiche um und schob sie ins Kühlfach. „Kann ich dir sonst noch irgendwie helfen? Soll ich den Notarzt anrufen?“

„Bloß nicht“, stöhnte Enno. „Ich gebe mir gleich selbst eine Spritze. Du assistierst mir.“

Nils machte ein unglückliches Gesicht. „Also, an Lebenden hantiere ich eigentlich nicht so gerne rum“, gab er zu bedenken.

„Stell dich nicht so an, ich sage dir, was du tun sollst. Jetzt gibst du mir erst mal das Fläschchen da hinten mit dem blauen Aufdruck. Lies mir vor, was da drauf steht!“

Nils gehorchte widerstrebend. „Lidocain, 1%ig.“

„Prima“, keuchte Enno. „Jetzt nimmst du aus dem Klappfach eine grüne oder gelbe Kanüle und gleich daneben eine Zehn-Milliliter-Spritze. Ach, und eine von den hellblauen, langen Kanülen.“

„Ich spritz dir aber nichts“, sagte Nils mit Nachdruck. „Lass uns lieber einen Arzt rufen. Ich bringe dich auch gerne wohin.“

„Jetzt stell dich nicht so an“, bat Enno. „Du musst nur aufziehen und abdrücken. Die Nadel setze ich mir schon lieber selber. Keine Sorge, da kann nichts passieren. Ihr braucht mich. Wenn ich erst einem anderen Quacksalber in die Hände falle, könnt ihr diese und weitere Leichen in naher Zukunft woanders hinkutschieren. Willst du das?“

„Nee“, gab Nils zu. „Wenn sich's vermeiden lässt.“

„Auf meine Art und Weise schon“, erwiderte Enno und atmete tief durch, „also sei keine Memme und hilf mir gefälligst.“

„Was soll ich tun?"

„Hol alles hier auf den Tisch", ordnete Enno an. „Zuerst reißt du das Metall von der kleinen Flasche ab. Dann sprühst du das Gummi mit Kodanspray ein zur Desinfektion."

„Okay", sagte Nils und agierte wie verlangt.

„Jetzt nimmst du die Spritze aus der Hülle. Vorsicht, nicht vorne anfassen!"

„Ganz blöd bin ich nicht", meckerte Nils.

„Gut, dann nimmst du die gelbe Kanüle und steckst sie auf die Spritze. Die Nadel muss durch die Gummioberfläche von der Lidocain-Flasche. Ja, so ist es gut!" Enno war zufrieden. „So, und nun vorsichtig aufziehen. Ja, stopp. Jetzt die hellblaue öffnen und in der einen Hand behalten. Mit der anderen die gelbe Kanüle festhalten und Spritze abdrehen. Nicht hinlegen! Sofort die hellblaue aufstecken. Wunderbar. Hol mal eine Nierenschale von da vorne. Da kannst du die Spritze reinlegen."

Nils schwitzte. „Und nun?"

„Hilf mir auf den Tisch! Ich muss seitlich liegen", bat Enno.

„Wie soll das gehen, du kannst dich doch kaum bewegen", wandte Nils ein.

„Fahr den Tisch runter. Es muss eben gehen", erwiderte Enno.

„Auf deine Verantwortung", erklärte Nils, der selbst wusste, was Rückenschmerzen waren.

„Ich setze mich gleich auf die Kante, jedenfalls mehr oder weniger, und du musst mich dann in die Seitenlage kippen. Aber Moment bitte! Hol erst noch das Heizkissen aus der Schublade. Das legst du hier in die Mitte auf den Sektionstisch." Enno zeigte auf seinen Schreibtisch.

„Du willst doch da wohl nicht drauf liegen bleiben", sagte Nils verdutzt.

„Oh doch, das ist der einzig sinnvolle Platz, weil er steinhart ist und das Heizkissen wird mich vor der Kälte des Stahls bewahren", erklärte Enno.

„Du hast einen an der Waffel", entfuhr es Nils.

„Da kümmer dich man nicht drum. Mach einfach, was ich sage und gut. Von mir aus hältst du mich für bekloppt." Enno drehte sich vorsichtig um.

Nils fuhr den Tisch auf Gesäßhöhe. „So, und jetzt ganz langsam, Onkel Enno."

Doch das war nicht so einfach. Der Geplagte schrie aus Leibeskräften, als sein Neffe ihn in die seitliche Lage brachte. Es hörte sich an, wie in einem mittelalterlichen Folterkeller. Eine ganze Weile dauerte es, bis Enno wieder sprechen konnte.

„Ich glaube, du musst doch spritzen. Ich komme da nicht ran", stöhnte er. „Mir ist auch alles egal, Hauptsache, der Schmerz lässt endlich nach."

„Hast du nix anderes? Herrgott!", fluchte Nils. „Das hätte ich dir gleich sagen können, dass du dich nicht zu deinem Mors hinbewegen kannst. Nicht in diesem Zustand!"

„Geh da hinten zum Schrank", schluchzte Enno, „gib mir MCP-Tropfen und Tramal. Ich dosiere selber."

„Diese MCP sind längst abgelaufen", sagte Nils nach einem Blick auf die vergilbte Packung.

„Das weiß ich", erwiderte Enno schwer atmend, „sie haben es vom Markt genommen. Ist aber egal. Her damit. Und ein Glas mit wenig Wasser." Mit letzter Kraft verabreichte sich der Rechtsmediziner zuerst das Magenmittel und dann die Schmerztropfen. „Mach bitte das Heizkissen an!"

„Mir gefällt das alles hier überhaupt nicht. Ich rufe jetzt die 112 an. Und du wirst mich nicht daran hindern." Nils zog sein Smartphone aus der Tasche.

„Bitte nicht", kam es gepresst von Enno, „bitte. Mein Junge, gleich wird es besser und dann komme ich da auch ran. Bitte, lass es mich versuchen. Du hast auch was gut bei mir."

Nils zögerte. „Wieso hast du die Schmerztropfen nicht gleich genommen?", fragte er misstrauisch.

„Weil sie in der Dosierung, in der ich sie jetzt brauchte, high machen. Dann muss die Sektion bis morgen warten. Mit der Spritze allein hätte ich nachher noch loslegen können", erklärte er.

„Du bist wirklich verrückt, Onkel Enno, echt völlig plemplem." Nils tickte sich an die Stirn. „Ich verstehe den ganzen Aufriss hier nicht. Hast du Angst vor anderen Weißkitteln oder was?"

Enno schüttelte den Kopf und schluchzte. „Keine Versicherung", flüsterte er.

„Ich glaub's ja nicht!" Nils war entrüstet. „Willst du mir etwa erzählen, dass du keine Krankenversicherung hast? Das ist doch gar nicht möglich!"

„Doch", bestätigte Enno leise. „Ich hab die Beiträge in der Privaten nicht mehr bezahlt, als es mit den Touristen bergab ging. Da haben sie mich rausgeschmissen. Dabei ist es dann geblieben, und wenn ich mich jetzt wieder versichern würde, müsste ich vier Jahre Beiträge nachzahlen, plus Säumniszuschlag. Ein Ding der Unmöglichkeit."

„Das heißt, dass du im Ernstfall, also bei einem Unfall oder so, alles selbst aus eigener Tasche zahlen müsstest?", forschte Nils nach.

„Eine Notversorgung bekäme ich wohl, aber mehr nicht", sagte Enno beschämt. „Doch ein Hexenschuss gehört definitiv nicht dazu. Im Normalfall kann ich mir auch selber helfen. Da brauche ich die Kollegen nicht."

„Und die Zähne? Kontrollierst du die dir auch selbst?", wollte Nils mit sarkastischem Unterton wissen. Er konnte es immer noch nicht fassen.

„Da hab ich einen Deal mit meinem Kumpel von früher. Der hat auch keine Versicherung. Wir helfen uns gegenseitig", klärte Enno seinen Neffen auf.

Nils konnte nur noch den Kopf schütteln.

„Ich glaube, ich komme jetzt ran. Zieh mir mal die Hose runter", bat Enno. „Die Spritze setze ich, du drückst ab, aber schön langsam." Unter Ächzen fand Enno die richtige Stelle und ließ sich das Lidocain reichen. Er platzierte die Nadel vorsichtig, bis er zusammenzuckte. Dann übernahm Nils und Enno ließ sich zurücksinken. „Zieh sie dann ruckzuck raus und leg alles in die Nierenschale. Ich danke dir."

Enno, der sich leicht beduselt fühlte, atmete auf. Der Schmerz hatte rasch nachgelassen. Aus eigener Kraft konnte er sich in die Rückenlage rollen. Ein Segen. Er spürte kaum noch etwas.

„Willst du jetzt hier wirklich liegen bleiben?", fragte Nils besorgt.

„Ja, lass mich man. Wenn du mich noch zudecken könntest? Nimm zwei von den grünen Tüchern." Enno klopfte dem Jungen auf die Schulter. „Danke, ohne dich ..."

„Schon gut, brauchst du noch was?", wollte Nils wissen.

„Vielleicht meine Wasserflasche", überlegte Enno.

„Und wenn du pinkeln musst?"

„Stell mir den Eimer hin, ich lasse einfach laufen." Enno war alles egal. Bloß keine Schmerzen mehr. Decke und Heizkissen wärmten. Er wollte schlafen.

„Ich gucke nachher noch mal nach dir“, versprach Nils.

Enno nickte mit müden Augen und war schon fast eingeschlafen, als sein Neffe den Keller mit gemischten Gefühlen verließ. Ganz wohl war ihm nicht.

„Da will uns jemand verarschen", schimpfte Krischan Hansen, der bis auf die Haut durchnässt und von Sand verziert war. „Wo zum Teufel ist dieser verdammte Strandkorb? Hast du dir die Nummer richtig gemerkt?"

„Klar", sagte Hinrichsen entrüstet. „In den anderen hier ist auch keine Leiche drin, oder hast du eine gesehen?"

Krischan zog den Kragen seiner Dienstjacke hoch und grummelte. „Ob das für irgendwas die Retourkutsche von dem Morsmoser ist? Dass der einfach jemanden hat bei uns auf der Dienststelle anrufen lassen und nu schickt er uns hier hin bei diesem Schietwetter."

„Ach nee, das glaube ich nicht." Hinrichsen schüttelte den Kopf. „Hast du denn die Stimme von dem Anrufer nicht erkannt?"

„Der hat sich Mühe gegeben, unbekannt zu bleiben. Seinen Namen wollte er sowieso nicht sagen, aber ich hatte auch das Gefühl, dass er sich irgendwie verstellt. Es hätte jeder sein können. Männlich natürlich." Hansen fröstelte. „Ich schlage vor, wir schauen jetzt noch mal in jeden von diesen bekloppten Strandkörben und wenn da niemand drin ist, machen wir hier die Biege."

„Lass uns aufteilen", schlug Hinrichsen vor, „dann sind wir schneller fertig."

„Du kannst ja mitdenken", freute sich Hansen und erntete einen bösen Blick. „Ich fange hier hinten an, du kommst von vorne. Wir treffen uns in der Mitte."

Glücklicherweise waren Ende April noch nicht allzu viele Körbe aufgestellt worden, obwohl es schon ein paar richtig warme Stunden gegeben hatte. Jeden Tag würden jetzt neue dazukommen. Hansen sah, dass die Firma Mertens auch heute tätig gewesen war oder möglicherweise auch irgendwelche anderen Strandarbeiter, die den Sand für die kommende Saison präparierten. Es hatte in die Reifenspuren der Traktoren geregnet, aber man konnte sie noch erkennen.

„Nix und noch mal nix", beendete Martin Hinrichsen seine Suche inmitten der vergitterten Strandkörbe und schleuderte mit der Fußspitze Sand hoch. Er war genervt.

Hansen klopfte ihm auf die Schulter. Jetzt hatten sie eine geschlagene Dreiviertelstunde damit zugebracht, nach einer Leiche zu suchen, die nicht da war. Oder die es vielleicht gar nicht gab. Wenn das rauskam, würden sie zum Gespött der Leute werden. Hier unter den Küstenbewohnern sprach sich so etwas schnell rum. Er erinnerte sich noch gut an die Sache mit den Knochen (siehe SchattenGrab). Das war so peinlich gewesen, dass der Gedanke daran jetzt noch wehtat.

„Wir rücken ab", sagte Hansen entschlossen. „Aber vorher rufe ich noch unseren hochverehrten Herrn Morsmoser an. Jagt uns hierher, ja, treibt uns förmlich ins Unwetter. Und wofür? Für nichts und wieder nichts."

„Na, da haben wir ja wohl einen bei dem gut ", mutmaßte Hinrichsen und zog die Nase hoch.

„Und wie!", antwortete Hansen, bevor er sein Mobiltelefon aus der Hosentasche zog.

Eike Hintermoser schien auf dem Apparat gesessen zu haben. Er war sofort dran. „Und? Wer ist es? Habt ihr die SpuSi schon verständigt?"

„Immer mal langsam mit den jungen Pferden", begann Hansen, „da muss niemand zum Strand. Es reicht schon, dass wir bis auf die Haut nass geworden sind. Völlig durchgeweicht. Man hat uns einen Bären aufgebunden. Da ist niemand. Keine Leiche und bei dem Sauwetter bestimmt auch kein Lebender mehr, außer uns. Alles umsonst."

Eike fehlten die Worte. Er hatte nicht im Ernst geglaubt, dass jemand mit so etwas Scherze machen würde, als Hansen ihm die Nachricht vorgespielt hatte. So klang es zumindest nicht. Er hatte dann entschieden, dass nachgesehen werden sollte und war jemandem auf den Leim gegangen. Das machte ihn wütend. „Also gut", sagte er, obwohl gar nichts gut war, „dann fahrt euch umziehen. Ich koche inzwischen eine Kanne heißen Kaffee. Und erst mal kein Wort davon zu irgendwem, klar?"

„Ja Chef", grinste Hansen und versuchte seine Stimme normal klingen zu lassen. Er würde schon dafür sorgen, dass man den Halbostfriesen für plemplem hielt. Schließlich konnte jeder die beiden Beamten gesehen und sich seinen Teil gedacht haben. Gegen Gerüchte konnte man nichts machen. Das war höhere Gewalt. „Denn bis gleich", fügte er noch hinzu. Eins war sonnenklar: Weder er noch Hinrichsen würden sich jetzt in irgendeiner Weise beeilen.

Eike musste nun noch bei Bodo Siebenstein zu Kreuze kriechen. Mann, war ihm das unangenehm. Am besten, er brachte es gleich hinter sich, dachte er, und wählte die Nummer. Er erreichte den Spezialisten noch auf dem Kutter. Siebenstein, der jeden Moment auf seinen weiteren Einsatz wartete, hörte auf zu pfeifen und hob ab.

„Du brauchst nicht runter zum Strand“, erklärte Eike. „Da hat uns wohl jemand auf den Arm genommen. Hansen und Hinrichsen konnten keinen Toten entdecken.“

„Ist doch wunderbar. Dann lebt er ja noch. Ich meine der, der tot sein sollte. War jemand Bekanntes genannt worden?“, wollte Bodo wissen.

„Nein, leider nicht. Wir wissen also nicht, um wen es sich gehandelt haben könnte, oder wen der Scherzbold da im Visier hatte. Es hätte wenigstens entfernt einen Sinn gehabt, wenn der Anrufer einen Namen genannt hätte, um jemandem eins auszuwischen. Oder weidet sich da wer am Anblick zweier Beamter, die er in die Irre geführt hat? Heute musst du ja mit allem rechnen. Das Einzige, was heute sonst noch passiert ist, ist der Besuch zweier Frauen auf der Dienststelle, wovon die eine Marga war, die Hexen gesehen haben wollte“, sagte Eike.

„Da würde ich jetzt mal nicht so viel drauf geben“, schmunzelte Bodo. „Und was wollte die andere?“

„Dass wir Theo Mertens suchen!. Er ist von seiner Frau als vermisst gemeldet worden. Darum dachte ich, der potenzielle Tote hätte er sein können. Das hätte gepasst. Immerhin ist er Strandkorbverleiher.“

„Tja, schon komisch irgendwie, wenn er aber nu nicht als Leiche aufgetaucht ist, besteht ja noch Hoffnung“, freute sich Bodo und begann leise zu trällern. Das nasse Schiff reichte ihm völlig. Ob diese Untersuchung noch viel brachte? Der Regen hatte mit Sicherheit Spuren fortgespült. Er konnte wirklich darauf verzichten, jetzt noch im feuchten Sand zu buddeln. „Der Theo wird schon wieder auftauchen. Ganz bestimmt.“

„Sicher“, bestätigte Eike, „davon gehe ich auch aus.“

„Frag sonst mal seine Neffen", schlug Siebenstein vor, „vielleicht hat er bei einem von ihnen übernachtet, weil er Stress mit seiner Alten hatte."

„Ja, ja, das hatte ich eh auf dem Zettel, aber erst mal müssen Hansen und Hinrichsen wieder da sein. Mach's gut, Bodo."

„Dito", antwortete Siebenstein und legte auf. Das war eine komische Geschichte, fand er und sollte damit recht behalten.

Hansen und Hinrichsen hatten erst einmal in aller Gemütsruhe ihre Kleidung gewechselt. Natürlich nicht, ohne vorher schön heiß zu duschen. So viel Zeit musste sein, sonst holten sie sich noch was weg. Das hatten sie sich als Begründung zurechtgelegt, falls der Morsmoser irgendwie Anstalten zum Meckern machen sollte. Sie vermuteten allerdings, dass er eher ein bisschen kleinlaut sein würde. Bei Hansen kochte Hinrichsen eine Kanne Tee, denn da war noch Kuchen, den Hanna ihnen eingepackt hatte, und der sollte nicht zu trocken runter. Frisch gerüstet und gestärkt erschienen sie später, kurz vor Schluss, auf der Dienststelle. Eike nickte ihnen knapp zu, sagte aber nicht viel. Sie hätten wetten können, dass er sich auf die Zunge biss.

Auf die Nachfrage, ob denn nach dem Theo gesucht werden solle, hielt der Kommissar sich bedeckt. Er wollte nicht schon wieder zu voreilig sein und gab bekannt, dass sie am nächsten Tag darüber beratschlagen würden. „Ruft mal bei Enno in der Rechtsmedizin an und horcht nach, ob der schon Ergebnisse hat", war seine letzte Bitte vor Dienstschluss. Doch auch die ging ins Leere, weil der Doktor nicht zu erreichen war.

Selbiger Mediziner lag nämlich immer noch auf dem Sektionstisch. Seine Telefone hatte er im Hinblick auf die Eröffnung des toten Emils auf lautlos gestellt. Beinahe schmerzfrei dämmerte er im dunklen Keller vor sich hin. Bedeckt von mehreren seiner grünen Baumwolltücher und dem Heizkissen von unten, ließ es sich schon aushalten. Als Nils noch einmal nach ihm sah, bat er ihn um drei Dinge: Smartphone samt Ohrstöpseln, eine Packung Tetrazepam und doch lieber eine Urinflasche, in der er das Wasser wieder loswerden konnte, das er getrunken hatte. Vom Aufstehen hielt er noch nichts. Das würde er erst am nächsten Tag probieren, wenn die entspannende Wirkung des Medikamentes eingesetzt hatte.

Als Nils kopfschüttelnd das Licht löschte und den Raum verließ, ermahnte er seinen Onkel, ja keine Eskapaden zu veranstalten. „Ruf mich an, wenn irgendwas ist. Ich bin direkt über dir und die ganze Nacht erreichbar." Enno wusste, dass der Junge es gut meinte, aber er winkte ab. Er hatte nicht vor, ihn wegen seiner altersbedingten Zipperlein aus dem Schlaf zu reißen.

Drei weitere Personen waren an diesem Abend besonders früh zu Bett gegangen. Sie wollten fit sein für die Nacht. Oma Pusch hatte Rita zeitig nach Hause geschickt und hoffte, dass Miezi ihr Smartphone nicht allzu spät abholen würde. Gegen halb acht, als Oma Pusch gerade beim Zähneputzen war, trudelte sie ein. Ronny musste ihren Schritt schon auf der Treppe erkannt haben. „Du kommst in die Suppe", rief er, noch bevor sie klingelte, dann steckte er den Kopf unter seinen nackten Flügel. Oma Pusch war sicher, dass er nur so tat, als ob er schlief. Miezi wunderte sich, dass ihre Cousine im Nachthemd vor ihr stand, sagte aber nichts. Auch ihr Graupapagei, der eigentlich nur während ihres Umzugs von Leipzig nach Bensersiel im vergangenen Jahr bei Oma Pusch Kost und Logis bekommen sollte, war schon zu Bett gegangen. „Er scheint sich bei dir wohlzufühlen", sagte sie, „aber wenn du ihn loswerden willst, musst du es nur sagen. Bei mir steht er natürlich den ganzen Tag alleine zu Hause rum."

Aber Oma Pusch schüttelte den Kopf. Sie hatte sich inzwischen an den haarlosen Kerl gewöhnt. Er war fast wie ein neuer Lebenspartner für sie, jedenfalls was die männlichen Eigenschaften anging. Er gab Widerworte, machte Krach und Dreck. Ja, er quatschte sogar beim Fernsehen oder Telefonieren dazwischen. Aber es gab unschlagbare Vorteile: Sie wusste immer, wo er war, und man konnte ein großes Tuch über seinen Käfig legen, wenn man seine Ruhe haben wollte. Bei welchem Kerl war das schon möglich?

Als Oma Pusch Miezi das Smartphone zurückgab, grinste diese und griff in ihre Tasche. „Damit du für künftige Ermittlungen gerüstet bist", erklärte sie und gab ihrer Cousine ein nagelneues iPhone. Der verschlug es im ersten Moment die Sprache, was wirklich extrem selten vorkam. „D...das kann ich nicht annehmen", sagte sie.

„Doch, du kannst", erwiderte Miezi entschieden, „seit fast einem Jahr kümmerst du dich so liebevoll um meinen Ronny, und jetzt will ich nichts mehr davon hören. Basta!"

„Möchtest du noch auf ein Gläschen Wein bleiben?", fragte Oma Pusch gerührt.

Aber Miezi lachte. „So wie du aussiehst, wolltest du sicher früh ins Bett, denke ich. Und ich bin auch ganz kaputt vom vielen Stehen und Quatschen. Nimm's mir nicht übel, aber ich wünsche mir nichts mehr als Stille und mein heiß geliebtes Sofa, auf dem ich eine Fertigpizza verspeisen werde. Also, nicht böse sein. Wir schnacken ein andermal."

„Das verstehe ich gut", erwiderte Oma Pusch, die zwar vom Quasseln nie genug bekommen konnte, aber auch sie zog es vor, wenn sie dabei saß. Als Friseurin war das für Miezi schlecht möglich. „Lass dich noch mal drücken. Und vielen lieben Dank für das Geschenk."

„Keine Ursache, ich verdiene gut da in Bensersiel", sagte sie mit einem Augenzwinkern, „und der Siggi verwöhnt mich zusätzlich. Es war mir eine große Freude, dir heute eine machen zu können."

Oma Pusch nahm das Smartphone mit ins Bett, um es einzurichten.

Den Wecker des Gerätes stellte sie anschließend auf zwei Uhr nachts. Um halb drei waren sie mit Hinnerk verabredet. Er würde Rita und sie am Schöpfwerk abholen. Bis dahin hatte sie noch fast sechs Stunden Zeit. So viel Schlaf sollte reichen.

An einem anderen, uns unbekannten Ort flüsterten zwei Stimmen.

„Was machen wir denn nun mit ihm?", fragte der Jüngere.

„Na, erst mal da rausholen, schätze ich", antwortete der Ältere. „Mach mal das Gitter auf."

„Und wenn er dann gleich rausplumpst?", wandte der Jüngere ein.

„Warte, ich nehme einen Stiel und drücke ihn nach hinten gegen die Lehne", schlug der Ältere vor. „Anschließend ziehen wir ihn raus."

Aber daraus wurde nichts. Theo steckte durch die Leichenstarre in seiner merkwürdigen Sitzposition fest. Da war also nix mit Ziehen, sie mussten ihn vorsichtig herausheben und an den Strandkorb lehnen.

„Mist, der ist steif", schimpfte der Jüngere, „was machen wir denn jetzt bloß? So können wir ihn schlecht vergraben."

„Und wenn wir ihn beschweren und vom Kutter schubsen?", überlegte der Ältere.

„Dann wird er zu schnell gefunden, fürchte ich", erwiderte der Jüngere. „Das Meer spuckt ihn bestimmt ruckzuck wieder aus. Wir müssen was Endgültiges finden."

„In den Dünen auf einer der Inseln?", fragte der Ältere.

„Die Idee ist an sich nicht schlecht, denn da liegt bestimmt schon der eine oder andere auf Nimmerwiedersehen. Allerdings wüsste ich nicht, wie wir das unauffällig bewerkstelligen sollten. So klein ist er ja schließlich auch wieder nicht. Unterm Deich wäre eine Alternative, aber landseits natürlich, nicht, dass er noch mal losgeschwemmt wird", warnte der Jüngere.

„Mit dem Minibagger müsste es gehen", sagte der Ältere.

„Wir sollten nur vorher die Grasnarbe fein säuberlich abtragen und später wieder aufbringen, damit niemand Verdacht schöpft", warnte der Jüngere.

„Aber was machen wir mit dem Aushub?", fragte der Ältere. „Sand fällt ja nirgends auf, aber sandige Erde, die schon."

Der Jüngere seufzte. Es war gar nicht so einfach, jemanden von der Bildfläche verschwinden zu lassen. „Vielleicht sollten wir uns doch überlegen, ihn im Motorboot hinter uns herzuziehen, um ihn nach Lange- oder Spiekeroog zu bringen. Wir müssten hier am Strand starten und dort auch im Norden der Insel landen. Wenn wir uns aufteilen, ist das am wenigsten auffällig. Einer bringt die Leiche wieder ans Meer zurück, der andere kommt mit dem Boot. Den Rest erledigen wir dann wieder gemeinsam."

Sie gaben sich die Hand und beschlossen, die Flut in der Nacht zu nutzen.

Bodo Siebenstein ging an diesem Abend eher missmutig zu Bett. Er hatte nicht einmal Lust zu singen. Dieser verdammte Regen! Falls jemals weitere Spuren auf Emils Kutter zu finden gewesen waren, dann hatte er sie jetzt fortgespült oder verwischt. Nur ein paar Fingerabdrücke konnten noch sichergestellt werden, aber auch die nützten im ersten Moment nur etwas, wenn derjenige im Register schon einschlägig bekannt war. Tja, und was das mit der zweiten Leiche war, die es dann doch nicht gegeben hatte, darüber wollte er lieber nicht nachdenken. Manch einer schreckte vor nichts zurück. Mit dem Tod scherzte man nicht, fand er, denn er hatte ihm schon zu oft ins Auge gesehen oder dessen Umstände untersucht.

Die Nacht senkte sich also über Neuharlingersiel und den gesamten Küstenstreifen. Dem einen brachte sie wohlverdienten Schlaf, dem anderen aufregende Tätigkeiten. Oberkommissar Eike Hintermoser brachte sie nichts von beidem. Er ärgerte sich, dass Hansen sich hatte auf den Arm nehmen lassen und dass er selbst auch darauf hereingefallen war. Oder schlimmer noch, dass man ihn mit einem fingierten Anruf zum Affen gemacht hatte. Er beschloss, die blöden Gedanken aus seinem Kopf wegzuwischen und an etwas Schönes zu denken. Interessanterweise fiel ihm da eine junge Dame ein, die er bei strömendem Regen auf einen Fischkutter geschickt hatte. Mit nassen Haaren war sie bestimmt wunderschön. So, als ob sie gerade aus der Dusche gekommen war wie der Herrgott sie geschaffen hatte.

Als um zwei Uhr nachts der Wecker klingelte, dachte Hinnerk, jemand habe ihm mit dem Hammer auf den Schädel gehauen. Dabei war er wirklich nur ein wenig im Küstennebel versunken. Kaum der Rede wert. Es musste am Alter liegen. Mühsam rappelte er sich auf, ging ins Bad und sah in den Spiegel. Ach, du lieber Gott, so konnte er sich nicht auf die Menschheit loslassen. Er sah um mindestens zehn Jahre gealtert aus. Die Stoppeln im Gesicht machten es nicht besser, aber er musste sich wirklich überwinden, den Rasierapparat einzuschalten. Hinterher tauchte er seinen Kopf in kaltes Wasser, weil er überhaupt nicht wach werden wollte. Das half wenigstens etwas und schenkte ihm einen rosigen Teint. Dass er sich nicht ausgezogen hatte, brachte den Vorteil mit sich, dass er sich auch nicht wieder anziehen musste.

Langsam hinkte er aus seiner Dachwohnung die Treppe hinab und war froh, dass seine Vermieterin mal wieder verreist war. So konnte er ihren Wagen nehmen, wann immer er wollte. Sie selbst war mit Schiff, Bahn oder Bus unterwegs, was kaum jemand aus ihrem Freundeskreis verstehen konnte. Da wohnte sie selbst auf einem der schönsten Flecken der Erde und wollte immer nur weg. Was erleben, die Welt sehen. Gute Reise, dachte Hinnerk und kicherte sich eins. Er ließ es sich unterdessen hier gut gehen. Neben ihrem Auto nutzte er auch ihren Garten, wenn es schön war und mopste sich sogar manchmal ein Gläschen Marmelade aus ihrem Keller. Nicht ganz ohne schlechtes Gewissen, versteht sich, aber der Genuss machte das wett.

Rita und Oma Pusch standen wie verabredet parat. Sie scharrten schon mit den Hufen. So hatte es zumindest ausgesehen, schmunzelte Hinnerk, aber er wusste, dass es eher von der nächtlichen Kälte kam. Sie traten wohl von einem Bein auf das andere und hatten die Witterung unterschätzt. Nylonstrumpfhosen ließen so gut wie alles durch, vermutete Hinnerk. Er sah auf die Uhr. Fünf nach halb drei, also noch pünktlich.

„Wir hatten halb drei gesagt", meckerte Oma Pusch, als sie sich auf den Beifahrersitz fallen ließ. „Wir stehen hier schon eine geschlagene Viertelstunde."

„Euer Pech, wenn ihr schon zwanzig nach da seid", konterte Hinnerk.

Rita stupste ihre Freundin in die Rippen. „Jetzt gib Ruhe. Wir können doch froh sein, dass er uns fährt", zischte sie kaum hörbar.

„Es gibt auch Taxen", grummelte sie weiter, weil sie kalte Füße hatte.

„Schon, aber wir wollen doch inkognito bleiben", erinnerte Rita.

„Nu sei mal wieder friedlich, Lotti", sagte Hinnerk versöhnlich, „du hättest ja auch 'ne ordentliche Buchse anziehen können."

Damit hatte er leider recht, gestand sich Oma Pusch ein und wurde ein wenig zahmer. „Hauptsache, du trödelst da jetzt nicht auch noch rum. Gib Gas, die Straßen sind doch leer."

„Hier ist siebzig", stellte Hinnerk fest, „und siebzig fahr ich auch. Oder glaubst du, ich hab Lust, mich von den Bullen erwischen zu lassen, damit sie mich bitten, in dieses Ding zu pusten? Vergiss es."

„Du hast doch nicht etwa?", entfuhr es Rita.

„Nee, nur ein, zwei zum Essen", gab Hinnerk zu, „aber mehr nicht."

„Am besten, du hältst gleich in einer Seitenstraße an, nicht, dass du direkt beim Bestattungsinstitut vorfährst“, mahnte Oma Pusch. „Wir wollen auf keinen Fall auffallen.“

„Ist schon klar“, grinste Hinnerk, „oder haltet ihr mich für einen Dämlack?“

Die Damen schwiegen sich aus und dachten sich ihren Teil. Bei Hinnerk wusste man nicht, wie helle er wirklich war. In lichten Momenten staunte man über ihn, aber manchmal konnte man nur den Kopf schütteln.

Wie vereinbart hielt der alte Fischer, dessen Bein bei einem Unfall auf dem Meer Schaden genommen hatte, in einer der Seitenstraßen der Firma „Fritsche & Esen“. Er versprach zu warten, bis die beiden wiederkommen würden.

Zum Zeitvertreib hatte er sich eine Flasche mit trübem Inhalt mitgenommen, die er unter den Sitz gerollt hatte. Natürlich nicht für jedermann sichtbar, schmunzelte er, denn er hatte sie in ein Handtuch eingerollt. Durch den inneren Nebel gerüstet, konnte er in den nächtlichen da draußen schauen, ohne sich großartig zu langweilen. Er träumte einfach vor sich hin.

Derweil schlichen sich Rita und Oma Pusch leise zur Kellertür des Bestattungsinstitutes. Glücklicherweise war das Schloss mit dem zu Nils Wohnungstür identisch. Es war schon praktisch, wenn man bei seinem Sohn gelegentlich die Blumen goss und ganz nebenbei nachschauen konnte, wer so gestorben war, bevor es in der Zeitung stand. Rita sagte immer, dass man sich die Anzeige auch sparen konnte, denn bevor sie erschien, wusste es ohnehin schon jeder.

Es gelang Oma Pusch, den Schlüssel fast ohne einen Laut umzudrehen und die Tür zu öffnen. Der Emil hätte es so oder so nicht mehr gehört, aber man wusste ja nie, wie hellhörig Wände oder Zimmerdecken waren. Nicht, dass Nils oben aufwachte.

In Ermangelung einer Taschenlampe nutzte Oma Pusch die Funktion, die ihr neues Smartphone in solchen Fällen bot. Schon von Ferne sahen sie, dass Emil oder Theo, aber ganz bestimmt einer von beiden tatsächlich noch auf dem Sektionstisch lag. Hätte der nicht gekühlt werden müssen? Das fragte sich Oma Pusch, denn hier unten kam es ihr eher wohltemperiert vor. Man hatte anscheinend vergessen, den Verstorbenen wieder wegzuräumen oder möglicherweise waren die Kühlfächer auch schon voll. Zwei Tote außerhalb der Reihe. Darauf war so ein kleiner Ort doch nicht vorbereitet.

Wie auch immer. Für sie und Rita war das perfekt. Wenn schon einer von beiden da lag, brauchten sie ihn nicht suchen.

„Guck mal, da muss es aber jemand mächtig eilig gehabt haben", flüsterte Oma Pusch. „Nicht nur, dass sie ihn da haben liegen lassen, nein, sie haben ihn noch nicht mal wieder komplett mit Tüchern abgedeckt."

„Ja", sagte Rita etwas stimmlos, „der Kopf guckt raus. Ich glaube, mir wird ein bisschen kodderig."

„Reiß dich zusammen! Wir sind hier nicht im Kindergarten", schimpfte Oma Pusch leise. „Außerdem hätten wir ihn doch sowieso aufgedeckt. Darum sind wir schließlich hier, oder nicht?"

Rita nickte und war froh, dass Lotti ihr gelb-bleiches Gesicht nicht sehen konnte.

„Ich bin gespannt, ob das Emil oder Theo ist", überlegte Oma Pusch.

„Keiner von beiden“, kam es in drohend dunkler Stimme vom Sektionstisch.

Rita zuckte erst zusammen, schrie plötzlich „Ein Geist“, dann kippte sie ohne weitere Vorwarnung um und stieß sich ihren Kopf an einem Schrank.

Oma Pusch war weniger zartbesaitet, aber auch sie musste sich zu einem Stuhl retten, auf den sie sich plumpsen lassen konnte. Dann besann sie sich eines Besseren und krabbelte zu Rita, die gerade wieder zu sich kam. Ihre Stirn blutete. Zum Glück schien es nur ein Kratzer zu sein.

„Hast du das auch gehört?“, fragte Rita. „Der Geist von Theo oder Emil ist noch hier.“

„Ich glaube, jemand, der ahnte, dass wir hier auftauchen könnten, wollte uns einen Streich spielen“, sagte Oma Pusch ärgerlich.

„Keineswegs“, kam es von oben und ließ die beiden erneut zusammenfahren. Allerdings kam Oma Pusch die Stimme jetzt bekannt vor, weil sie sich nicht mehr verstellte.

„Enno?“, fragte sie entrüstet, stand auf und knipste das Licht an.

„Ja, derselbige und ganz lebendig zum Glück!“

„Bist du bescheuert? Was liegst du da rum?“ Oma Pusch war wütend. „Rita hat sich verletzt. Ist ja ein toller Spaß, den du uns da geboten hast, aber ehrlich gesagt finde ich das ziemlich fies von dir und deiner unwürdig.“

„Ja genau“, fauchte Rita von unten. Sie saß noch auf dem Boden.

„Jetzt holt erst mal Luft, ihr zwei“, sagte Enno versöhnlich, „ich liege schließlich nicht zum Spaß auf dem Stahltisch und was ihr hier zu suchen habt, weiß ich zwar, kann es aber trotzdem nicht fassen. Was erlaubt ihr euch? Ihr seid einfach hier eingedrungen und dann beschimpft ihr einen kranken Mann auch noch."

„Sollen wir einen Arzt rufen? Steht es so schlimm um dich?", wollte Oma Pusch mit leicht sarkastischer Stimme wissen.

„In der Tat", erklärte Enno, „mit einem Hexenschuss ist nicht zu spaßen und Arzt bin ich selber. Du brauchst niemanden zu verständigen."

„Und was machst du dann hier mitten in der Nacht?" Oma Pusch runzelte die Stirn.

„Das fragst du mich? Was für eine bodenlose Frechheit", entfuhr es Enno. „Das ist meine Arbeitsstätte! Hier arbeite ich, wann und so oft ich will. Diese Frage hätte ich euch stellen müssen, aber ich weiß ja, was ihr vorhabt. Schnüffeln, gucken, was mit dem Emil los ist ... Aber wisst ihr was, das werdet ihr heute Nacht leider nicht herausfinden. Nur über meine Leiche."

„Pah, du denkst wohl, wir sind von gestern. Wir wollten nicht nur nach Emil, sondern auch nach Theo gucken", sagte Rita von unten schnippisch. „Dich zu sehen, darauf hätten wir allerdings verzichten können."

„Welcher Theo?", fragte Enno verdutzt und vergaß dabei, dass er eigentlich ärgerlich wirken wollte.

„Welcher Theo, welcher Theo?", äffte Oma Pusch den Rechtsmediziner nach. „Na, vielleicht der, der in einem deiner Fächer liegt. Klingelt da was? Theo Mertens, der Strandkorbverleiher."

„Wieso sollte ich den hierhaben? Davon weiß ich gar nichts", erklärte Enno. „Ist der denn tot?"

„Und wie", erwiderte Oma Pusch. „Mausetot saß er mit angewinkelten Beinen in seinem eigenen, vergitterten Strandkorb mit einer Schere in der Brust."

„Glaubst du etwa, den hätte jemand lebendig bei Nils und Rico kühl gelegt?", empörte sich Rita.

„Und ihr seid sicher, dass er tot war?", fragte Enno.

Oma Pusch sah ihn ärgerlich an.

„Ist ja schon gut", beschwichtigte Enno seine Schwägerin, „ich dachte doch nur. Manchmal kann ein Bewusstloser wie eine Leiche wirken."

„Mit stierenden, offenen Augen? Ohne Atmung und Puls? Schon klar", zischte Rita von unten.

„Könntest du jetzt endlich mal von dem Tisch aufstehen?", bat Oma Pusch. Enno hatte sich noch keinen Millimeter bewegt. „Ich finde es abstoßend, dich hier halb nackt unter den grünen Tüchern zu sehen."

„Tut mir leid, aber ich kann nicht", erklärte Enno. „Ich komme einfach nicht hoch."

„Wie ist das passiert?", fragte Oma Pusch.

„Ach, ich wollte gerade mit dem Emil beginnen, da hat es mir dermaßen im Rücken geknallt, dass mir die Tränen in die Augen geschossen sind", sagte Enno leidend.

„Aber hier auf dem kalten Tisch zu liegen ist doch nun wirklich keine gute Idee", wandte Oma Pusch ein. „Komm, wir versuchen dir aufzuhelfen."

„Nein, lass mich bitte. Der harte Untergrund tut mir gut. Außerdem habe ich ein Heizkissen. Wenn ihr mir wirklich helfen wollt, dann gebt mir noch ein paar von den Tropfen da und lasst mich wieder schlafen. Ich muss morgen fit sein."

Oma Pusch nickte. „Und was ist jetzt mit dem Theo?"

„Keine Ahnung", sagte Enno. „Ich weiß wirklich nichts davon. Weder Eike noch sonst wer hat mich angerufen oder mir Bescheid gesagt. Und ich kann mich auch nicht erinnern, dass Nils oder Rico ihn hier eingelagert haben. Sonst wüsste ich davon. Ich riskiere immer einen Blick, wenn wir einen Neuzugang haben.

Man weiß ja nie. Aber ich verspreche euch, dass ich da morgen nachhaken werde. Und jetzt bitte seid so gut und lasst mich endlich in Frieden und vor allem ohne Licht und euer Geschnatter schlafen."

Oma Pusch hielt ihm die Tropfen und ein Glas Wasser hin, aber sie sagte kein Wort. Das Geschnatter nahm sie ihm übel. Rita und sie schnatterten nicht. Sie waren doch keine Enten. Was sie zu bereden hatten, war wichtig. Das würde er schon noch merken.

„Nun gib schon her!", bat Enno und versuchte das Glas zu greifen.

„Moment", sagte Oma Pusch, „wenn du schon nix über Theo weißt, was ist mit Emil?"

„Das ist Erpressung, Lotti", stöhnte Enno.

„Ja und, das kann ich mir leisten", erwiderte Oma Pusch. „Ich bin einfach in der besseren Position. Ich könnte sogar zum Kühlfach gehen und selber nachsehen, so bewegungsunfähig wie du bist. Stell dir vor, wenn der Schmerz erst wieder so richtig in deinen Rücken fährt und du nichts tun kannst, weil du hilflos da rumliegst. Oh, das wird wehtun. Und niemand ist da, der dir helfen kann."

„Doch", sagte er und wedelte mit dem Smartphone, das er unter seiner Decke hervorzog, „ich rufe einfach Nils an, dann kommt er runter."

Oma Pusch grinste. „Da kann ich dir wenig Hoffnung machen. Der hört nachts nämlich nicht das Geringste. Also: Tropfen ja oder nein?"

„Du würdest wirklich ...?" Enno war erschüttert, als er seine Schwägerin nicken sah. „Also gut, das ist höhere Gewalt. Wie gesagt, ich habe ihn mir noch nicht genauer ansehen können, aber auf den ersten Blick stellen sich mir schon ein paar Fragen."

„Also Mord?", wollte Oma Pusch bestätigt wissen.

Enno zuckte mit den Schultern. Das sah im Liegen komisch aus. „Könnte sein. Ihm fehlten typische Merkmale des Erhängens, die Strangmarke zum Beispiel und auch der Knoten, an dem er baumelte, gab uns Rätsel auf. Mehr kann ich dir aber wirklich noch nicht sagen."

„Dann versprich mir, dass du das tun wirst, wenn du mehr weißt. Jetzt, hier auf der Stelle. Dann gibt es die erlösenden Tröpfchen." Oma Pusch war hartnäckig.

„Von mir aus", stöhnte Enno, der bereits ein fieses Ziehen im Rücken hatte. Was blieb ihm anderes übrig?

„Geht doch", sagte Oma Pusch und tätschelte liebevoll seine Wange.

„Hast du vielleicht noch ein Pflaster für mich?", fragte Rita, die sich inzwischen aufgerappelt hatte.

„Klar, in der Schublade da drüben. Tut mir leid, dass ich euch erschreckt habe. Mir war auch nicht ganz wohl, als ich plötzlich Stimmen hörte", gab er zu. „Ich war erleichtert, dass es nur ihr wart."

Nur!, schimpfte Oma Pusch in sich hinein, was hieß hier nur? Aber sie ließ es für heute gut sein und löschte das Licht. Wehe, wenn er nicht Wort hielt.

Während sie mit Rita unverrichteter Dinge zu Hinnerks Wagen ging, waren anderswo zwei Menschen bei ihren nächtlichen Unternehmungen erfolgreicher.

„Mann, ist der schwer", stöhnte der Ältere, „so groß ist er doch gar nicht. Wenn man ihn wenigstens bewegen könnte ..."

„Tja, solange die Leichenstarre sich nicht löst, müssen wir ihn wohl in dieser komischen Haltung transportieren. Das ist nicht zu ändern", bestätigte der Jüngere.

„Bremst der im Wasser nicht zu sehr?", wollte der Ältere wissen.

„Wahrscheinlich schon, aber wir haben keine andere Möglichkeit, ihn rüberzuschaffen. Hauptsache, er bleibt nirgendwo hängen. An einer Boje oder einem Fischernetz zum Beispiel." Der Jüngere befestigte einen Strick am Hals des Toten und zurrte ihn mit einem Seemannsknoten fest.

„Wollen wir das Messer nicht herausziehen?", fragte der Ältere und erntete einen zweifelnden Blick.

„Willst du das machen?", fragte sein Gefährte.

„Nee!"

„Gut, dann pack an", befahl der Jüngere. „Wir schleppen ihn ein Stück raus, dann klettern wir ins Boot."

„Wenn wir die Fischerhosen nicht anhätten, wäre uns schon der Mors abgefroren." Dem Älteren war auch so saukalt.

Kurze Zeit später fuhren sie auf das Meer hinaus. Der Himmel war wolkenverhangen, worüber sie froh waren. So sah man sie nicht so leicht. Richtig schnell kamen sie allerdings nicht voran, denn der unförmige Körper im Schlepptau bremste enorm.

„Spiekeroog oder Langeoog?“, fragte der Ältere.

„Langeoog. Wir fahren direkt um die Ostspitze und sehen dann zu, dass wir ihn möglichst schnell vergraben“, schlug der Jüngere vor.

Als sie etwas weiter draußen waren, frischte der Wind auf.

Der jüngere Mann leuchtete ab und zu den Strick am Heck entlang. Von Theo war mal mehr, mal weniger zu sehen. Je nachdem, wie die Strömung ihn herumwirbelte.

Wenn man es eilig hatte, dauerte alles viel länger, überlegte der Ältere und starrte nach vorn, als ob die Insel dann eher sichtbar wäre.

„Ganz schöner Seegang“, sagte er in die eisige Nacht und der Jüngere nickte. „Zum Glück regnet es nicht auch noch.“

Dann schwiegen beide wieder in dem Getöse aus Wasser und Wind. Theos Körper zuckte bei Tempowechseln und durch den starken Wellengang wie ein Köder.

Das sah zwar etwas makaber aus, war aber unauffälliger. Und man musste ja auch nicht mehr hinsehen, nachdem der Start geglückt war. Hier draußen gab es keine Hindernisse.

Einige Zeit vor dem Anlegen tänzelte noch einmal die Schuhsohle vorbei. Anscheinend hatte sich die Starre jetzt etwas gelöst, dachten sie. Umso mehr staunten sie, als sich das Seil zu leicht einholen ließ und nur noch der Kopf daran hing. Wobei der nur deswegen noch da war, weil sich die Haare im Seemannsknoten verheddert hatten.

Während der Ältere „Igitt!“ schrie, entfuhr dem Jüngeren ein Kraftausdruck. „Ach, du heilige Scheiße. Wo zum Henker ist der denn hin?“

„Weg“, sagte der Ältere weder sachdienlich noch hilfreich. Eine Spur Erleichterung war in seiner Stimme zu hören.

„Aber wie konnte das denn passieren? Hier liegt doch nichts Scharfes auf Grund.“ Der Jüngere konnte es nicht fassen.

„Vom Körper abgerissen oder in die Schraube gekommen“, vermutete der Ältere. „Das haben wir einfach nicht mitgekriegt.“

„Mist, jetzt ist genau das passiert, was wir vermeiden wollten“, schimpfte der Jüngere. „Ich könnte wetten, dass der in Nullkommanichts wieder genau dort am Strand angespült wird, wo wir ihn eingesackt haben.“

„Ach was“, beruhigte ihn der Ältere, der versuchte, nicht auf den Hals zu starren, „die Ebbe wird ihn aufs Meer raus und in die Tiefe ziehen und selbst wenn. Ohne Kopf werden sie nicht so schnell wissen, um wen es sich handelt. Apropos, was machen wir denn jetzt mit dem?“ Es schüttelte ihn, weniger von der Kälte.

„Na, boßeln bestimmt nicht. Buddeln wir halt ein kleineres Loch“, schlug der Jüngere vor.

Gesagt, getan! Und weil sie diesen Teil von Theo ungerne noch einmal anfassen wollten, schleiften sie den Schädel mit seinen halblangen Flusen, in denen sich das Seil verfangen hatte, hinter sich her. So schön in Sand paniert, sah er auch gar nicht mehr so gruselig aus.

Eine Stelle in den Dünen war schnell gefunden, doch das mit dem Loch war gar nicht so einfach. Sie waren froh, dass sie nicht Theos ganzen Körper hier vergraben mussten.

„Willst du ihn versenken?“, fragte der Jüngere, der das Seil mit dem Schädel in der Hand hielt.

„Nee, lass mal, ich bin froh, wenn das Ding verschwunden ist", erklärte der Ältere. „Der hat schon lebendig genug Schaden angerichtet. Wollen wir hoffen, dass das nicht so weitergeht."

„Na dann", sagte der Jüngere süffisant und kickte den Kopf mit der Fußspitze ins Loch, wo er auf Nimmerwiedersehen verschwand.

Zumindest wünschten die beiden das ...

Oma Pusch und Rita ließen sich zu Hinnerk in den Wagen plumpsen. Sie hätten gelogen, wenn sie behaupten würden, dass sie sich rundherum wohlfühlten. Der Schreck steckte ihnen immer noch in den Gliedern. Wer rechnete schon damit, dass eine Leiche auf dem Sektionstisch plötzlich zu sprechen begann. So mir nichts, dir nichts. Das musste man erst einmal verdauen.

„Und?“, fragte Hinnerk neugierig. „Habt ihr was Interessantes rausgefunden?“

Rita holte Luft, aber Oma Pusch stieß ihr in die Rippen, sodass ihr nur ein kurzes Stöhnen entwich. Sie wollte verhindern, dass ihre Freundin von der peinlichen Situation mit Enno erzählte und dass sie nicht einmal die Leiche gesehen hatte, die dort aufbewahrt wurde. Ablenkung war hier das Beste.

„Wie man's nimmt“, sagte sie geheimnisvoll, während der Wagen in Richtung Neuharlingersiel rollte, „keine Spur von Theo!“

„Wie meinst du das?“, wollte Hinnerk wissen. „Ist er noch nicht dort im Bestattungsinstitut angekommen?“

„Genau“, erklärte Oma Pusch, „und ich frage mich ehrlich gesagt, wo er geblieben ist. Du hast doch meinen Neffen Eike angerufen, oder?“

„Ja sicher, so wie du es gesagt hast. Ein bisschen später halt. Und ich hab meine Stimme verstellt, weil ich nicht wollte, dass jemand drauf kommt, dass ich den da gefunden habe“, sagte Hinnerk.

„Vielleicht haben sie seinen Anruf nicht ernst genommen“, vermutete Rita, „und es für einen Scherz gehalten.“

„Das kann nicht sein“, überlegte Oma Pusch. „Sie müssen wenigstens jemanden hinschicken, um das nachzuprüfen.“

„Normalerweise ja“, gab Rita zu, „aber wer weiß? Nachher hockt der da noch in seinem eigenen Strandkorb.“ Sie schauderte.

„Nicht, dass der anfängt zu müffeln“, fügte Hinnerk an.

„Ach, ihr spinnt, ihr beiden“, schimpfte Oma Pusch, „und das mitten in der Nacht.“ Sie sah auf die Uhr. Kurz nach halb vier. „Also gut, ihr wollt es ja nicht anders. Fahren wir zum Hafen und schauen am Strand nach!“

„Ohne mich“, rief Rita entrüstet. „Ich werde den Teufel tun und jetzt in dieser Dunkelheit nach Theo suchen. Nie im Leben gucke ich mir den Inhalt dieses Strandkorbs nachts an. Setzt mich bitte zu Hause ab. Ihr seid ja wirklich von allen guten Geistern verlassen.“

„Jetzt beruhig dich doch, Rita“, bat Oma Pusch. „Das ist auch nicht mein allergrößter Wunsch, jetzt in der Kälte durch den Sand zu stapfen, aber wir müssen doch Bescheid wissen. Falls der Theo da wirklich noch ist, muss er schleunigst weg, bevor ihn irgendjemand im Morgengrauen durch Zufall findet.“

Hinnerk knurrte hinter dem Lenkrad. „Muss das sein?“

Er war im Dilemma. Allein konnte er Oma Pusch auch nicht zum Strand gehen lassen. Wenn also Rita kniff, bedeutete das automatisch, dass ihm keine andere Wahl blieb, als sie zu begleiten.

„Ja“, sagte Oma Pusch. Auch für sie war das eine lästige Pflicht. „Ich koche uns hinterher einen heißen Grog oder einen Pharisäer.“

Der Gedanke an etwas heißen Alkohol stimmte Hinnerk milde, aber Rita blieb bei ihrer Entscheidung und ließ sich am Gartentor absetzen.

„Was für eine Nacht", sagte sie zum Abschied und Oma Pusch nickte.

„Wir treffen uns morgen um zehn im Kiosk", schlug sie vor, „irgendetwas geht hier nicht mit rechten Dingen zu."

Der Parkplatz am Hafen war um diese Uhrzeit fast ganz leer. Nur ein weiterer Wagen stand dort mit beschlagenen Scheiben, was Hinnerk normalerweise dazu veranlasst hätte, einen genaueren Blick hineinzuwerfen. Jetzt aber hinkte er hinter Oma Pusch her. Erst über den Deich und dann quer über den Strand, direkt auf die Stelle zu, wo sie den armen Theo in seiner misslichen Lage entdeckt hatten.

„Es sieht alles so aus wie heute Morgen, aber ich kann die Nummer 337 nicht entdecken", wunderte sich Oma Pusch.

„Bist du sicher, dass du dir die Zahl richtig gemerkt hast?", wollte Hinnerk wissen. „Vielleicht ein Zahlendreher. Sicherheitshalber gucken wir überall mal rein."

Oma Pusch stöhnte. „Das kann doch wohl nicht wahr sein. Ich weiß genau, dass es die 337 gewesen ist."

„Dann hat ihn wohl doch jemand samt Strandkorb weggebracht. Vielleicht zur genaueren Untersuchung", mutmaßte Hinnerk. „Machen die das nicht so?"

„Schon, aber dann wäre er selbst doch im Bestattungsinstitut gelandet. Die hätten ihn ja nicht da drin sitzen lassen", erklärte Oma Pusch. „Zumindest hätte mein Schwager von ihm wissen müssen."

Hinnerk stutzte. „Bist du dem etwa über den Weg gelaufen?"

Oma Pusch wurde rot. Mist, dass ihr so ein Ungeschick passiert war. „Er hat mich gestern Abend angerufen", schwindelte sie.

„Dann wusste er vielleicht einfach noch nichts davon", überlegte Hinnerk und zuckte mit den Schultern. „Komm, lass uns zurückgehen. Mir ist kalt. Ich könnte was Heißes gebrauchen."

„Ja, ja", sagte sie und hörte nicht zu. Sie war mit den Gedanken ganz woanders. Wenn Theo samt Strandkorb verschwunden war, konnte das natürlich bedeuten, dass er bei der kriminaltechnischen Untersuchung war. Wenn aber doch Enno nichts von ihm wusste, waren auch andere Möglichkeiten zu bedenken. Sie musste morgen früh dringend ihren Neffen Eike anrufen oder den redseligen Hansen. Im schlimmsten Fall würde sie sogar mit dem dusseligen Hinrichsen vorliebnehmen, aber diese Angelegenheit sollte schleunigst geklärt werden. Ein bisschen Schlaf wäre jetzt noch gut, doch wie sollte sie Hinnerk loswerden? Das ging nur mit einer List. Während sie über den asphaltierten Weg am Meer zurückgingen, steuerte sie plötzlich eine der Bänke an und ließ sich niedersinken.

„Was ist, Lotti?", fragte Hinnerk besorgt.

„Mir ist auf einmal so schlecht", sagte Oma Pusch leidend. „Mein Magen hat das Ganze wohl nicht verkraftet. Das war einfach zu viel heute. Kannst du mich bitte schnell nach Hause bringen? Ich muss ins Bett."

Hinnerk sah seine Felle davonschwimmen, was den Grog anging, aber er nickte.

„Tut mir leid", säuselte Oma Pusch, als sie an der Tür zum „Dattein" waren. „Du kannst den Friesengeist mitnehmen, den ich noch im Schrank habe."

Diese Aussicht gefiel Hinnerk. An dem Feuerchen auf dem entflammten Inhalt des Glases konnte er sich zu Hause die Hände wärmen, bevor er die Flüssigkeit nach unten schickte, wo sie sich ebenfalls wohlig ausbreiten konnte.

Leichter Nebel zog über das Meer und tauchte den Sonnenaufgang in ein diffuses Rot. Das Wasser war wärmer als die Luft.

Als Oma Puschs Wecker um halb acht klingelte, dachte sie, jemand hätte eine große Kirchenglocke über sie gestülpt. Das nervtötende Geräusch hatte sie direkt aus dem Tiefschlaf gerissen. Sie beschloss, sich einen neuen, modernen anzuschaffen, der sie mit sanften Klängen weckte. Vielleicht so ein Ding, bei dem auch noch das Licht immer heller wurde? Oder besser noch, überlegte sie und grinste in sich hinein, sie würde nach einer App auf ihrem neuen iPhone suchen. Sie hatte ja jetzt wieder ein Smartphone. Vielleicht sollte sie einen Alarm installieren, der den Schlaf ganz sacht mit Naturgeräuschen beendete? Doch diesen Morgen musste sie so damit klarkommen. Da half jetzt vor allen Dingen eine schöne Tasse Tee, in dem die Kluntjes geknistert hatten, bevor man die Sahne in Wölkchen aufsteigen ließ.

Oma Pusch sah auf die Uhr. Kurz vor acht. Es war zu früh, um Rita anzurufen. Nach dem Schock in der Nacht und den wachen Stunden schlief sie bestimmt noch. Dabei brauchte sie einen Rat. Sollte sie jetzt gleich ihren Neffen Eike bei der Kripo anrufen, oder lieber erst noch mal bei ihrem Sohn Nils, dem Bestatter, nachhaken, ob der irgendwas wusste. Aber es war ja bestimmt kein Toter an Enno ohne dessen Wissen vorbeigekommen. So wie sie ihren Schwager kannte, riskierte der mit Sicherheit immer einen Blick, um sicherzugehen, dass andere Ärzte nichts übersehen hatten. Das kam nämlich öfter vor, als man dachte. Nur fünfzig Prozent aller Morde wurden überhaupt als solche entlarvt. Wahrscheinlich lag die Dunkelziffer noch höher. Darum achtete Enno peinlich genau auf Hautfärbungen, Schaumbläschen, die nirgendwo sein sollten, oder andere Auffälligkeiten. Sein Misstrauen war gewachsen, seitdem er für die Rechtsmedizin tätig war.

Oma Puschs Entschluss stand also fest. Wenn Enno nichts wusste, konnte sie davon ausgehen, dass sich kein Theo in einer der Kühlkammern befand. Entschlossen wählte sie exakt um acht Uhr und sieben Sekunden die Nummer der Kripo in Esens und hoffte, gleich ihren Neffen an die Strippe zu bekommen. Aber sie hatte Pech. Hinrichsen meldete sich. Er schien noch zu schlafen.

„Moin, Martin, Lotti hier", sagte sie in den Hörer.

„Moin", antwortete er.

„Ist Eike schon da?", fragte sie.

„Nee. Keiner außer mir."

Hinrichsen war nicht der Hellste. Sie startete einen Versuchsballon und seufzte. „Ich hörte, dass Theo tot am Strand in einem seiner eigenen Körbe gefunden worden sein soll. Ist da was dran?"

Hinrichsen lachte. Oma Pusch fand das unverschämt und völlig unpassend. „Bist du dem Kerl auch aufgesessen?"

„Welchem Kerl?", wollte sie entrüstet wissen. „Das habe ich beim Bäcker gehört", erfand sie spontan.

„Ist nix dran an diesem Gerücht", versuchte Hinrichsen sie zu beruhigen. „Wir waren da und haben uns den Mors abgefroren. Kein Niemand war da am Strand, erst recht kein Theo, nicht mal ein lebendiger. Hier hat irgend so ein Dödel angerufen, der uns verkohlt hat. Wenn wir den erwischen, kann der sich warm einpacken."

„Noch mal zum Mitschreiben", bat Oma Pusch, die es nicht fassen konnte, „ihr habt einen Anruf gekriegt, seid zum Strand gefahren, um nach Theos Leiche zu suchen und habt nichts gefunden?"

„Nicht ganz", verbesserte Hinrichsen, „wir haben nur nach EINER Leiche gesucht. Dass das Theo gewesen sein soll, ist mir neu, aber das mit dem Strandkorb stimmt. Sehr merkwürdig das Ganze. Wer war denn das da beim Bäcker?"

Oma Pusch überhörte die letzte Frage und tat so, als ob sie gedanklich abwesend wäre. Sie wusste genau, dass Theo tot war. Hinnerk, Rita und sie hatten es mit eigenen Augen gesehen. Und jetzt wusste sie auch, dass jemand den Toten abtransportiert haben musste. Hinnerk und sie hatten den Strandkorb mit der Nummer 337 in der Nacht ebenfalls nicht mehr finden können. Wenn die Beamten ihn so kurz nach Hinnerks Anruf nicht entdecken konnten, war er verschwunden, kurz nachdem sie die Bilder gemacht hatte. In einem Anflug von Euphorie wurde ihr bewusst, dass sie Beweisfotos auf ihrem Rechner hatte, die einzigartig waren und die niemand sonst hatte. Damit ließ sich etwas anfangen, überlegte sie. Aber sie würde das Wissen nicht einfach so rausrücken, sondern nur, wenn sie ebenfalls Informationen dafür bekam. Es war also sinnvoll, sich erst einmal still zu verhalten.

„Na, ihr könnt doch ganz leicht nachprüfen, ob der Theo da ist", schlug sie Hinrichsen vor. „Ruft einfach bei ihm an und fertig."

„Den Theo hast du in diesem Zusammenhang erst ins Spiel gebracht", wiederholte Hinrichsen, „und den brauchen wir auch nicht anzurufen, weil er nämlich verschwunden ist." Schon als er das sagte, bereute er es. Mist, das war ihm entschlüpft.

„Ach ja?", fragte Oma Pusch scheinheilig. „Das ist ja ein Ding!"

„Von mir hast du das aber nicht", beeilte sich Hinrichsen hinzuzufügen.

Oma Pusch schmunzelte. „Keine Sorge, ich bin verschwiegen, aber jetzt sag mir noch, wer ihn als vermisst gemeldet hat."

„Wer wohl? Seine Frau natürlich", berichtete Hinrichsen.

„Ist doch merkwürdig, dieser Zufall", überlegte Oma Pusch laut. „Ihr hört was von einer Leiche am Strand, ich vom toten Theo im eigenen Korb und dann ist er selbst auch noch unauffindbar. Ich finde, das riecht geradezu nach einem Verbrechen."

„Was du immer hast, Lotti", sagte Hinrichsen, „überall witterst du Mord und Totschlag. Du bist schon fast wie die alte Marga." Den letzten Satz bereute er sofort, denn Oma Pusch brüllte ein lautes „Was?" in den Hörer.

„Unverschämtheit! Du willst mich doch nicht ...", sie holte tief Luft. Es hatte ihr die Sprache verschlagen.

In diesem Moment kamen Eike Hintermoser und ein schimpfender Krischan Hansen zur Tür herein.

„Dein Neffe ist jetzt da", lenkte Hinrichsen ab, „soll ich ihn dir geben?"

Aber Oma Pusch war die Lust vergangen. Sie war beleidigt und legte mit einem „Nee, lass mal" auf. Mit Eike konnte sie auch später noch sprechen. Ihre Neugier war erst einmal befriedigt. Der tote Theo war der Kripo noch nicht untergekommen. Nun wollte sie herausfinden, wohin er so plötzlich verschwunden war.

Auch wenn sie noch nicht alt war, zumindest empfand Oma Pusch das nicht so, fühlte sie sich an diesem Morgen doch ziemlich zerschlagen. Durchwachte Nächte steckte sie nicht mehr so leicht weg wie früher. Sie beschloss also, sich nach einem weiteren Blick auf die Uhr noch einmal hinzulegen. Ronny beäugte sie, als sie sich auf dem Sofa ausstreckte und die Decke bis über die Schultern zog und pfiff dann. Es klang so, als ob ein Kerl einem jungen Mädchen imponieren wollte. Oma Pusch musste lachen.

„Hör endlich auf mit deinem Gegacker!", kam es mit immer noch leicht sächsischem Akzent von der Stange.

„Ruhig, Ronny, bitte, ich möchte noch schlafen", bat Oma Pusch.

Der Vogel schnalzte. „Ruhe, halt die Klappe", freute er sich und wippte, nackig wie er war. Dann nahm er die Erdnüsse ins Visier, die sie ihm am Morgen in den Napf gelegt hatte. Fressen war immer eine gute Alternative.

Das beruhigende Knuspern ließ Oma Pusch in einen Erschöpfungsschlaf gleiten, aus dem sie erst kurz vor zehn Uhr wieder erwachte. Herrjeh, höchste Zeit, Rita anzurufen.

Sie wählte die Nummer ihrer Freundin und ließ sie gar nicht zu Wort kommen.

„Du, Rita, stell dir vor, der Theo ist samt Strandkorb verschwunden!"

Rita stutzte. „Du spinnst, Lotti. Ich kann mir schon vorstellen, dass sie Theo abtransportiert haben, aber wieso sollten sie den Strandkorb auch mitnehmen?"

„Vielleicht für die Spurensicherung, aber dann müsste der Hinrichsen das doch gewusst haben", mutmaßte Oma Pusch, „aber der hat nur so getan, als sei ich so bekloppt wie die alte Marga."

Rita überlegte. „Es könnte doch sein, dass der Hinrichsen noch nichts davon gewusst hat und dass Theo erst später entdeckt worden ist, abends zum Beispiel."

„Das ist doch unwahrscheinlich", wandte Oma Pusch ein, „Hinrichsen hat mir erzählt, dass sie nach einem mysteriösen Anruf zum Strand aufgebrochen sind. Das war natürlich Hinnerk. Er erzählte mir, dass der Unbekannte am Telefon nur was von einer Leiche im Strandkorb gesagt hat, aber nicht, um wen es sich handelt. Daraufhin sind sie wohl sofort nach Neuharlingersiel gefahren. Aber Pustekuchen, am Strand war in diesem Moment gar nichts mehr zu finden, weder der Tote noch der Korb."

„Komisch", sagte Rita, „dann muss beides in kurzer Zeit verschwunden sein, sozusagen zwischen unserer Foto-Beweisaufnahme und dem Eintreffen von Hansen und Hinrichsen. Kann das denn dieser Kerl von der Spurensicherung gewesen sein, über den du dich am Morgen so geärgert hast, als er vor deinem Fenster auf Emils Mast herumgeklettert ist?"

„Dieser Bodo Siebenstein?", fragte Oma Pusch. „Wohl kaum. Selbst wenn der ihn gefunden hätte, wäre doch das ganze Prozedere in Gang gekommen. Der hätte zuerst mal Enno angerufen und parallel meinen Neffen Eike von der Kripo. Ja, und dann hätten Nils und Rico den Toten ins Bestattungsinstitut gebracht. Aber da ist er ja bekanntlich nie angekommen, wie wir wissen."

Rita nickte. „Das stimmt wohl. Es macht alles keinen Sinn. Da wäre er bis zum Abend ganz bestimmt gelandet, egal, wer ihn gefunden hätte."

„Dann muss ihn also jemand mitgenommen haben, der von keiner offiziellen Seite stammte. Der Mörder vielleicht“, überlegte Oma Pusch.

„Auch unwahrscheinlich“, wandte Rita ein, „denn wieso sollte er ihn da abmurksen und später woanders hinschaffen? Dann hätte der ihn doch gleich da ermorden können, wo er ihn ein für alle Mal loswerden konnte.“

„Wenn er denn im Strandkorb überhaupt getötet worden ist!“, stellte Oma Pusch infrage. „Es könnte doch auch sein, dass man ihn da nur zur Schau gestellt hat, oder dass man dafür sorgen wollte, dass er schnell gefunden wird.“

„Ach herrjeh“, entfuhr es Rita, „das wird ja immer komplizierter. Also, ich kann mir keinen Reim darauf machen. Der Mörder war's wahrscheinlich nicht, irgendwelche Beamten auch nicht, weggeschwebt wird er kaum sein können und trotzdem ist er nicht da. Warum?“

Oma Pusch legte die Stirn in Falten. „Tja, wenn wir nicht diese Fotos geschossen hätten, würde ich jetzt selbst ins Grübeln kommen, ob wir einem makabren Scherz aufgesessen sind. So als ob der Theo, nachdem er als Leiche Modell gesessen hat, mit breitem Grinsen schnurstracks aus dem Strandkorb geschlichen ist, dessen Nummer er später hat übertünchen lassen.“

„Das würde aber die Arbeit eines guten Visagisten erforderlich gemacht haben“, erklärte Rita, die was vom Schminken verstand. „Nee, nee, und glaube mir, der Theo hätte nie so lange mit offenen Augen ohne sich zu bewegen und ohne zu zwinkern in die Kamera gestarrt. Ich bin mir auch sicher, dass er nicht geatmet hat. Meinst du nicht, dass er auch schon leicht wächsern aussah?“

„Er wird wohl auch keine Kopie von sich bei Madame Tussauds bestellt haben, um klammheimlich von hier zu verschwinden", sagte Oma Pusch. „Selbst wenn er seine Frau leid war. Und dann hätte er immer noch Helfershelfer gebraucht."

„Der Theo als Wachsfigur?", prustete Rita los. „Das ist ja mal ein genialer Plan, um sich zu verdünnisieren und anderswo neu anzufangen. Aber ich glaube ehrlich gesagt, dass der Aufwand zu groß und die Ausführung viel zu teuer wäre."

Oma Pusch seufzte. „Ich glaube, wir finden hier jetzt keine Lösung. Lass uns nur an die Fakten halten und vielleicht da ansetzen, wo sie eindeutig auf der Hand liegen. Der Theo ist weg. Das ist sicher, denn seine Frau Mia hat ihn als vermisst gemeldet. Bei ihr sollten wir anfangen. Du kennst sie doch besser. Wie könnten wir sie befragen, ohne dass es auffällt?"

„Vielleicht, indem wir was Belangloses vorschieben", schlug Rita vor. „Ich war doch mal in Hedwigs Handarbeitskreis, aber dann war mir das Gesabbel und Getratsche da einfach zu doof. Mia kam auch regelmäßig. Wahrscheinlich treffen die sich immer noch, um sämtliche Bewohner an der Küste durchzuhecheln. Stricken und Häkeln ist dabei nur Nebensache."

„Das kann ich mir denken", sagte Oma Pusch. „Ich bin völlig unbegabt und wäre auch nie auf die Idee gekommen, bei so was mitzumachen. Ich kann nur dänischen Kreuzstich, das ist schön simpel, aber ob meine Augen noch mitmachen?"

Rita kicherte. „Klar. Mit einer Lupe geht alles. Gestickt wird in Hedwigs Runde auch, keine Sorge. Ich glaube, es wäre eine gute Idee, sich da einzuschleusen."

„Wann treffen die sich denn immer?", wollte Oma Pusch wissen.

„Eigentlich dienstags. Ich könnte mir vorstellen, dass das noch so ist, bin aber nicht sicher, ob sie es jetzt wegen Emils Tod nicht ausfallen lässt", erklärte Rita.

„Das wäre ja heute, wie praktisch, und du kannst sie im Auge behalten", freute sich Oma Pusch, „wir klären ab, ob sie trotzdem handarbeiten, aber ich glaube, das ist ein bisschen zu auffällig, wenn wir beide plötzlich bei ihr auftauchen. Besser, du gehst da alleine hin und berichtest mir. Ich werde meinen Schwager zum Essen einladen. Der arme Kerl hat es doch so schlimm im Rücken." Sie schmunzelte. „Er ist mir ja noch was schuldig. Und inzwischen wird er bestimmt schon einen Blick auf Emil geworfen haben."

„Dich möchte ich nicht zum Feind haben!", lachte Rita. „Du bist wirklich mit allen Wassern gewaschen. Ich traue dir sogar zu, dass du mit ihm ins ..."

„Klappe, du Nichtsnutz!", schrie Ronny laut und machte Ritas eindeutige Anspielung mit einem Schlag zunichte.

Oma Pusch tat so, als wäre ihr das entgangen. „Du Rita, wer ist denn sonst noch so in dem Häkelclub? Ich weiß nur von der dicken Trine."

„Auf jeden Fall Mia und die Frau vom Apotheker", sagte Rita.

„Vielleicht kann ich mit dem einen oder anderen heute noch sprechen, wenn ich dort natürlich rein zufällig vorbeikomme." Oma Pusch grinste in sich hinein. „Ich fahre doch so gerne Fahrrad, und heute scheint es ein herrlicher Dienstag zu werden. Viele werden in ihren Gärten ackern und am Zaun zu einem Schwätzchen bereit sein. Du könntest den Kiosk übernehmen. Später löse ich dich ab und wir tauschen aus, was wir erfahren haben."

„Das können wir so machen“, stimmte Rita zu. „Mal sehen, was ich über den Tresen hinweg so alles erfahre. Bis später dann.“

„Oh ja“, bestätigte Oma Pusch, „da wird auch so das eine oder andere Interessante dabei sein.“ Dann legte sie auf.

Hinnerk hatte in der restlichen Nacht kein Auge zugemacht. Es wurmte ihn, dass sie am Strand nichts mehr vorgefunden hatten. So als ob sich alles in Luft aufgelöst hatte. Das konnte nicht mit rechten Dingen zugegangen sein. Wenn Lotti und Rita den Toten nicht mit eigenen Augen gesehen hätten, hätte er begonnen, an seinem Verstand zu zweifeln.

Niemand wusste, dass er nach seinem anonymen Anruf wieder zum Deich geschlichen war, als er Hansen und Hinrichsen auf dem Hafenparkplatz entdeckt hatte. Es regnete in diesem Moment in Strömen, was Hinnerk sehr gelegen kam, denn er konnte sein Gesicht hinter der Kapuze seines Friesennerzes verbergen. Auf der anderen Seite war dadurch die Sicht etwas diffus. Sämtliche Arbeiten in der Strandregion waren eingestellt worden. Wer kämpfte sich bei diesem Schietwetter auch schon gerne durch den nassen Sand?

Während er also wie ein verfrühter Tourist langsam auf dem Deich entlanggegangen war, ohne allzu viel zu hinken, um nicht aufzufallen, hatte er Krischan Hansen und Martin Hinrichsen beobachtet, die zwischen den Strandkörben hin- und herirrten, bis sie schließlich stehen geblieben waren und in eine Diskussion vertieft schienen.

Für ihn war es sonnenklar gewesen, dass sie sich darüber unterhielten, wie sie nun vorgehen und wen sie zuerst benachrichtigen sollten. Seine Mission war erfüllt. Wie hätte er ahnen können, dass die beiden erst ratlos herumstanden und sich dann ärgerten, zum Gespött von jemandem geworden zu sein? Da war er längst auf dem Heimweg gewesen, und so war es ihm entgangen, dass rein gar nichts geschah, weil weder Leiche noch Strandkorb vorhanden waren. Alles hätte er geglaubt, nur das nicht. Das Zeitfenster, in dem Theo abhandengekommen sein konnte, war klein gewesen. So ganz genau konnte er es nicht mehr sagen, schätzte aber, dass zwischen dem „Strandspaziergang“ der Damen und dem Eintreffen der Beamten höchstens anderthalb Stunden vergangen waren, vermutlich sogar weniger. Wer zum Henker konnte also in der Zwischenzeit einen Strandkorb bergen? Vor allem, ohne dass es auffiel.

Erst gegen Morgen sank Hinnerk in einen unruhigen Schlaf und träumte von fliegenden Strandkörben, die alle von Geistern gesteuert wurden wie Raumschiffe im nächtlichen Küstenhimmel.

Er erkannte den im vergangenen Jahr ermordeten Fiete Hansen und seinen Leidensgenossen Dr. Hauke Johann in ihrer knallgelben Regenbekleidung. Sie winkten von ferne. Als Oma Pusch mit einem Besen auf ihn zugeflogen kam und laut klingelte, weil er im Weg war, wachte er schweißgebadet auf. Fast hätte sie ihn auf dem Gewissen gehabt. Ein Glück, er war zu Hause, und er war allein, aber das Klingeln war noch da. Doch es entpuppte sich als das Bimmeln seines Telefons, das er widerstrebend abhob, obwohl er noch nicht ganz bei Sinnen war.

„Du Hinnerk, sag mal, nur eine Frage“, begann Oma Pusch und ahnte nicht, wie dem alten Seemann der Schreck in die Glieder fuhr, „du bist dir schon sicher, dass der Theo tot war?“

„L...otti“, stotterte er und versuchte, sich zu sammeln, „ich habe gerade von dir geträumt und schon rufst du an.“

„Na, dann hoffe ich, dass es was Schönes war", sagte Oma Pusch.

„Klar", log Hinnerk, der ihr unmöglich erzählen konnte, was er gesehen hatte.

„Und? Was ist nun mit Theo?", fragte sie erneut. „Nicht, dass der uns alle geleimt hat und später einfach wieder aufgestanden ist und den Strandkorb hat wegbringen lassen."

Hinnerk schüttelte den Kopf, was Oma Pusch natürlich nicht sehen konnte.

Mit dem Tod kannte er sich aus. Nicht nur, dass er schon unzählige Fische gesehen hatte, die ihr Leben ausgehaucht hatten, nein, auf See passierte über die vielen Jahre auch der eine oder andere Unfall, und wenn man weit genug draußen war, dauerte es, bis man wieder einlief. Da konnte es schon sein, dass einer begann, kalt oder sogar steif zu werden. Und er wäre ja nicht Hinnerk, wenn er nicht bei Theo nachgefühlt hätte.

„Hinnerk?", hakte Oma Pusch nach.

„Äh ja, nein", beeilte sich der alte Fischer zu sagen.

„Was denn nun? Ja oder nein? Tot oder nur vielleicht nicht mehr lebendig?" Oma Pusch wurde ungeduldig.

„Ganz sicher tot. Ich hab's nachgeprüft. Ist doch logisch. Ich erzähl euch keine Märchen", sagte Hinnerk ein bisschen verschnupft. „Mensch, der war sogar schon ein bisschen steif. Ich kriegte den Arm gar nicht mehr hoch. Dann der stiere Blick. Und zu guter Letzt kein Atem auf meiner Messerklinge."

„Was meinst du denn damit", fragte Oma Pusch verwundert.

„Das versteht sich wohl von selbst. Schließlich habe ich gewöhnlich keinen Spiegel bei mir, um zu testen, ob der durch das Atmen beschlägt, aber eine blanke Klinge tut's auch", erklärte Hinnerk fachmännisch.

„Junge, Junge", sagte Oma Pusch etwas überwältigt, „dann ist er so tot wie wir dachten und konnte nicht mehr weg vom Strand."

„Ja logisch nicht", bekräftigte Hinnerk. „Ich habe aber eine Theorie, wie er dennoch abhandengekommen sein könnte."

„Schieß los", bat Oma Pusch.

„Na ja, es wäre doch gar nicht aufgefallen, wenn man den Strandkorb 337 einfach so verladen oder gegen einen anderen ausgetauscht hätte", teilte Hinnerk seine Gedanken. „Da fahren im Moment genug Bagger, Raupen, Trecker und ähnliche Fahrzeuge rum."

„Gar nicht so dumm, deine Idee", lobte Oma Pusch, „fragt sich nur, wer einen Vorteil davon hätte, das komplette Geschehen verschwinden zu lassen."

„Der Mörder, der noch nicht fertig war, bevor ich dort ankam?", schlug Hinnerk vor.

„Unwahrscheinlich, wenn du sagst, dass er schon steif wurde", wandte Oma Pusch ein.

„Mir egal", sagte Hinnerk, „finde du das heraus, alleine oder mit Rita. Weg kann der Theo wohl nicht sein. Irgendwo wird er schon wieder auftauchen."

Wie recht er damit hatte, konnte er in diesem Moment noch gar nicht wissen. Theo tauchte auf. Besser gesagt, das Meer spie ihn wieder aus und spülte ihn direkt an den Strand von Spiekeroog. Aber davon wusste noch niemand.

Vor allem Enno sollte darüber froh sein. Wer ahnte denn schon, was in der Zukunft auf ihn zukommen würde? Jetzt lehnte der Rechtsmediziner leidvoll und gekrümmt am Sektionstisch und starrte auf Emil. Ein kleiner, eher schmächtiger Mann war er, aber zäh, wie es aussah und mit drahtigen Muskeln in den Armen. Dass hier etwas faul war, hatte er von vornherein vermutet. Selbst seiner Schwägerin Lotti war aufgefallen, dass er für einen Erhängten zu gut aussah. Gut, er hatte ein etwas aufgedunsenes Gesicht mit leichter Blaufärbung, aber das verriet nicht, was ihm wirklich widerfahren war. Irgendwie schien er wohl erstickt zu sein. Aber wie? Darauf ließen die kleinen roten Flecke schließen, die beim Erhängen eigentlich nur oberhalb des Seils hätten auftreten können. Ja, und dann war da noch die nur angedeutete Strangmarke, die auch nicht in der Weise verlief, wie man hätte erwarten können. Zu guter Letzt noch dieser merkwürdige Knoten, an dem Emil gehangen hatte.

„Verrat mir dein Geheimnis, min Jung“, bat er, als ob der Tote ihn erhören könnte, und stellte NDR1 an.

Marianne Rosenberg sang gerade „Er gehört zu mir, wie mein Name an der Tür“ als Enno, dessen Schmerztablette endlich wirkte, das Skalpell ansetzte.

Stunden später war Dr. Enno Esen immer noch nicht viel schlauer. Es gab viel zu geringe sichtbare Zeichen. Für den ringförmigen Abdruck in der Größe einer Münze auf Emils Rücken hatte er überhaupt keine Erklärung, hielt ihn aber auch für unwichtig, da er nicht für den Tod verantwortlich sein konnte und schon zu Lebzeiten entstanden war.

Er konnte nur bestätigen, dass Emil auf eine mysteriöse Art und Weise erstickt sein musste, die nichts mit dem Seil zu tun hatte. Man hatte ihn erst nach seinem Tod aufgehängt, vielleicht, um einen Selbstmord vorzutäuschen. Aber wer sollte das tun? Jemand, der einen Mord vertuschen wollte? Er selbst hatte überhaupt keinen Hinweis auf eine Fremdeinwirkung am lebendigen Emil gefunden. Er war wohl infolge einer Brustkorbquetschung mit Atemnot verstorben. Doch wodurch? Wie sollte man herausfinden, ob er unter einem Baum oder einem Findling gelegen oder ob jemand versehentlich einen Container auf ihm abgestellt hatte? Alles Spekulation. Das Aufhängen des toten Emil, so schrecklich man es auch fand, war bestenfalls Leichenschändung oder auch nur Sachbeschädigung.

Trotzdem war Enno unzufrieden. Er hatte das Gefühl, dass er etwas übersah oder nicht bedachte. Möglicherweise war die vergangene schmerzhafte und turbulente Nacht dafür verantwortlich oder der Medikamentencocktail, mit dem er seine Arbeitsfähigkeit halbwegs erhalten konnte. Das brachte ihn auf die Idee, dass das toxikologische Gutachten vielleicht Neuigkeiten für ihn parat halten konnte, wobei Emils Alkoholkonsum deutlich zu riechen war. Es fragte sich nur, welche Promillezahl am Ende im Befund stehen würde. Er tippte auf knapp zwei. Na ja, wie auch immer. Noch würde er den Leichnam nicht zur Bestattung freigeben.

Als das Telefon klingelte, stieß er sich am Sektionstisch ab und erreichte schleppend den Schreibtisch. Lotti! Was wollte die denn schon wieder?, war eine

Frage, die er sich nicht stellen musste. Sie spionierte! Aber er war gewappnet.

„Ich hab jetzt keine Zeit", blaffte er ungehalten in den Hörer. Sie hatte ihn in der Nacht reingelegt mit ihrer Erpressung.

„Enno", sagte sie entrüstet, „ich will dich auch gar nicht aufhalten. Ist doch klar, dass du schwer beschäftigt bist. Wer wüsste das besser als ich? Und dann auch noch unter diesen Umständen ... Eigentlich wollte ich mich nur für heute Nacht entschuldigen und dich fragen, ob du am Abend zum Essen kommen möchtest. Ich habe noch eine schöne Flasche Grauburgunder. Wenn du willst, kann ich dich auch massieren."

So viel zuckersüßes Entgegenkommen roch schwer nach weiblichem Hinterhalt, fand Enno. Wenn sie ihn erst mal in ihren Fängen hatte, würde sie ihn nicht wieder gehen lassen, bis sie die gewünschten Informationen hatte. Aber er war Enno, der Starke, und würde sich wappnen.

Ihre Einladung auszuschlagen, war keine Alternative, und dafür gab es gleich zwei schwerwiegende Gründe. Er hatte absolut nichts gegen ein leckeres Essen einzuwenden. Was kochte man sich schon als Junggeselle so ganz allein? Und außerdem hatte die Lotti was, auch wenn er das früher vehement bestritten hätte, als er sich noch Chancen bei den willigen Touristinnen einräumte. Heute guckten ihn die jungen und knackigen längst nicht mehr an. Vielmehr schielten Hühneraugen nach ihm, während er versuchte, den Klauen lächelnder Krähenfüße zu entkommen. Es war ein schweres Los für einen verlebten Dandy. Die, die er wollte, wollten ihn nicht und die, die ihn wollten, wollte er nicht. Einzig Lotti konnte ihm imponieren mit ihrer frischen, frechen Art, und wenn man ehrlich war, konnte man sie auch gut angucken.

„Hmm", antwortete er nach langem Überlegen, bei dem es Oma Pusch schwergefallen war abzuwarten, „was gibt es denn zu essen?"

Sie hatte ihn! Männer waren mit einem guten Essen immer zu ködern. Nicht umsonst hieß es sogar, dass Liebe durch den Magen ginge. „Ich dachte an Lachs aus dem Backofen an Tomatenreis mit pinienkernverwöhntem Paprikagemüse", schwärmte sie ihm vor. „Und als Dessert ..."

„Stopp", wandte Enno ein, „bitte keine Nachspeise. Ich bin auf Diät, aber verrate es niemandem."

Oma Pusch lächelte hinter dem Hörer. „Keine Sorge, dein Geheimnis ist bei mir so sicher wie in einer Gruft, versprochen."

Das war zwar das Letzte, was Enno ihr glaubte, brummte aber nur ein „Okay, ich komme um sieben" und legte dann auf.

Oma Pusch rieb sich die Hände. Teil eins des Plans war geglückt! Zeit, sich auf den Drahtesel zu schwingen.

Was da gestern vor sich gegangen sein musste, missfiel Hinnerk außerordentlich. Er war doch kein Lügner oder ein Trunkenbold, der nicht wusste, was er sagte. Was warf das für ein Licht auf ihn, wenn er der Polizei, sei es auch als Unbekannter, einen Toten meldete, der dann gar nicht da war?

Darüber hinaus tat ihm die Mia leid. Theos Frau galt als liebenswerte, freundliche Person, die niemandem etwas zuleide tun konnte. Sie würde ihren Mann vermissen und sich Sorgen machen. Ja, sie würde hoffen, dass er bald zurückkäme. Die Vorstellung quälte ihn.

Er überlegte, ob er der Polizei einen anonymen Brief schreiben sollte, in dem er erklärte, dass es sich bei dem Toten im Strandkorb um Theo gehandelt hatte. Aber die Beamten würden ihn für plemplem halten, weil er sie, ohne es zu ahnen, in die Irre geschickt hatte. Wieso sollten sie ihm also jetzt glauben? Mit den Fotos, die Lotti geschossen hatte, hätte er vielleicht etwas anfangen können, wenn sie auf Papier gedruckt wären. Mit dem Computer kannte er sich nicht aus. Und er glaubte kaum, dass Lotti und Rita bereit waren, ihre Bilder rauszurücken, nur weil ihn das schlechte Gewissen marterte. Sie hatten wahrscheinlich keins.

Er verwarf den Gedanken, Mia aus einer Telefonzelle anzurufen und ihr sein Beileid als Unbekannter auszusprechen. Das war grausam, doch war das nicht die Tatsache an sich schon? Am Tod eines Menschen war nichts zu beschönigen. Vielleicht sollte er ihr ein paar Zeilen schreiben, aber die Angst, durch das Stück Papier ermittlungstechnisch in den Fokus zu geraten hielt ihn davon ab. Am Ende verdächtigten sie noch ihn als Mörder.

Die einzige Möglichkeit, die er sah, war, noch einmal bei der Kripo anzurufen, damit sie sahen, dass es demjenigen ernst war, der den Toten gemeldet hatte. Dazu wählte er diesmal einen anderen öffentlichen Fernsprecher und sprach mit hoher Fistelstimme. Er bekam Hansen an den Apparat, der sich mit gelangweilter Gelassenheit meldete.

„Guten Tag, wer ich bin, tut nichts zur Sache", wisperte er mit ganz hoher Stimme. „Ich rufe noch mal an. Sie wissen schon, der Tote im Strandkorb."

Dem Krischan schwoll der Kamm. „Marga? Bist du's?", brüllte er in den Hörer, dass Hintermoser und Hinrichsen aufsahen. Dann stellte er den Lautsprecher des Telefons an.

„Bist du bescheuert, ich bin doch nicht diese dösige, alte Schwatzblase", entfuhr es dem getarnten Hinnerk.

„Aber anscheinend irgend so ein anderer Idiot, der uns zum Narren halten will", schimpfte Hansen.

„Wat kann ich dafür, wenn den Theo einer wegräumt, bis ihr endlich ankommt?", meckerte Hinnerk zurück und vergaß fast, seine Stimme zu verstellen.

„Wieso Theo?", fragte Hansen verdutzt.

„Na, es war der Theo, der mausetot in seinem Strandkorb saß. 337, sagte ich euch doch schon. Vielleicht sucht ihr den mal, ihr Schlaumeier. Bestimmt ist der jetzt leer, aber falls noch Blut drin ist, wisst ihr, dass ich keinen Müll erzähle."

Eike und Martin waren inzwischen aufgestanden, damit sie besser zuhören konnten.

Hansen lachte. „Du willst uns noch ein zweites Mal hopsnehmen. Vergiss es! Keine Chance, oder du sagst uns, wo wir diesen vermaledeiten Strandkorb finden können. Und vor allem nennst du uns deinen Namen, du Armleuchter. Ich hab da ohnehin schon so eine Vermutung", sagte Hansen ins Blaue hinein.

Hinnerk zuckte zusammen und legte auf. Keinesfalls durften sie ihn als Anrufer entlarven. Seine Mission war erfüllt. Mehr konnte er nicht tun.

„Ihr habt es ja zum Teil mitgehört. Der Typ, ich glaube, es ist ein Kerl, meint, dass es sich bei dem Toten um Theo gehandelt hat. Was haltet ihr davon?", fragte Hansen.

Oberkommissar Eike Hintermoser schüttelte den Kopf. „Vielleicht wieder ein Jux, weil derjenige mitgekriegt hat, dass Theo Mertens verschwunden ist."

„Nee, das glaube ich nicht", mischte sich Hinrichsen ein und erntete erstaunte Blicke.

„Wieso?", fragte Eike.

„Na ja, weil mir das deine Tante Lotti heute Morgen schon am Telefon erzählt hat. Angeblich hat sie es beim Bäcker gehört", antwortete Hinrichsen.

Eike Hintermoser verdrehte die Augen. „Mal abgesehen davon, dass auch das ein Gerücht sein kann, wäre es schön gewesen, wenn du diese Information beiläufig in einem Nebensatz erwähnt hättest, denn dann könnte man sie dazu befragen, denkst du nicht?"

Martin Hinrichsen zuckte mit den Schultern, aber seine Rhabarberblattohren wurden rot. „Sie wollte eigentlich dich sprechen. Ich dachte, sie ruft wieder an."

„Da steckt doch bestimmt mehr dahinter", argwöhnte Hansen. „Und was sollen wir jetzt von diesem Anruf halten?"

„Das ist ja wohl keine Frage", sagte Oberkommissar Hintermoser bestimmt, „ihr prüft das nach. Macht euch auf die Suche nach Strandkorb 337. Am besten beginnt ihr direkt beim Verleih von Theo Mertens. Vielleicht hat man die Nadel im Heuhaufen versteckt." Und ich werde mal hören, was meine Tante Lotti so zu sagen hat, dachte er bei sich.

Doch da Oma Pusch mit dem Fahrrad unterwegs war, ging sein Anruf zunächst ins Leere. Sie hörte das Klingeln einfach nicht, weil sich das neue Smartphone in ihrer Tasche im Fahrradkorb befand.

Die Sonne lachte über Neuharlingersiel, als Oma Pusch durch die Straßen fuhr und überhaupt nicht zufällig an Hedwigs Gartentor hielt. Die Hausherrin kniete gerade in den Rabatten, um alles für die kommende Saison schön zu machen, als Oma Pusch ihren Ständer herunterklappte und dabei staunte. Zum einen, wie füllig Hedwig geworden war, zum anderen, wie sie gekleidet war. Man hätte jetzt vermuten können, dass sie, wenn sie schon am Tag nach dem Tod ihres Mannes arbeitete, wenigstens schwarze Sachen trug, aber Hedwig hatte einen ihrer üblichen geblümten Kittel an, die sie in sämtlichen Knallfarben im Schrank hatte.

„Moin Lotti", sagte sie und erhob sich schwerfällig aus dem Beet, „willst du zu mir?"

Oma Pusch machte einen kondolierenden Blick. „Äh ja, ich wollte dir mein Beileid zum Tod deines ..."

Hedwig winkte ab. „Nicht nötig! Ich bin froh, dass er weg ist", gab sie zu. „Wir hatten sowieso nicht mehr viel miteinander zu tun, und wenn, war es meist unerfreulich. Nicht mal beim Sterben hat er Rücksicht genommen. Anstatt einfach auf dem Meer zu ertrinken wie andere Fischer", sie wurde rot, weil ihr plötzlich einfiel, dass Oma Pusch ihren Fridtjof genau so verloren hatte, „also wie auch immer ... Aber musste er sich vor aller Augen aufhängen? Mitten im Hafen, an seinem eigenen Mast? Er hat mich zum Gespött der gesamten Küste gemacht. Wer will denn da bei mir noch Zimmer anmieten? Schlaftabletten im stillen Kämmerlein zum Beispiel, da, wo er neben der Waschmaschine schläft, wären doch auch möglich gewesen."

Das war starker Tobak, fand Oma Pusch. Jetzt warf sie ihm noch die Art seines Selbstmords vor. Wobei noch nicht einmal raus war, ob es sich wirklich um einen handelte. Aber Hedwigs fester Glaube daran veranlasste sie immerhin, deren Namen von der Liste möglicher Mörder zu streichen. „Hast du denn deinen Handarbeitsdamen schon abgesagt?", versuchte Oma Pusch ihr Glück. Sie musste das dringend herausfinden, damit sich Rita nicht umsonst auf den Weg machte.

Hedwig sah sie erstaunt an. „Wieso? Was haben denn die damit zu tun? Und außerdem wüsste ich nicht weshalb. Emil war eh schon weg, auch, als er noch lebte. Wir waren eine Wirtschaftsgemeinschaft, nicht mehr und nicht weniger. Der Teil, den er dazu mit seinen Fischen beitrug, war gleich null. Wenn ich nicht damals begonnen hätte, unser eigenes Haus zimmerweise zu vermieten, dann wäre es längst unter den Hammer gekommen. Ich sehe es so: Ein Esser weniger! Und ob ich zu seiner Beerdigung gehe, überlege ich mir noch."

Es erschütterte Oma Pusch, wie einem ein Mensch, den man einmal geheiratet und mit dem man so viele Jahre zusammengelebt hatte, so egal werden konnte. Sie verabschiedete sich schleunigst von Hedwig und radelte weiter. Es gruselte sie.

Das komplette Gegenteil erlebte sie, als sie später auf Mia Mertens traf, die gerade Wäsche aufhängte und mit sich selber sprach. Oma Pusch beschloss, erst einmal zuzuhören und sich nicht bemerkbar zu machen, denn Mia stand mit dem Rücken zum Gartenzaun.

„Nee, nee, was das nun werden soll, wenn der Theo nicht wiederkommt. Ich bin doch nichts ohne ihn. Und unser Eckhard schafft das wohl kaum alleine mit dem Verleih. Ach, wenn sich die beiden nicht immer so in der Wolle gehabt hätten, dann wäre vielleicht vieles heute anders. Direkt aus dem Weg gegangen sind sich die Dösköppe und wenn das nicht möglich war, sind sie aneinandergeraten." Sie seufzte. „Wieso kann man nicht friedlich zusammenleben? Uns ging es doch gut. Wir hatten unser Auskommen. Es hat für alle gereicht. Ich vermisse ihn so. Wenn ich nur wüsste, wo Theo ist, ob ihm was passiert ist, oder ob er was angestellt und bei jemandem Unterschlupf gesucht hat, weil er untertauchen wollte, ... aber dann hätte er mir doch wenigstens ein Lebenszeichen schicken können. Er muss doch wissen, dass ich mir Sorgen mache."

Oma Pusch hatte genug gehört, um sicher zu sein, dass Mia ganz bestimmt nichts mit dem Verschwinden ihres Mannes zu tun hatte. „Moin Mia!", rief sie vom Zaun aus.

Die Angesprochene zuckte zusammen. „Ach, du bist es, Lotti. Entschuldige, ich bin zurzeit etwas schreckhaft." Sie kam an den Zaun. „Willst du reinkommen?"

„Ach nee, lass mal", erwiderte Oma Pusch, „du hast ja zu tun. Ich wollte nur nicht einfach so vorbeiradeln, ohne ein Wort. Schon schlimm, dass du nicht weißt, wo Theo ist. Ich kann mir vorstellen, was du durchmachst." Dabei musste sie sich wirklich zusammenreißen, da sie wusste, dass er auch nicht wiederkommen würde.

Mias Augen wurden feucht, aber sie versuchte, sich zusammenzureißen. „Es kann doch niemand so von der Bildfläche verschwinden, als ob es ihn nie gegeben hätte. Ich verstehe das nicht."

„Ja, schon merkwürdig das Ganze", bestätigte Oma Pusch und kam sich dabei ein bisschen schlecht vor.

„Vielleicht haben deine Freundinnen vom Handarbeitsabend was gehört. Gehst du da nicht heute hin?"

„Nein, ich möchte zu Hause sein, falls Theo ...", sie stockte, „... und wir haben uns erst am Sonntag getroffen, weil doch bald die Frühlingsausstellung ist. Es war etwas spät geworden. Hedwig, meine Schwester Grete und ich waren zum Schluss noch da. Ich glaube, wir hatten alle ganz schön einen gepütschert. Mit Flamme und Gedicht aufsagen. Da hat er mich noch abgeholt", schniefte Mia. „Ich hatte wohl heftig einen im Tee, weil ich mich gar nicht mehr daran erinnern kann, wie ich ins Bett gekommen bin."

„Und alle anderen, bei denen er sein könnte, hast du schon abgeklappert, nehme ich an?"

Mia nickte. „Jeden, der ihn kennt. Hoffentlich ist ihm nichts passiert. Ich habe so ein komisches Gefühl, als ob ich ihn nie wiedersehen werde."

Oma Pusch dachte wehmütig, dass Mias Intuition sie nicht an der Nase herumführte. Jetzt wollte sie schnell weiter. Die Situation begann unerträglich zu werden. „Toi, toi, toi", sagte sie, weil ihr nichts Besseres einfiel. Was sollte sie ihr auch etwas wünschen, von dem sie wusste, dass es ohnehin nicht eintrat.

„Danke, ich lenke mich mit Hausarbeit ab", erklärte Mia und winkte ihr nach, als sie losfuhr.

Mit einem mulmigen Gefühl radelte Oma Pusch davon.

Rita saß unterdessen im Kiosk. Sie hielt dort nicht nur die Stellung, sondern auch Augen und Ohren offen. Wie Oma Pusch entging ihr nicht das Geringste. Es war jetzt bald Mittag und sie richtete sich auf die Kundschaft ein, die noch bei ihr einkaufen wollte, bevor sie sich auf der Spiekeroog 2 in Richtung Insel einschiffen würde. Ein junger Mann schlenderte auf sie zu. Er kam ihr bekannt vor, sie konnte ihn aber nicht zuordnen. Ein Küstenbewohner war es also eher nicht.

„Moin", sagte er und blickte sich um. „Ach, ist die andere Dame gar nicht mehr hier im Kiosk?"

Rita schmunzelte. „Falls Sie Lotti oder Frau Esen meinen, die ist erst nachher wieder da. Kann ich etwas ausrichten?"

Er schüttelte den Kopf. „Ich weiß ehrlich gesagt nicht, ob wir dieselbe Person meinen. Mein Kumpel Eike, mit dem ich zusammen bei der Bereitschaftspolizei war, hat sie immer Oma Pusch genannt, obwohl sie nur seine Tante war."

Jetzt musste Rita doch lachen. „Doch, doch! Lotti Esen wird auch Oma Pusch genannt. Natürlich nicht von jedem. Aber ich werde sie auf jeden Fall von Ihnen grüßen. Wie ist denn Ihr Name?"

„Ich heiße Niklas Müller. Wenn Sie ihr sagen, dass ich der junge Mann bin, der von seiner Mutter ein Haus in Margens geerbt hat, dann weiß sie Bescheid."

„Och je, dann wohnen Sie da jetzt mit Ihrem Vater allein?", fragte Rita.

„Nee, ich wohne überhaupt nicht dort und mein Vater auch nicht. Es ist eher ein Ferienhaus für mich, obwohl ich gelegentlich schon darüber nachgedacht habe, ganz an die Küste zu ziehen. Hier ist es bestimmt schön ruhig", sagte Niklas.

„Eigentlich überhaupt nicht, wenn ich ehrlich sein soll", flüsterte Rita mehr, als dass sie sprach. „Haben Sie denn heute noch keine Zeitung gelesen?" Sie reichte ihm eine. „Der arme Emil hing an seinem eigenen Mast, und ein weiterer Mann wird vermisst. Ob das zusammenhängt, weiß hier niemand."

„Okay, ich nehme eine und ein Rollmopsbrötchen nach Art des Hauses. Was bin ich froh, dass ich nicht im Dienst bin. Ich möchte mir heute einen schönen Tag auf Spiekeroog machen. Ein bisschen Entschleunigung wird mir guttun. Keine Anrufe, keine Mails. Das Smartphone ist aus und zu Hause. Einfach auf den Dünen sitzen, mich von der Sonne wärmen lassen, ins Meer starren und für niemanden erreichbar sein. Herrlich!" Niklas Müller steckte Brötchen und Zeitung in seinen Rucksack. „Schöne Grüße also an Oma Pusch. Vielleicht sehen wir uns noch, solange ich hier bin."

„Wie lange haben Sie denn frei?", wollte Rita wissen.

„Leider nur eine Woche, und auch die habe ich meinem Vater mehr oder weniger aus dem Kreuz geleiert. Er ist mein Chef, wissen Sie, und er hat sich im letzten Herbst verletzt. Darum kann er derzeit nur Innendienst machen, aber meine Kollegen haben gemeint, ich könne ruhig mal ein paar Tage ausspannen. Sie würden den Kahn schon schaukeln. Da hat mein Vater eingelenkt. Ein Glück. Ich war echt urlaubsreif."

„Tja, dann genießen Sie die Insel! Nirgendwo anders kann man so zur Ruhe kommen wie in der Einsamkeit der Dünen. Jetzt, Anfang Mai, ist noch kaum jemand hier oben unterwegs", erklärte Rita.

„Ja, ich weiß", bestätigte Niklas, „darum bin ich fast nie im Sommer hier. Von Oktober bis Anfang Juni ist es am schönsten. Bis bald."

Rita verabschiedete ihn, schloss das Kioskfenster und sah auf die Hafenpromenade. Die dicke Trine schien es eilig zu haben. Vielleicht war ihre Kollegin jetzt mit im Bäckerladen und sie konnte kurz weg. Sie ging schnurstracks nach gegenüber ins Bekleidungsgeschäft. Was wollte sie in dem mit den kostspieligen

Jacken? Sie hatte weder das Geld noch die Figur. Rita schmunzelte und überlegte, dass das, was Trine später in einer kleinen Tüte aus dem Laden trug, höchstens ein Schal oder eine Mütze sein konnte.

„Na!", rief eine schrille Stimme durch die Scheibe und Rita zuckte zusammen. „Wie is' es heute?"

„Mensch Miezi, du hast mir aber einen Schrecken eingejagt. Ich war mit den Gedanken ganz woanders", erklärte Rita, nachdem sie die Scheibe aufgeschoben hatte.

Miezi lächelte. „Seit wann bist du so schreckhaft? Und guck mal auf den Kalender. Es ist der erste Dienstag im Mai, also fahre ich zu meinen Senioren nach Spiekeroog, die mich schlecht in Bensersiel aufsuchen können. Ein spezieller, monatlicher Service von Miezi." Sie sächselte immer noch wie nichts Gutes.

Rita machte ein erstauntes Gesicht. „Echt, schon wieder ein Monat um? Wahnsinn, wie die Zeit rast. Das hätte ich jetzt nicht gedacht."

„Bist du ganz alleine? Ist Lotti krank?", fragte Miezi besorgt.

„Nein, überhaupt nicht", beruhigte Rita sie, „wir teilen uns nur auf. Sie fährt mit dem Fahrrad herum und stellt Fragen, ich behalte das Hafengeschehen im Auge und hoffe, dass mir jemand was Spannendes zu erzählen hat."

„Das bin ich dann sicher nicht", lachte Miezi. „Es sei denn, du findest Dauerwellen oder das Färben von Haaransätzen fesselnd." Sie schwenkte ihren Frisierkoffer. „Und auf der Insel wird man wohl kaum etwas zu euren Fällen beitragen können. Sind die beiden denn nun ermordet worden?", fragte sie mit gesenkter Stimme. „Lotti hat mir davon erzählt."

„Wir wissen es immer noch nicht", flüsterte Rita zurück. „Nur, dass nicht alles mit rechten Dingen zugeht, davon sind wir überzeugt. Und sag bloß nix wegen Theo. Offiziell ist er nämlich nur verschwunden. Die Einzigen, die gesehen haben, dass er tot ist, sind Hinnerk und wir."

„Oh Mann", stöhnte Miezi. „Ihr habt vielleicht Nerven. Meint ihr nicht, es wäre wichtig, dass ihr der Polizei das mitteilt? Wieso hat man ihn eigentlich noch nicht gefunden?"

„Weil der plötzlich wie vom Erdboden verschwunden war", erzählte Rita. „Wir können uns das auch nicht erklären. Eben hockt er noch mit der Schere in der Brust in seinem vergitterten Strandkorb und kaum, dass es Hinnerk der Kripo anonym gemeldet hat, ist von allem nichts mehr zu sehen. Keine Leiche, kein Strandkorb."

Miezi machte ein ungläubiges Gesicht. „Wie? Der Strandkorb ist auch weg?"

Rita nickte bedeutungsschwer.

„Nicht zu fassen", sagte Miezi. „Könnte es denn sein, dass euch jemand einen Streich gespielt hat? Ich meine, dass der Hinnerk hier herumstreicht, ist ja wohl jedem klar. Und dass Oma Pusch und du ihre Nasen nicht aus anderer Leute Angelegenheiten heraushalten könnt, weiß spätestens seit letztem Jahr die gesamte Küste."

„Wie stellst du dir das vor?", fragte Rita leicht indigniert. So schlimm waren sie nun auch wieder nicht.

„Na, ganz einfach. Der, der euch hopsnehmen will engagiert Theo, für den es ein Leichtes ist, sich in einem seiner Strandkörbe einsperren zu lassen, nachdem man ihn präpariert hat. Mit der richtigen Schminktechnik ist vieles möglich. Ich könnte dir

Wunden oder Narben ins Gesicht zaubern, da träumst du von. Die sehen aus wie echt." Miezi grinste siegessicher. Sie glaubte, des Rätsels Lösung gefunden zu haben. „Tja und später, nachdem ihr weg wart, sind sie einfach mit einem ihrer Fahrzeuge gekommen, und haben den Theo so wie er da hockte, komplett mit Strandkorb, weggekarrt. Nichts einfacher als das." Sie sah auf die Uhr. „Ach herrjeh, los, gib mir schnell zwei Rollmopsbrötchen mit einem extra Schuss Honig. Ich muss mich beeilen, sonst fährt mir die Spiekeroog 2 davon."

Es blieb keine Zeit, Miezi zu sagen, dass Oma Pusch und sie schon auf dieselbe Idee gekommen waren.

Rita griff in Windeseile nach den Brötchen, quetschte noch einen Schuss Honig auf den Fisch und packte sie ein.

„Ich zahle später", rief Miezi im Laufschritt.

„Geht aufs Haus", brüllte Rita ihr hinterher, damit sie es noch hörte.

Oberkommissar Eike Hintermoser fluchte. Seine Mittagspause war vorbei, und er hatte seine Tante Lotti immer noch nicht erreicht. Nur der Teufel wusste, wo die wieder ihr Smartphone hatte. Ihm würde nichts anderes übrigbleiben, als in Neuharlingersiel im Kiosk nachzuschauen. Da saß sie bestimmt und amüsierte sich über den Tratsch des Tages, wahrscheinlich mit ihrer Freundin Rita. Egal, er musste hinfahren, aber das ging erst, wenn Hansen und Hinrichsen von Theos Strandkorbverleih zurück waren. Es dauerte noch eine halbe Stunde, bis der „Kaiser" und sein Gefolge, das „Rhabarberblattohr", endlich eintrafen. Hansen schimpfte vor sich hin, als er durch die Tür trat.

„Und? Seid ihr fündig geworden?", fragte Oberkommissar Hintermoser.

Hansen hatte schon eine freche Formulierung im Mund, schluckte sie aber runter. „Nee Chef, oder sehen wir so aus, als ob wir vor Freude strahlen?" Das Wort Chef betonte er besonders.

„Geht das auch qualifizierter?", wollte Eike Hintermoser wissen.

„Kein Strandkorb, kein Theo, Chef", sprang Hinrichsen ein. „Wir haben alles abgeklappert. In keiner Halle stand die 337. Nur eine 373 und eine 377. Jetzt wussten wir nicht, ob wir die untersuchen lassen sollten, falls sich der Anrufer in der Nummer geirrt hat."

Eike stöhnte innerlich. „Schickt jemanden mit 'nem Leichenspürhund hin und wenn der anschlägt, veranlasst ihr, dass der Korb von der SpuSi untersucht wird.

Da hättet ihr auch schon selbst drauf kommen können."

Hansen brummte nur unwillig vor sich hin.

„Wir kümmern uns drum", versprach Hinrichsen.

„Okay, ich muss jetzt mal weg. Ihr könnt mich notfalls auf dem Smartphone erreichen", sagte der Kommissar und war froh, als er endlich an der frischen Luft war. Sonst wäre ihm wahrscheinlich der Kragen geplatzt. Ja, er war gutmütig, aber dieser „Kaiser" sollte es nicht übertreiben, sonst würde er dessen Abdankung beschleunigen. Er konnte auch anders.

Während der Fahrt nach Neuharlingersiel legte sich sein Groll auf Hansen. Die Sonne schien, und die Aussicht auf ein interessantes Gespräch mit seiner Tante hob seine Laune. Die wusste doch wieder irgendetwas. Egal, was es war, er würde es aus ihr herauskitzeln.

Doch am Kiosk traf er nur auf Rita. Es war wie verhext.

„Moin Rita", sagte er. „Bist du ganz alleine hier?"

Rita schmollte. „Alle wollen immer nur zu Lotti. Nie fragt mal einer nach mir, aber ich soll dich schön grüßen."

„Von wem?"

„Von einem Niklas Müller, der ein Haus in Margens hat. Er sagte, er wäre mit dir bei der Bereitschaftspolizei gewesen", erklärte Rita.

„Ach, Mensch, das ist ja ein Ding. Den hab ich ewig nicht mehr gesehen. Ist der zurzeit hier?", wollte Eike wissen.

„Ja, aber nur eine Woche und heute ist er nach Spiekeroog", gab Rita Auskunft. Weit hinten konnten sie die Fähre noch erkennen.

„Kommt er heute noch zurück?", fragte Eike.

„Das denke ich schon. Er hatte nur einen kleinen Rucksack dabei und wollte ein bisschen in den Dünen zur Ruhe kommen“, berichtete Rita.

„Wunderbar, dann fahre ich abends mal bei ihm vorbei“, beschloss Eike. „Wo ist denn nun mein Tantchen, auch Oma Pusch genannt?“

Rita zuckte mit den Schultern. „Sie ist mit dem Fahrrad unterwegs, aber ich habe keine Ahnung, wo sie hingefahren ist oder wen sie besuchen wollte, noch wann sie wiederkommt. Das steht in den Sternen. Wenn sie sich irgendwo bei einem Klönschnack zum Tee festbeißt, dann kann es auch Abend werden.“

„Du denkst also, es wäre besser, sie heute Abend zu Hause zu besuchen?“, erkundigte sich Eike.

„Um Himmels willen nein“, entfuhr es Rita, der im letzten Moment einfiel, dass ja Enno zu Besuch kommen wollte, quasi zu einem Informationsaustausch, auch wenn er das nur ahnte.

Eike sah sie fragend an. „Hab ich was verpasst?“

„Nee, nee, ich hätte nur fast vergessen, dass sie Gäste erwartet. Da willst du doch nicht stören?“, sagte Rita.

„Gut, dann verrätst du mir sicher, wieso meine Tante heute Morgen etwas von einem toten Theo im Strandkorb gefaselt hat. Angeblich hat sie das beim Bäcker gehört.“ Eike wartete, denn Rita musste nachdenken.

„Irgendwer muss ihr das wohl erzählt haben, aber ob da was Wahres dran war, wissen wir nicht“, sagte Rita unschuldig.

„Willst du mir jetzt allen Ernstes weismachen, dass ihr zwei nicht sofort nachgeschaut habt?“ Enno glaubte ihr kein Wort.

Jetzt gab es nur die Flucht nach vorn, ohne sich zu verraten, beschloss Rita. „Klar sind wir sofort zum

Strand, aber da war nix." So ganz hatte sie damit nicht gelogen, denn nachts beim zweiten Mal Nachsehen war der Theo ja wirklich weg gewesen. „Wieso willst du das denn wissen?"

„Ganz einfach, weil der Theo tatsächlich verschwunden ist und niemand weiß wohin", erklärte Eike.

„Vielleicht ein Scherz", sagte Rita, die ablenken wollte.

„Solange er nicht wieder auftaucht, ist alles möglich", seufzte Eike, der sich ärgerte, dass er nicht weitergekommen war. „Bitte sag meiner Tante, sie möge sich umgehend bei mir melden, wenn sie von ihrer Fahrradtour zurück ist."

„Ja, mache ich, min Jung. Willst du noch ein Rollmopsbrötchen auf die Hand?", fragte Rita, der der Lütte auch leidtat.

„Nee danke, mir ist echt der Appetit vergangen. Dies ganze Hin und Her mit einem Strandkorb, der verschwindet oder einem Verleiher, der darin angeblich gesehen worden ist, schlägt mir auf den Magen. Nix für ungut."

Mit diesen Worten schleppte er sich davon. Er hatte das Gefühl, als ob ein Mühlstein auf ihm lastete. Der Anruf von Hinrichsen machte es nicht besser. An keinem der abgestellten Strandkörbe hatte der Hund angeschlagen. Aber dass hier Spuk im Spiel war, glaubte er keine Sekunde.

Die Spiekeroog 2 hatte inzwischen im Hafen angelegt. Niklas Müller hatte die herrliche Fahrt bei frischer Brise und Sonnenschein auf dem fast menschenleeren Deck genossen. Aber nicht nur Wind und Aussicht hatten ihn fasziniert, sondern ebenfalls eine junge Dame, die so ganz anders war als alle, die er bisher kannte. Er schätzte sie auf Mitte dreißig. Sie hätte einem Blechschild der Fünfzigerjahre entstiegen sein können. Über einem taillierten Kleid trug sie eine kurze Pelzjacke. Ihre Frisur war kunstvoll hochgesteckt. So etwas sah man heute nicht mehr. Die roten Lippen schrien direkt nach Beachtung. Er wusste nicht einmal, ob er sie im klassischen Sinne schön fand, aber sie faszinierte ihn auf eine für ihn unverständliche Weise mit einer Intensität, die er noch nie zuvor gespürt hatte. Ganz entgegen seiner Pläne ging er ihr nach und kam sich dabei beinahe wie ein Stalker vor. Diese Frau ging ihn nichts an und doch konnte er nicht anders.

Im Gartenweg bog sie in einen Hauseingang ab und klingelte an der Tür. Niklas beobachtete von ferne, dass man dort wohl schon auf sie gewartet hatte. Was mochte sich nur in dem Koffer befinden, den sie bei sich trug? Und warum hatte sie sich so herausgeputzt? Niklas setzte sich in die Sonne und überlegte. Dass sie eine Zeugin Jehovas war, glaubte er nicht. Die waren nur mit einer Mappe voller Wachtürme unterwegs. Da man sie freudig begrüßt hatte, rechnete er auch nicht mit der gerissenen Masche einer Hausiererin. Ob man sich hier auf der Insel eine Hure bestellen konnte, weil es keinen Puff gab? Dieser Gedanke gefiel ihm nicht. Er wischte ihn fort und fand, dass sie dafür auch nicht ordinär genug war. Sie hatte eher etwas von einem feinen Fräulein oder einer höheren Tochter. Das, was sie dort drin tat, schien aber länger zu dauern. Nachdem Niklas eine Dreiviertelstunde unschlüssig auf die Tür gestarrt hatte, hinter dem sich das Fräuleinwunder verbarg, schulterte er seinen Rucksack und wollte gehen.

Doch gerade in diesem Moment hörte er ihr Lachen und ihre Stimme „Bis in vier Wochen dann!" Was immer auch das bedeutete. Er bemühte sich, nicht in ihre Richtung zu starren und schielte nur aus den Augenwinkeln. Sie schien guter Dinge zu sein, tanzte fast den Weg entlang und bog plötzlich nach rechts ab. In der Hand trug sie nur eine Tüte. Ihr Köfferchen hatte sie wohl untergestellt. Niklas schlenderte hinterher und tat so, als würde er sich für die Dünenlandschaft interessieren. Er war sicher, dass sie ans Meer wollte. Das war sowieso sein Ziel. Es hatte also gar nichts mit ihr zu tun. Kurz nachdem sie den Evangelischen Jugendhof links liegen lassen hatten, konnten sie es sehen: Das Meer! So alt und doch immer wieder neu, wenn man darauf zukam. Es war seit jeher ein wahnsinnig befreiendes Gefühl, hier auf den Dünen zu stehen und sich in seiner Weite zu verlieren. Das schien ihr ebenso zu gehen, denn sie verharrte einen kurzen Augenblick, bevor sie sich die Schuhe auszog und barfuß zum Strand hinunterlief. Jetzt, Anfang Mai, an einem der ersten sonnigen Tage, die schon wärmen konnten, war hier noch „tote Hose". Ganz in der Ferne sah man einen einsamen Spaziergänger. Weiter links hatte das Meer einen Baumstamm angespült. Um nicht zu sehr aufzufallen, hielt sich Niklas einen Moment damit auf, Schuhe und Strümpfe auszuziehen. Dann folgte er ihr. Dass keine anderen Menschen da waren, konnte er nicht ändern. Beim Vorübergehen sah er, dass die junge Dame ihre Tüte bei den Schuhen liegen gelassen hatte. Sie musste ebenfalls an dem Kiosk gewesen sein. Er erkannte das Einwickelpapier. Womöglich Rollmopsbrötchen und wahrscheinlich ihre Mittagsmahlzeit. Gerne hätte er seine mit ihrer geteilt.

Als er wieder aufsah, bemerkte er, dass sie in Richtung Baumstamm unterwegs war. Die Neugier trieb sie wohl dorthin. Ihn interessierte das Strandgut nicht im Geringsten. Er ließ seine Füße von den Wellen lecken, die über den nassen Sand krochen und sich dann wieder zurückzogen in einem ewigen Wechselspiel der Zeit. Dann malte er mit seinen Zehen eine Sonne, die so gar nicht zu dem Schrei passte, der plötzlich in seine Ohren drang. Erschrocken zuckte er zusammen und sah zu ihr hin. Sie rannte immer noch schreiend ins Wasser, stand bis zu den Knöcheln im Meer und beugte sich nach vorn. Niklas zögerte keine Sekunde. Er sprintete zu ihr und sah, dass sie sich übergab. Dabei weinte sie. Die geschminkte Pracht floss davon. Ihre Lippen waren verwischt. Niklas verfluchte seine nassen Hosenbeine, an denen das Wasser unaufhaltsam nach oben kroch und griff in die Tasche. Dort fand er ein zwar verknautschtes, aber wenigstens ungebrauchtes Taschentuch.

Sie nahm es, tunkte es ins Wasser und wischte sich den Mund ab. Er fand, dass sie etwas Verletzliches an sich hatte.

„Danke“, stammelte sie und versuchte das Würgen zu unterdrücken. „Da liegt etwas. Ich glaube, es ist ein ...“

„Keine Angst, ich bin bei der Kripo. Ihnen kann nichts passieren. Ich seh es mir mal an“, versuchte Niklas sie zu beruhigen. „Aber jetzt kommen Sie bitte aus dem Wasser. Sie verkühlen sich sonst." Er führte sie an den Strand zurück, wo sein Rucksack lag. In ihm fand er eine Packung Taschentücher, die er ihr reichte. Dann zog er seine Jacke aus, damit sie sich in den Sand setzen konnte. „Sie rühren sich jetzt nicht von der Stelle. Ich bin gleich wieder da."

Miezi nickte. Sie sah unglücklich und verloren aus.

Irgendwie glaubte Niklas nicht daran, dass da am Strand ein toter Mensch lag. Dass das Verhältnis von Breite zu Länge nicht stimmte, fiel ihm schon von Weitem auf, als er sich näherte. Bestimmt hatte sie sich vertan und völlig überreagiert. Ihm war das egal, es spielte ihm in die Hand. Der Kontakt war hergestellt, wenn auch auf eine etwas unübliche Art. Jetzt konnte er ihr helfen. Ein erstes, zartes Band.

Als er die Stelle erreichte, wusste er, warum die junge Dame, deren Namen er immer noch nicht kannte, geschrien hatte. Das unförmige Etwas hatte eindeutig eine Hand. Er starrte direkt auf deren fahlgraue, runzelige Innenfläche. Bei genauerem Hinsehen erkannte er, dass der mit Sand gepuderte und mit Seetang verzierte Körper zwei Beine und sogar Füße hatte, wobei die Schuhe fehlten. Aus Fußgröße und -stellung vermutete er, dass es sich um einen Mann handeln musste, der auf dem Bauch lag. Aber irgendetwas stimmte nicht. Als er vorsichtig den Blasentang von den Schultern zog, musste auch er schlucken. Der Kopf fehlte. Im Geiste leistete er Abbitte, dass er sie für hysterisch gehalten hatte. Ihre Reaktion war vollkommen berechtigt gewesen, und er war froh, dass es nur die Hand gewesen war, die ihr aufgefallen war.

Vorbei mit der Ruhe. Jetzt ärgerte er sich, dass er sein Smartphone zu Hause gelassen hatte. Aber wer konnte auch so etwas ahnen. Er hatte Urlaub, endlich einmal, schottete sich von der Umwelt ab und schon stieß er auf eine Leiche. Es war zum Mäusemelken.

Was war jetzt zu tun? Dem Stand der Sonne nach musste es längst Nachmittag sein.

Vielleicht hatte die junge Frau ein Telefon dabei. Er musste sie fragen.

„Und?", fragte sie ängstlich, als er vor ihr stand.

„Ja, Sie hatten recht. Es ist ein Toter." Weitere Details ersparte er ihr. „Ich muss umgehend die Kollegen hier oben verständigen. Haben Sie ein Handy dabei? Und verraten Sie mir Ihren Namen?"

„Ich heiße Miezi, Miezi Jeske, und ja, ich habe ein iPhone in meinem Koffer. Den habe ich aber im Gartenweg untergestellt. Mein zweiter Termin ist heute ausgefallen. Da wollte ich mir in den Dünen am Meer eine Pause gönnen, bis die Fähre wieder ablegt." Sie seufzte. „Na ja, daraus ist jetzt nichts geworden."

„Darf ich Sie um einen Gefallen bitten, Miezi?" Niklas war im Dilemma.

„Was soll ich tun?", fragte sie.

„Falls es Ihnen schon besser geht, würde ich Sie bitten, ob sie das iPhone holen könnten. Im Moment ist hier zwar niemand am Strand, aber ich würde den Leichnam ungern allein lassen, falls doch jemand auftaucht", erklärte er. „Zu blöd, dass ich heute ohne Smartphone unterwegs bin und das auch noch aus vollster Absicht."

„Sie können ruhig Du zu mir sagen", schlug Miezi vor.

„Okay, dann bin ich der Niklas, einverstanden?"

„Ja gerne. Und ich kann es auch verstehen, dass man mal nicht erreichbar sein will. Mir geht das genauso.

Manchmal rufen mich die Kunden sogar zu Hause an. Aber was tut man nicht alles. Gut, dann will ich mal los und das Ding holen, damit du telefonieren kannst. Die Bewegung wird mir guttun."

„Du bist auch sicher, dass du das schaffst?", erkundigte sich Niklas besorgt. Er fand, dass sie um Jahre gealtert war.

„Klar, es war im ersten Moment ein Schock, aber es braucht schon etwas mehr als eine tote Hand, um mich länger aus der Fassung zu bringen. Ich sehe nur bestimmt ganz schrecklich aus", stöhnte sie. „Mein ganzes Make-up muss verwischt sein."

Wenn das deine einzige Sorge ist, dachte Niklas bei sich und überhörte ihre Worte einfach. „Gut, ich warte hier. Bis gleich."

Sie zögerte. „Ich könnte natürlich auch sofort den Notruf wählen, wenn ich im Gartenweg bin. Dann hätten wir Zeit gespart."

„Wir können den Mann sowieso nicht mehr retten, Miezi. Es besteht also keine Eile. Lass mich lieber gleich meinen Kollegen Eike in Esens anrufen. Wer weiß, wo der Notruf eingeht. Wahrscheinlich in Wittmund. Die direkte Leitung ist die bessere, denke ich. Außerdem kann ich ihm gleich ein paar Informationen geben", erklärte Niklas.

Miezi zuckte mit den Schultern und drehte sich um. Ihr war es egal. Sie wollte einfach nur nach Hause. Der junge Kommissar würde schon wissen, was er tat.

Niklas sah Miezi nach, wie sie über der Dünenkuppe verschwand. Dann zog er seine Jacke wieder an. Die Hosenbeine waberten im Wind klamm um seine Beine. Die Feuchtigkeit hatte sich bis über das Knie hochgesogen. Einen kurzen Moment war die Idee in seinem

Kopf herumgespukt, das nasse Kleidungsstück auszuziehen und in die Sonne zu legen. Er hätte die Jacke um seine nackten Beine wickeln können. Aber er erkannte, dass sie mittlerweile nicht mehr genug Kraft zum Trocknen hatte. Sie stand schon zu tief. Es war wichtiger, den Rumpf warmzuhalten. Niemand konnte ahnen, wie lange sich der Tag noch hinziehen würde. Die Romantik war einer bedauerlichen Ernüchterung gewichen. Das lag nicht im Geringsten an Miezi selbst, obwohl sie wahrscheinlich älter war, als er gedacht hatte, sondern an der Situation, in der sie sich befanden. Außerdem musste er jetzt klar denken. Sein Kopf hatte sich wieder eingeschaltet, als er die Hand entdeckt hatte. Da war kein Platz mehr für Gefühle. Der Tod hatte alles entzaubert.

Es dämmerte fast, als Oma Pusch ihr Fahrrad neben dem Kiosk parkte. Gut gelaunt riss sie die Tür auf und blickte in Ritas zunächst erschrockenes, dann missbilligendes Gesicht.

„Schön, dass du auch mal wieder an Land kommst. Ich habe ebenfalls ein Privatleben, falls du das vergessen hast. Und jetzt sag mir nicht, dass dieser Handarbeitsabend heute tatsächlich stattfindet", wetterte Rita.

Oma Pusch war verdattert. Sie war im Sinn der Sache unterwegs gewesen. Ermittlungen, ebenfalls kein Freizeitspaß. „Hallo Lotti, toll dass du wieder da bist. Hast du interessante Neuigkeiten?", sagte sie schmunzelnd und zwinkerte Rita zu. „Das hätte ich erwartet und nicht dein Gemecker."

„Na, dann bin ich ja mal gespannt, mit welchen Informationen du mich zu besänftigen versuchst", schimpfte Rita weiter. „Aber damit eins glasklar ist: Ich gehe heute nicht zu diesem Strickverein. Das kannst du selber machen. Punkt!"

„Ist ja gut, Rita. Darüber reden wir später. Du weißt doch, dass Enno heute Abend zu mir kommt. Jetzt erzähl mir schon von der Laus, die dir über die Leber gelaufen ist." Oma Pusch setzte sich.

„Mit mir will immer keiner was zu tun haben", schmollte sie. „Alle interessieren sich nur für dich. Lotti hier, Lotti da, und ich soll auch noch Auskunft geben. Zuerst kam so ein junger Mann, der früher wohl mit deinem Neffen Eike zusammengearbeitet hat. Er hat ein Haus in Margens."

Oma Pusch nickte. „Ach ja, ich glaube, ich weiß, wen du meinst."

„Anschließend kam Miezi", fuhr Rita fort, „und die hatte dieselbe Idee wie wir. Sie meinte, jemand könnte den Theo geschminkt und drapiert haben. Alles wäre nur eine Inszenierung gewesen. So könnte er sich heimlich absetzen. Was man bei der übertrieben anhänglichen Mia auch verstehen könnte."

„Ja, die ist vollkommen abgedreht", warf Oma Pusch ein. „Ich habe ihr heimlich zugehört, als sie mit sich selbst gesprochen hat. Sie weiß garantiert nichts und hat auch nichts mit dem Verschwinden ihres Mannes zu tun. Egal was dahintersteckt. Mia ist außer sich vor Sorge. Sie würde alles tun, um ihren Mann zu schützen."

„So was habe ich auch schon gehört. Nicht nur die dicke Trine erzählte davon. Mia muss auf ihren Theo übertrieben fixiert gewesen sein", berichtete Rita.

„Fragt sich nur, wer da die Maßstäbe festlegt", grübelte Oma Pusch, „aber egal. Theo ist verschwunden, und sie weiß weder wohin noch weswegen. Interessanter ist da schon die Hedwig, die wahrscheinlich nicht einmal zur Beerdigung ihres Mannes gehen wird."

„Puh", sagte Rita, „ein Fall von totaler Entfremdung. Da muss sie ja weniger für ihn empfinden als für einen entfernten Bekannten, wenn sie ihm nicht mal die letzte Ehre erweist."

„Das könnte man so unterschreiben", stimmte Oma Pusch zu. „Aber sind das nicht zwei entgegengesetzte Extreme?" Sie lächelte. „Die eine klebt wie Pech an ihrem Angetrauten, der anderen ist ihr Ehemann einfach nur scheißegal. Schlimm, finde ich."

„Was meinst du wohl, in wie viel Ehen das so ist?", fragte Rita. „Zwei Wohnungen sind eben teurer als eine gemeinsame." Sie kicherte. „Warst augenscheinlich nie lange genug mit einem deiner drei Kerle verheiratet. Sonst hättest du mehr Verständnis für die arme Hedwig."

„Was kann ich denn dafür, wenn sie alle so früh das Zeitliche segnen?", fragte Oma Pusch. „Ich hab mich mit allen gut verstanden."

„Ja", antwortete Rita, „das mag sein. Die beiden ersten haben dir gleich mehrere Häuser und der letzte auch noch seine Lebensversicherung hinterlassen. Da kann man nicht meckern."

„Du tust geradezu so, als hätte ich es darauf abgesehen", wunderte sich Oma Pusch.

„Ach Quatsch", sagte Rita versöhnlich, „sei doch froh, dass du versorgt bist. Aber wenn der Hedwig ihr lebendiger Emil so egal war, vielleicht hatte sie dann mehr vom toten?"

„Wie meinst du das?", wollte Oma Pusch wissen.

„Na, wegen der Lebensversicherung vielleicht? Auch wenn du Fridtjof nicht auf dem Gewissen hast, könnte doch Emil deswegen beseitigt worden sein. Du weißt genau, dass die beiden große, finanzielle Probleme hatten. Sein Tod hätte Hedwig sanieren können und ihre Ruhe hätte sie auch noch gehabt. Zwei Fliegen mit einer Klappe sozusagen."

„Dann hat sie es ziemlich blöd angestellt", seufzte Oma Pusch, „falls sie es war."

Rita machte ein fragendes Gesicht.

„Wir kennen zwar die Versicherungspolice nicht", erklärte Oma Pusch, „aber meistens sind Selbsttötungen mit Ausschlussklauseln belegt. Sie hätte es dann lieber wie einen Unfall aussehen lassen sollen."

„Stimmt, so machte es keinen Sinn, aber das wissen wir erst dann ganz genau, wenn wir einen Blick in den Versicherungsschein geworfen haben", überlegte Rita.

„Entweder das", fügte Oma Pusch hinzu, „oder wenn wir diese Information aus ihr herausgelockt haben. Und da kommst du ins Spiel. Das wäre doch ein schönes Thema für den Handarbeitsabend. Möglicherweise musst du auch mal aufs Klo und verirrst dich zufällig zwischen irgendwelchen Aktenschränken oder Schubladen."

Rita stöhnte. „Du willst doch nicht wirklich darauf bestehen, dass ich da heute noch hingehe?"

„Sicher", nickte Oma Pusch, „denn ich muss Enno ertragen, um ihn auszuhorchen. Alternativ können wir natürlich auch tauschen."

„Nee, nee", beeilte sich Rita zu sagen, „das kommt überhaupt nicht infrage. Na gut, also tue ich mir die Strickweiber und Häkeltanten nachher auch noch an. Aber dann hab ich bei dir was gut."

„Immer", lachte Oma Pusch, „und siehst du: Ich brauche dich. Ich bin doch oft den halben Tag mit dir zusammen. Ohne dich wäre das Leben überhaupt nicht vorstellbar. Mit wem sollte ich denn so schön fachsimpeln?"

Rita freute sich. Das stimmte. Sie waren ein gutes Team. „Ach, fast hätte ich's vergessen. Du sollst dringend deinen Neffen Eike wegen Theo anrufen. Er denkt, du weißt mehr, als du sagst." Sie schmunzelte. „Wie er da nur drauf kommt?"

Am späten Nachmittag schaffte es Enno endlich, den armen Emil mit ein paar groben Stichen wieder zusammenzunähen.

Wenn man ihn bis obenhin mit einem Tuch abdeckte, sah er wirklich ganz manierlich für eine Leiche aus, die, seiner Meinung nach, doch irgendwie gewaltsam zu einer geworden war. Er seufzte und wählte Eike Hintermosers Nummer.

„Ja", sagte der Oberkommissar knapp, der mit seinen Gedanken einfach nicht von dieser mysteriösen Strandkorbgeschichte wegkam. Er hatte nicht aufs Display geschaut.

„Enno hier. Ich wollte dir ein kurzes Fazit der Sektion geben."

„Schieß los, ich bin gespannt", antwortete Eike. Er war jetzt voll bei der Sache.

„Tja, ein bisschen merkwürdig ist die Sache schon. Ich bleibe erst mal bei den Fakten. Er ist nicht daran gestorben, dass er sich am Mast erhängt hat. Wir haben es überhaupt mit keinem Strangulationstod zu tun. Weder Erhängen noch Erwürgen war die Ursache. Aber er ist erstickt. Eindeutig. Bei der Leichenöffnung konnte ich meine Vermutung auf Asphyxie bestätigen. Vielleicht eine Atemlähmung. Er hatte zu wenig Sauerstoff und zu viel Kohlendioxid im Blut."

„Also Atemstillstand. Aber Ersticken? Bist du sicher? Es könnte doch auch ein Herz-Kreislauf-Versagen sein", sagte Eike.

„Es sieht klinisch schon so aus, als ob er erstickt ist, ich frage mich nur woran und wie genau?", dozierte Enno.

„Hast du denn kein Wasser, Erbrochenes oder Fasern oder etwas anderes in seiner Lunge gefunden?", wollte Eike wissen.

„Rein gar nix", erklärte Enno. „Es bleibt also gewissermaßen ein Rätsel. Man kann mit großer Wahrscheinlichkeit sagen, dass es kein natürlicher Tod war, aber es gibt auch keine Anzeichen äußerer Gewalt. Die Striemen am Hals sind erst nach seinem Ableben, also post mortem entstanden. Man hat einen Toten aufgehängt. Seine Kleidung hat ein bisschen nach Fusel und so gerochen, aber das ist kein Wunder, denn er hatte über zwei Promille. Das könnte auch erklären, warum es keine Abwehrspuren gibt. Na ja, wie dem auch sei, von mir aus kann der Leichnam freigegeben werden. Ich habe alles dokumentiert."

„Kannst du darin einen Sinn erkennen?", fragte Eike. „Ich meine, das ist doch bekloppt. So ein Aufwand, um einen Mord zu verschleiern, den wir noch nicht mal eindeutig nachweisen können?"

„Möglicherweise stand die Befürchtung im Raum, man könnte es für einen halten und wollte dem von vornherein aus dem Weg gehen", versuchte Enno zu erklären. „Etwas anderes fällt mir dazu nicht ein."

„Da versteh mal einer die Menschen", seufzte Eike. „Wäre es denn unter Umständen denkbar, dass er vielleicht in einer bestimmten Situation tot aufgefunden worden ist, die für ihn peinlich gewesen wäre? Also so eine Art Unfall?"

„Das kann man nicht ausschließen", bestätigte Enno. „Schade, dass Bodo wegen des starken Regens kaum noch Spuren auf dem Kutter sicherstellen konnte. Das hätte uns womöglich weitergebracht."

„Was nich is, is nich", sagte Eike, der sich ärgerte, dass sie auf der Stelle traten.

„Aber vielleicht hat Lotti noch was aus ihrem Fenster gesehen, was sie uns bisher nicht erzählt hat. Ich bin heute Abend bei ihr zum Essen und schaue mal, ob ich noch irgendwelche Informationen aus ihr herauskriege", schlug Enno vor.

Eike lachte. „Ach du bist die Einladung. Na, dann ist ja gut. Dann fühl ihr mal schön auf den Zahn. Ich kann sie nämlich überhaupt nicht erwischen. Seit dem Morgen versuche ich mit ihr zu sprechen. Ich war sogar schon bei ihr am Kiosk, doch da war nur die Rita. Und zurückgerufen hat sie mich auch nicht, obwohl ich darum gebeten hatte."

„Das macht sie bestimmt noch", sagte Enno schmunzelnd. Dass er dem Oberkommissar in Lottis Auftrag noch wegen Theo auf den Zahn fühlen wollte, hatte er komplett vergessen. „Aber ob dich das weiterbringt, möchte ich bezweifeln. Da muss man schon mit den Waffen eines Charmeurs agieren. Ich bin denn dann mal für ein paar Stunden nicht erreichbar."

Na, denn man tau", verabschiedete sich Eike, der Enno zwar gerne mochte und sein Selbstbewusstsein bewunderte, ihn aber auf jeden Fall für einen alten Sack hielt.

Oberkommissar Eike Hintermoser grübelte nach dem Gespräch mit dem Rechtsmediziner eine ganze Weile darüber nach, was für einen Vorteil es neben der Mordverschleierung bringen konnte, eine Leiche aufzuknüpfen. Aber alles, was ihm einfiel, machte keinen Sinn. Er klappte die Akte zu. Es war kurz vor Feierabend. Wenn jetzt nichts dazwischenkam, konnte er sich bald gemütlich aufs Sofa legen. Die Ehefrau von Emil, Nachbarn, Freunde und Bekannte waren befragt worden. Alles ohne neue Erkenntnisse oder die Spur einer Spur. Vielleicht gab es einfach keine. Das war fast so schräg wie ein Theo, der verschwunden war, dann angeblich wieder auftauchte und nun erneut vom Erdboden verschluckt zu sein schien. Ihm rauchte der Kopf.

Als das Telefon klingelte, nahm Martin Hinrichsen widerwillig ab. Jetzt bloß nichts Zeitaufwendiges mehr ... ah, wohl nur ein Kumpel vom Oberkommissar. Er machte Eike zunächst unverständliche Zeichen, zuckte dann mit den Schultern und stellte durch.

Eike dachte, das konnte nur seine Tante Lotti sein, die endlich anrief. Er wollte die Information aus dem Bäckerladen genauer hinterfragen, denn diese Theo-Geschichte ging ihm langsam auf die Nerven. Von Lotti erhoffte er sich etwas Licht im Dunkel.

„Schön, dass du dich auch endlich dazu entschlossen hast, dich zu melden", blaffte er in den Hörer.

Der andere Teilnehmer war verdattert. „Äh, sorry, ja klar hätte ich mich schon längst melden können", sagte eine männliche Stimme, „aber das tut jetzt hier nichts zur Sache. Ich rufe dienstlich an."

Jetzt stutzte Eike. „Mit wem spreche ich?“

„Niklas hier. Niklas Müller. Hat dir dein Kollege das nicht durchgegeben?“

„Ehrlich gesagt nein. Warte mal eben.“ Er hielt die Muschel zu, aber Niklas verstand trotzdem jedes Wort. „Hinrichsen, Sie sollen mir zum Teufel noch mal mitteilen, wen ich da am Apparat habe und nicht nur Grimassen schneiden oder mit den Schultern zucken. Ich dachte, es wäre meine Tante.“

Hinrichsen machte ein beleidigtes Gesicht. „Der war so undeutlich. Ich hab nix Genaues verstanden. Es klang aber dringend. Da wollte ich keine Zeit verlieren.“

Eike brummte und widmete sich wieder dem Telefonat. „Entschuldigung. Hallo Niklas. Schön, von dir zu hören. Ich habe schon mitbekommen, dass du hier oben zu Besuch bist. Ich wollte dich heute Abend besuchen, falls das passt. Aber sagtest du eben was von dienstlich? Was genau meinst du damit?“

„Das mit dem gemeinsamen Abend könnte schon was werden, allerdings anders, als du dir das vorstellst. Ich befinde mich gerade am westlichen Ende von Spiekeroog und muss dir leider einen Leichenfund melden.“

„Oha, sauber!“, entgegnete Eike, der seinen Freund nicht für voll nahm. „Du musst keine Ausrede erfinden. Ich komme auch so nach Margens.“

„Ich meine das ernst, Eike. Hier liegt ein Toter am Strand“, sagte Niklas mit Nachdruck.

Sofort fiel Eike der Theo wieder ein. „Männlich oder weiblich?“

„Wohl männlich. So genau habe ich noch nicht nachgesehen“, gab Niklas zu, „aber die Füße sind für eine Frau zu groß.“

Eike stutzte. „Kann man denn das Gesicht nicht erkennen?"

„Da ist kein Gesicht", erklärte Niklas, „und, um es genauer zu sagen, auch kein Kopf."

„Ach, du heilige ...", entfuhr es Eike.

„Ja, das kann man so sagen", erwiderte Niklas. „Ein Wiedersehen wäre mir unter anderen Umständen auch lieber gewesen."

„Okay, wir kommen. Ich informiere alle. Kannst du beim Fundort bleiben?", fragte Eike.

„Sicher", erwiderte Niklas, „ich will auch gerne vermeiden, dass ihn noch jemand anders findet. Aber ich habe eine Bitte. Kannst du mir ein paar wärmere Klamotten mitbringen?"

„Ja, logisch, ich hab noch ein paar Sachen im Spind. Die müssten dir passen, falls du nicht zu sehr aus dem Leim gegangen bist", antwortete Eike.

„Danke!" Niklas war nicht aus Zucker, aber jetzt, wo die Sonne fast im Meer versunken und Wind aufgekommen war, fröstelte es ihn doch. „Ich sitze hier übrigens mit Miezi Jeske. Sie hat die Leiche zuerst entdeckt. Wäre ganz schön, wenn jemand sie übersetzen könnte. Die Fähre hat sie jetzt nämlich verpasst."

„Das kann Hinrichsen machen. Aber es wird einen Moment dauern, bis wir eintreffen. Vielleicht könnt ihr euch gegenseitig warm halten. Wenn du das Motorengeräusch hörst und unser Licht siehst, dann leuchte mal mit deinem Smartphone, damit wir in der Nähe anlegen können und bleib auf jeden Fall unter der Nummer erreichbar", bat Eike.

„Wird gemacht", bestätigte Niklas und legte auf.

Die Stimmung auf der Dienststelle war auf unter null gesunken. Es brauchte keine weitere Erklärung. Alle hatten Eikes Worte mitgehört. Der Feierabend war dahin. Sie mussten sich im Dunkeln aufs kühle Meer hinauswagen.

Es kostete Rita doch etliche Überwindung, sich am Abend noch einmal aufzuraffen, um zu Hedwigs Handarbeitsrunde ins Süderriff zu gehen. Sie hatte überhaupt keine Lust. Wenigstens musste sie ihr Strickzeug nicht zusammensuchen. Sie war sowieso gerade dabei, ein paar Wollsocken für Hinnerk anzufertigen. Der arme Teufel hatte weder Frau noch Geld und selbst im Sommer kalte Füße. Sie seufzte, rollte das Nadelspiel zusammen und machte sich auf den Weg.

Hedwig staunte nicht schlecht, als Rita vor ihrer Tür stand.

„Mein Beileid", sagte Rita, „ich hörte, der Abend findet statt und dachte, du kannst ein paar Leute um dich herum gebrauchen. Ich habe das ja auch schon hinter mir."

Hedwig lächelte. „Das ist nett von dir. Ich weiß allerdings nicht, warum ich zu bemitleiden wäre. Da gibt es überhaupt keinen Grund. Komm rein."

Lotti hatte recht gehabt. Die Witwe war vollkommen ungerührt. Ihr schien Emils Tod egal zu sein. Im Gegenteil, sie wirkte direkt erleichtert. Aber ob sie das auch verdächtig machte?

„Ja, danke", erwiderte Rita, „wer kommt denn noch so alles?"

„Mia leider nicht. Es könnte sein, dass sich Meta blicken lässt. Die dicke Trine wird auf jeden Fall mit von der Partie sein. Gelegentlich ist auch Trudchen hier, wenn sie sich nicht um ihre Mutter kümmern muss. Ach, Birte hätte ich fast vergessen. Die ist natürlich immer da. Auf jeden Fall ist es stets eine gemütliche Runde", erklärte Hedwig im bunten Kittel und führte sie in den Anbau. Dort prasselte es bereits im alten Küchenherd und spendete wohlige Wärme an einem kühlen Frühlingsabend.

Es klingelte wieder.

„Setz dich da hinten links hin", schlug Hedwig vor, „es gibt feste Sitzplätze."

Rita fühlte sich unwohl. Sie war die Erste. Schnell packte sie ihr Nadelspiel aus. Einerseits, um sich abzulenken, andererseits, um sich dahinter sicherer zu wissen.

Nach und nach trafen die Damen ein. Birte hatte ihren Platz direkt neben Hedwig am Herd und war gut gelaunt. Klar, da im Warmen strickte es sich natürlich besser als hier hinten in der klammen Kälte der Backsteinwand. Der Anbau schien nicht isoliert zu sein. Es zog mächtig in Ritas Rücken. Vielleicht, weil da neben ihr auch die Tür war. Sie hoffte, dass sie sich nichts wegholte. Auf der anderen Seite der Feuerstätte nahm die dicke Trine Platz. Es war der breiteste Stuhl im Raum, aber selbst in dem wirkte sie gequetscht. Trine nickte Rita freundlich zu und zog einen halb fertigen Ärmel aus ihrer Tasche. Hedwig schien an einem Schal zu häkeln und Rita staunte, denn sie hatte noch nie so dicke Wolle gesehen. Die Nadel stellte jeden männlichen Daumen in den Schatten. Wenig später nahm die eher stille Meta ihren Platz in der Mitte ein und zog ein Leinentuch heraus, auf dem sie schon jetzt einen Adventskalender für Weihnachten stickte. Nur neben Rita waren jetzt noch zwei Stühle unbesetzt. Für spontane Besucher der Handarbeitsrunde, wie sie erfuhr. Trotzdem zuckten alle zusammen, als es plötzlich ans Fenster klopfte. Niemand rechnete mit weiterem Besuch.

„Komm vorne rum", rief Hedwig und stand auf.

Aber es hörte nicht auf zu pochen. Widerwillig öffnete Hedwig die Tür des Anbaus. Mit der frischen Abendluft kam gleichzeitig ein Gestank von Katzenklo in den Raum geschwebt.

„Ick wullt jo nu ook mol wedder bi jau sin", sagte Marga. „Mine Deern hett mi tauseggt dat ick ..."

„Ist schon gut, Mutti", fiel Trude ihr ins Wort, „nun pack mal dein Stopfgarn aus un sett di dohl." Sie zeigte auf den Stuhl neben Rita. Dann flüsterte sie in die Runde. „Tut mir leid, aber sie war heute so schräg drauf. Ich konnte sie nicht allein lassen."

„Kein Problem", sagte Hedwig notgedrungen und sah in die leidvollen Gesichter der anderen Damen. Allen fiel es schwer, sich die potenten Kater wegzudenken, die Margas Kleidung in ein Lockmittel für rollige Miezen verwandelt hatten. Es stank zum Himmel. Margas Tochter schien das nicht zu bemerken oder dagegen immun zu sein. Sie packte etwas Unförmiges aus und ließ es auf dem Schoß liegen, ohne daran zu arbeiten. Trude war wohl einfach froh, ihrer Mutter nicht mehr allein ausgeliefert zu sein.

Der nun folgende Dialog des Abends wird sicherheitshalber auf Hochdeutsch wiedergegeben, denn Marga spricht nur Platt, und heute nuschelt sie auch, weil sie ihr Gebiss vergessen hat.

„Der Emil ist ja nun tot", begann Marga, „und der Theo, der ist verschwunden." Sie blickte bedeutungsschwer in die Runde. „Ich glaube, die sind auf eure Männer aus."

Hedwig ließ ihren Schal sinken. „Also meinen konnten sie ruhig haben, wer auch immer DIE sind."

„Wen meinst du denn, Marga?“, fragte die dicke Trine. Ein bisschen Klatsch war immer gut. Den konnte sie beim Bedienen hinter der Backwarentheke gut unter die Leute streuen.

„Ach, nehmt sie nicht ernst“, flüsterte Trude hinter vorgehaltener Hand. „Ihr wisst doch, sie hat nicht mehr alle Latten am Zaun.“

Unbeirrt fuhr die Alte fort. „Das waren Frauen ohne Gesicht, die im Dunkeln fliegen konnten. Glaubt mir, ihr werdet es noch alle am eigenen Leib erfahren. Sie trugen jemanden als Geist davon. Ich fürchte, es war der Emil“, sagte Marga und schauderte bei diesem Gedanken.

„Wo willst du die denn gesehen haben?“, schaltete sich Rita ein, die sich daran erinnerte, dass an Margas merkwürdigen Beobachtungen vom letzten Jahr auch was dran gewesen war.

„Ich hab beim Sielhof auf der Bank gesessen. Der Mond schien so schön“, gab Marga Auskunft.

„Warst du etwa wieder nachts unterwegs, Mutti?“, schimpfte Trude. „Und wie bist du von Esens nach Neuharlingersiel gekommen?“

Marga ignorierte ihre Tochter, aber Rita versuchte zu ergründen, ob die Tatsache, dass es vielleicht eine Augenzeugin gab, irgendwen in der Runde irritierte. Falls ja, ließ sich niemand was anmerken. Hedwig lachte sogar.

„Der Emil als Friesengeist! Du willst uns aber jetzt doch nicht weismachen, dass die Weiber, die du gesehen hast, Hexen waren, oder?“, fragte sie.

„Ich soll so was nicht sagen“, erwiderte sie mit einem missbilligenden Blick auf ihre Tochter. „Mein Trudchen mag es nicht, wenn ich die Wahrheit erzähle. Bestimmt, damit ich niemanden beunruhige, aber glaubt mir, ich rieche was. Da ist Gefahr in der Luft. Bestimmt ist dem Theo auch was zugestoßen."

Die anderen rochen auch etwas, aber nur die Kater. Während sich Hedwig und Birte trotzdem amüsierten, weil sie weit genug weg saßen, sagte Meta kein einziges Wort. Außer Rita fiel nur der dicken Trine auf, dass ihr rechtes Auge eine leicht bläuliche Färbung aufwies. Ein Veilchen, das Horst ihr verpasst hatte? Ein komischer Haufen war das hier.

Rita fühlte sich zunehmend unwohl. Dass sie direkt neben Marga im Duft heiratswilliger Schmusetiger saß, machte die Sache nicht besser.

„Was hast du denn sonst noch gesehen?", wollte Rita wissen. „Warst du auch am Hafen oder am Strand?"

„Nee, ja, normalerweise nicht. Das darf ich ja nicht mehr", beschwerte sich Marga. „Das hat sie mir auch verboten. Wo ich doch mein Lebtag immer dort war. Aber jetzt musste ich eine Ausnahme machen, um die Hexen im Auge zu behalten. Da ging was Schreckliches vor."

„Jetzt ist Schluss, Mutti, oder wir gehen", bestimmte Trude.

Marga fuhr unbeirrt fort. „Erst flogen sie zu Emil seinem Kutter. Dann haben sie gezaubert."

„Mutti", schimpfte Trude und stand auf.

„Wie gezaubert?", fragte Rita interessiert.

„Sie verneigten sich vor dem Teufel oder sonst irgendeinem Dämon. Wieder und wieder. Bis er die beiden endlich erhörte und mit Emil davonflog", erklärte Marga, die von ihrer Tochter bereits vom Stuhl gezogen worden war.

„Hast du den Teufel denn gesehen?" Rita hoffte noch mehr zu erfahren.

„Nur seine Augen“, flüsterte Marga und malte ein Kreuz in die Luft, „die brannten lichterloh und dann hab ich mir vor lauter Furcht in die Bux ...“

„Mutti, komm jetzt!“, unterbrach Trude eindringlich.

„Wieso, was kann ich denn dafür? Ich hatte Angst. Da will ich dich mal sehen, ob dein Mors dichtgehalten hätte“, beschwerte sich Marga.

„Entschuldigung, es tut mir leid“, sagte Trude in die Runde. „Es war keine gute Idee, sie mitzubringen. Ich hatte so gehofft, dass sie beim Stopfen abgelenkt sein würde.“

„Ist doch schon gut“, antwortete Hedwig und klopfte ihr auf die Schulter. „Wir wissen, dass du ein schweres Los hast. “

„Los, los! Immer nur hetzen. Klar können wir los. Ich bin nur nicht so schnell“, gab Marga ihren Senf dazu. Sie hatte Hedwigs Worte nicht richtig verstanden.

„Alles gut, Mutti“, beschwichtigte Trude und half der Hochbetagten auf.

„Ich lasse euch wegen der Treppen wieder hier hinten raus“, schlug Hedwig vor.

Die frische Luft, die in den Raum strömte, war ein Segen, obwohl sie kalt war. Rita fröstelte und überlegte, sich ebenfalls zu verabschieden. Ihre kalten Füße waren kein gutes Zeichen, aber es galt jetzt durchzuhalten. Ihre Freundin Lotti würde auch alles geben. Enno zu ertragen, war allerdings schlimmer, fand Rita. Da nahm sie doch lieber mit den Damen vorlieb. Sie war gespannt, was sie an diesem Abend noch alles erfahren würde.

Zeitgleich saß Dr. Enno Esen bei seiner Schwägerin im Wohnzimmer und ließ sich bedienen. Das war heutzutage gar nicht mehr seine Art, aber der schlimme Rücken zwang ihn zu vorsichtigem Agieren. Es war ihm schon schwergefallen, sich überhaupt ins Auto zu setzen. Dort wieder herauszukommen, hatte ihn aber richtig Nerven gekostet. Drei Kreuze hatte er gemacht, als er endlich im Warmen bei Lotti im Sessel saß, die jetzt mit einer herrlich duftenden Lasagne aus der Küche kam.

„Ah“, sagte Enno genüsslich und sog die Mischung aus Tomaten- und Bechamelsoße in seine Nase ein, die mit einer Gouda/Parmesan-Mischung überbacken worden war.

„Köstlich!“

„Nun warte es erst mal ab“, erwiderte Oma Pusch und grinste. Sie wusste genau, wie sie ihn kriegen konnte. Als Enno die ersten Bissen intus hatte, kam sie ohne Umschweife zur Sache. „Du erinnerst dich schon, dass wir einen Deal haben?“

„Glaubst du, ich hätte deinen Erpressungsversuch vergessen?“, fragte Enno und zwinkerte ihr zu.

„Von Erpressung kann gar keine Rede sein, nennen wir es einfach Informationsaustausch“, berichtigte Oma Pusch.

Jetzt lachte Enno lauthals. „Das wäre ja etwas auf Gegenseitigkeit. Und was könntest du mir da schon zu bieten haben? Rein rechtsmedizinisch, meine ich.“

„Ein paar interessante Fotos vielleicht?“, lockte Oma Pusch.

„Von deinen naiven Malereien gestern Morgen? Wieso, hast du noch mehr zu Papier gebracht?", fragte Enno.

„Nein", antwortete Oma Pusch spitz, „und das war nicht fair, dass du sie mitgenommen hast."

Enno winkte ab. „Unspektakuläres Kleinmädchengekritzel, ohne jeglichen Nährwert."

„Es könnte aber sein, dass ich diesmal etwas ganz Besonderes habe, an das ihr nie mehr herankommen werdet. Du solltest dich jetzt also gut mit mir stellen und dich nicht auch noch über mich lustig machen. Ich müsste dir nämlich gar nichts zeigen. Du wärst auch so in der Pflicht. Denk an dein Versprechen!"

„Dann weiß ich gar nicht, wieso du hier so eine Welle machst?", schmunzelte Enno und leckte seine Gabel ab. „Das muss doch einen Grund haben. Du willst was von mir." Er grinste. „Los, raus damit."

„Was hat denn mein Neffe Eike so alles wegen Theo gesagt?", wollte Oma Pusch wissen.

Enno wurde puterrot und begann aus Verlegenheit zu husten. „Tja, also, der wusste irgendwie von nichts", schwindelte er notgedrungen, als ihm sein Versäumnis wieder einfiel.

Oma Pusch sah ihn schräg von der Seite an. „Ach so? Dann wundert es mich, wieso man mir erzählt hat, dass Hinrichsen und Hansen im Regen am Strand langgelaufen sind. Na ja, wie dem auch sei. Kommen wir auf die Fotos zurück. Es ist ein bisschen kompliziert. Sie sind ziemlich einmalig und ich müsste von dir wissen, ob du auf einer Fotografie todsicher erkennen kannst, dass jemand nicht mehr lebt."

„Das ist ja wohl unmöglich", erwiderte Enno und tippte sich an die Stirn. „Heutzutage kann alles mit Schminke oder am Computer so hingetrickst werden, wie man es haben will. Guck dir doch zum Beispiel einen Kriminalfilm an. Da zeigen sie Leichen, die sich gewaschen haben. Lebensecht, sage ich dir, und teilweise mit abgetrennten Gliedmaßen. Direkt ekelhaft zum Teil. Auf so etwas kann man sogar als Rechtsmediziner verzichten."

„Willst du dir die Fotos nicht trotzdem mal anschauen?", fragte Oma Pusch leicht resigniert.

Enno brummte. „Wenn's sein muss." Sie musste ja nicht gleich merken, dass er nun doch etwas neugierig war.

Oma Pusch klappte das Laptop auf und Enno die Kinnlade hinunter, als sie die erste Bilddatei aufrief.

„Äh du, das ist doch der Theo. Sagtest du nicht, dass er vermisst wird?" Ein großes Fragezeichen stand in Ennos Gesicht.

„Ich habe dir vieles gesagt, aber du hast mich wohl nicht richtig ernst genommen. Klar ist das der Theo. Deswegen hatte ich dich doch bei dir in der Rechtsmedizin gefragt, ob du ihn schon auf dem Tisch hattest", erklärte Oma Pusch. „Aber da er, kurz nachdem ich ihn fotografiert hatte, plötzlich samt Strandkorb verschwunden ist, begann ich an der Sache zu zweifeln. Was, wenn uns da so richtig jemand auf den Leim führen wollte? Jemand, der neidisch auf unseren Ermittlungserfolg vom letzten Jahr ist. Hinnerk, Rita und ich sind nämlich die Einzigen gewesen, die Theo wirklich gesehen haben. Von Angesicht zu Angesicht."

Enno stutzte. „Ja, aber dann musst du doch am ehesten wissen, ob er noch gelebt hat. Dieser starre Blick geradeaus. Ich weiß nicht, ob man den auf Dauer mimen kann. Wie lange habt ihr denn bei ihm gestanden?"

„Zehn Minuten bestimmt", überlegte Oma Pusch.

„Und er hat nicht einmal geblinzelt?", wollte Enno wissen.

„Nicht im Geringsten", beschwor Oma Pusch.

„Keine Atmung? Kein Heben und Senken der Brust?"

Oma Pusch schüttelte den Kopf.

„Also, wenn euch jemand an der Nase rumführen wollte, hätte er es sich einfacher machen und die Augen geschlossen halten können. Zeig mal die anderen Bilder."

„Warte, ich lasse eine Diashow laufen", schlug Oma Pusch vor.

Geduldig wartete Enno ab, bis er auch das letzte Foto gesehen hatte. „Wenn wir davon ausgehen, dass er tot ist, dann würde ich jetzt so auf den ersten Blick vermuten, dass die Schere eher nicht die Todesursache war. Es gibt zwar einen geringeren Blutaustritt an einer Stichwunde, wenn das Tatwerkzeug noch im Körper verbleibt, aber das da an der Kleidung ist eindeutig zu wenig. Und siehst du sein leicht bläuliches Gesicht? Es ist geringfügig aufgedunsen, sodass er eigentlich ziemlich ähnlich wirkt wie Emil."

„Ach ja?", fragte Oma Pusch interessiert. „Dann hat der sich wohl auch nicht aufgehängt? Jedenfalls nicht selbst."

„Nein", bestätigte Enno, „das stimmt. Irgendjemand hat seine Leiche aus unerfindlichen Gründen aufgeknüpft."

„Dachte ich es mir doch! Und jemand ersticht den verblichenen Theo. Vielleicht, um vollkommen sicher zu sein, dass beide wirklich tot sind?", mutmaßte Oma Pusch.

„Mensch, auf die Idee bin ich überhaupt noch nicht gekommen. Möglicherweise war sein Mörder genauso im Zweifel wie ihr, als ihr ihn abgelichtet habt", überlegte Enno laut.

„Schere und Strick quasi als Todesabsicherung? So nach dem Motto, doppelt genäht hält besser?" Oma Pusch machte ein skeptisches Gesicht. „Das glaube ich eigentlich nicht. Eher würde ich ein Verwirrspiel für möglich halten. Zum Beispiel ein Vertuschen der wahren Todesursache."

„Bei manchen Mördern kommt es auch zu einer totalen Entgleisung, man nennt es im Fachjargon ‚Übertöten'", erklärte Enno. „Sie sind so in ihrem zerstörerischen Wahn gefangen, dass sie ihr Opfer quasi mehrfach umbringen."

„Wenn dies denn überhaupt möglich wäre", wandte Oma Pusch ein.

„Das ist es naturgemäß nicht, aber du musst es dir so vorstellen: Jemand tötet seine Ehefrau mit einem Messer und sticht danach noch dreißig Mal auf sie ein. Rein faktisch wäre sie fünf- oder zehnmal oder noch öfter an den einzelnen Verletzungen gestorben. Er ermordet sie also mehrmals." Enno atmete tief durch. „Dazu gehört eine unglaubliche Wut, ein abgrundtiefer Hass."

„So sieht es mir hier aber nicht aus", entgegnete Oma Pusch. „Ich erkenne immer nur zwei Tötungsvarianten bei jedem Opfer. Ersticken und Aufhängen oder Ersticken und Erstechen. Zweimal zwei."

„Ich denke, wir können festhalten, dass die erste, vorausgehende Mordmethode identisch ist", sagte Enno. „Das verbindet unsere Opfer."

„Diese beiden Punkte wären mir zu wenig, um gleich eine Verbindung zwischen den Fällen zu konstruieren. Und was, wenn sie gar nicht umgebracht worden, sondern aufgrund irgendwelcher unglücklicher Umstände zu Tode gekommen sind?", stellte Oma Pusch als These in den Raum. „Man könnte auch so ersticken."

„Warum sollte man sie dann so auffällig drapieren?", wandte Enno ein. „Man hätte es doch ohne Probleme als Unfall oder Unglücksfall melden können."

„Eventuell aus Furcht, dass man ihm nicht glaubt", sagte Oma Pusch.

„Egal wie oder was", erwiderte Enno mit wichtiger Miene, „du musst der Kripo Bescheid geben. Das kannst du doch nun wirklich nicht für dich behalten, auch nicht, wenn der Theo inzwischen wieder verschwunden ist. Ruf deinen Neffen Eike an!"

„Der frisst mich hochkant", antwortete Oma Pusch. „Wehe, du verpfeifst mich."

Enno zuckte mit den Achseln. Er war mit seinem Latein momentan am Ende und froh, dass es an Oma Puschs Haustür klingelte. Rita vielleicht. Eine Ablenkung war jetzt gut. Diese Freude sollte jedoch nicht lange währen, denn Oberkommissar Eike Hintermoser stand mit Gummistiefeln an den Füßen und einem zweiten Paar in der Hand bei seiner Tante im Flur und schwenkte sie hin und her.

Oma Pusch wusste sofort, was los war. Sie wurde puterrot und Enno gleichzeitig kreidebleich, denn er ahnte, was auf ihn zukam.

„Tja, wer sein Smartphone ausgestellt hat, wird sogar höchstpersönlich abgeholt. Ich wusste zum Glück, wo sich der geschätzte Herr Rechtsmediziner befindet. Also rein in die Botten und ab dafür." Eikes Tonfall ließ keinen Widerspruch zu.

„Mein Gott", versuchte Oma Pusch ihr Glück, „wenn du Enno schon hier abholst, dann muss es ja etwas Schlimmes sein. Ist denn jemand tot?"

„Vergiss es, Tantchen“, lachte Eike, „du glaubst doch nicht im Ernst, dass ich auf deine Schliche reinfalle. Außerdem weißt du doch sowieso mehr als wir alle zusammen.“

Enno warf einen stechenden Blick auf seine Schwägerin und machte ihr unmissverständliche Zeichen. Sie sollte endlich die Fotos erwähnen. Aber sie dachte nicht im Traum daran. Außerdem sah es doch so aus, als ob sie Theo gefunden hatten.

Auf dem Weg zum Hafen erklärte Eike dem Doktor, womit sie es zu tun hatten. Und das war ziemlich unschön. Eine Leiche ohne Kopf. Na wenigstens konnte das nicht der Theo sein, dachte Enno erleichtert. Damit war auch seine Schwägerin Lotti aus dem Schneider.

Am Motorboot wartete bereits Hinrichsen, der schon vorgegangen war. Eike hatte sich entschieden, den „Kaiser" nicht mitzunehmen. Das Letzte, was er jetzt noch ertragen wollte, war Hansens missmutiges Gesicht und seine schlechte Laune. Er hatte sogar überlegt, auch Hinrichsen an Land zu lassen, denn sein Freund und früherer Kollege Niklas Müller war vor Ort. Aber er brauchte Hinrichsen, um das zweite Boot zu steuern, das Miezi von Spiekeroog nach Neuharlingersiel übersetzen sollte. Bei der Aussicht auf einen doch nicht so immens späten Feierabend hatte Hinrichsen innerlich frohlockt. Das konnte man von den Bestattern Rico Fritsche und Nils Esen nicht behaupten, denn sie tranken gerade gemeinsam ein herrliches Feierabendbier im „Dattein", als sich die Hoffnungen auf einen zerschlugen.

„Siehst du", hatte Nils in Ricos Ohr geflüstert, „ist doch eine gute Idee gewesen, in jedem Auto einen Leichensack dabeizuhaben. Müssen wir nicht noch mal nach Esens." Dabei zwinkerte er der Bedienung zu, die seine Worte zum Glück nicht gehört hatte.

Rico brummte, denn er fuhr nicht gerne mit so einem Ding in seinem Privatwagen herum, weswegen er es grundsätzlich beim Reservereifen versteckte. „Wird wohl heute nix mit der Kleinen. Die scheint neu zu sein", vermutete er und klopfte Nils auf die Schulter. „Wenn die erst raus hat, womit du deine Brötchen verdienst, kannst du die Sache abhaken."

„Was soll's?", schmunzelte Nils. „Lebe ich also weiterhin mit den Kurzromanzen wechselnder Saisonkräfte. Das ist auch sehr unterhaltsam. Aber lass uns jetzt mal los, den Kopflosen eintüten. Wir wollten uns am Hafen mit den anderen treffen." Er sah auf die Uhr.

Kurz nach acht starteten zwei Motorboote in Richtung Spiekeroog. Hinrichsen fuhr mit den beiden Bestattern, Eike hatte den Rechtsmediziner Enno Esen an Bord und einen singenden Bodo Siebenstein. Shantys waren jetzt allerdings nicht gerade das, was er hören wollte, aber es machte keinen Sinn, den Chef der Spurensicherung zu verärgern. Der einzige Lichtblick an diesem Abend war Nele Freese, obwohl sie etwas verhuscht aussah. Bodo hatte sie unter der Dusche hervorgeholt und ihr nur gestattet, sich schnell etwas anzuziehen. Ohne groß nachzudenken, war sie in ihren Nickianzug gestiegen und mit diesem in die Gummistiefel. Zum Föhnen war erst recht keine Zeit mehr geblieben, sodass sie sich ein Handtuch um den Kopf wickeln musste. Mittlerweile waren die blonden Flusen zwar getrocknet, aber sie sah wie ein Huhn aus, das in die Steckdose gefasst hatte. Eike fand das süß und unterdrückte ein Grinsen. So ganz in Natur, ohne Schminke und BH hatte er sie noch nie gesehen. Schade, dass die blöde Goretex-Jacke den Anblick ihres Busens jetzt verhinderte, aber er wollte natürlich, dass sie gesund blieb. Auch Enno, dem früheren Frauenversteher, war die wohlgeformte Rundung ins Auge gefallen, und er zwang sich, nicht daran zu denken, wie sie im Wellengang wippen würde. Der Einzige an Bord, der in Nele Freese kein begehrenswertes Weibchen sah, war ihr Chef Bodo Siebenstein. Für ihn besaß Nele überhaupt kein Geschlecht. Sie war ein Mitarbeiter, dem er mehr vertraute als den meisten anderen.

Einige Zeit später konnte Eike in der Ferne vor Hinrichsen, der als Erster fuhr, ein schwankendes Licht ausmachen.

„Da muss es sein", rief er zum anderen Motorboot so laut er konnte. Hinrichsen hatte das Zeichen wohl auch längst gesehen, denn er drehte bei. Das letzte Stück bis zum Strand klappten sie den Außenbootmotor hoch und ruderten. Zum Glück war die Nacht sternenklar. Der Halbmond spendete ein fahles Licht. Sie sahen, dass ihnen der Freund von Eike mit Miezi entgegenkam, die am ganzen Leib zitterte.

„Moin Niklas", sagte Eike und wandte sich dann an Hinrichsen. „Gib mal zwei warme Decken raus!"

„Hast du an ein paar Klamotten für mich gedacht?", wollte Niklas wissen.

„Logisch, die Decken sind für Miezi", entgegnete Eike und warf ihm einen Rucksack zu. „Ich möchte, dass du den Toten schnell inspizierst, Enno, damit Nils und Rico ihn abtransportieren können. Hinrichsen soll Miezi dann gleich mitnehmen. Sonst holt sie sich noch den Tod. Ich fahre dann später mit Nele, Bodo und Niklas zurück."

Hinrichsen nickte und Miezi seufzte im Angesicht der Tatsache, dass sie zu drei lebenden und einem toten Mann ins Boot steigen sollte.

„Keine Angst, der beißt ganz bestimmt nicht", raunte Niklas ihr aufmunternd zu, „und ich hab auch kaum was gerochen."

„Wie beruhigend“, erwiderte Miezi, die sich dringend einen Spiegel wünschte. Sie musste grässlich aussehen und wollte so schnell wie möglich weg von hier.

„Dann wollen wir mal“, sagte Eike mit Blick auf den Baumstamm, der keiner war, „ich nehme an, das da hinten ist der Tote?“

In Ermangelung von Scheinwerfern und Stromaggregaten hatte sich die Spurensicherung mit Stirn- und Taschenlampen versorgt. Auch Eike hatte eine Spezialleuchte dabei, deren LED-Licht erstaunlich hell war. Erst neulich war sie auf sein Drängen hin angeschafft worden. Eine weise Entscheidung, wie sich jetzt herausstellte.

„Bleibt ihr erst mal hier bei Miezi“, bat Eike die Bestatter, „ich rufe euch dann, wenn wir fertig sind.“

Die beiden hatten nichts dagegen. Rico starrte schon die ganze Zeit fasziniert auf Miezis Frisur.

„Kannst du das mal sein lassen“, zischte Nils ihm zu.

„Wieso, was denn?“, tat Rico unschuldig.

„Ach, lass ihn doch“, schaltete sich Miezi ein, die über ein erstaunlich gutes Gehör verfügen musste, „mir ist es lieber, er fixiert meine Frisur als irgendwas anderes.“

Rico wurde rot. „Verzeihung, äh, ich habe doch nur gedacht, also ich meine, es ist doch nur wegen unserer Kunden. Ich bin nicht so geschickt im Frisieren wie Nils, aber so etwas kriegt selbst er nicht hin. Geben Sie vielleicht Nachhilfe?“

Miezi sog unhörbar die Luft ein, verschluckte sich und musste husten. Nils klopfte ihr auf den Rücken. „Meint ihr, ich soll euch das an euren Toten zeigen?“, fragte sie entsetzt.

„Nein", lachte Nils, „an einem Modell oder einer Frisierbüste würde es schon reichen, aber die Idee ist echt nicht schlecht. Du sollst das auch nicht umsonst machen."

„Das ist natürlich etwas anderes", sagte Miezi beruhigt, „aber die paar Kniffe zeige ich euch mal so nebenbei. Geld will ich dafür nicht." Sie schmunzelte. „Ihr habt dann später bei euren Kunden wenigstens den Vorteil, dass sie sich dabei nicht bewegen und hinterher nicht meckern können."

Die anderen fünf waren unterdessen bei der Leiche angekommen.

„Na, ein Glück", sagte Enno ohne groß nachzudenken, „der Theo ist es wenigstens nicht."

„Wie kommst du jetzt darauf?", wollte Eike wissen.

Enno war froh, dass hier im Halbdunkel nicht auffiel, wie ihm das Blut ins Gesicht schoss. Er musste sich jetzt schnell etwas einfallen lassen. „Zu große Füße, glaube ich. Theo hatte eher kleine."

„Aha", erwiderte Eike, während die SpuSi den Leichnam fotografierte, „na, darauf wollen wir uns mal nicht verlassen."

„Er kann jetzt ausgezogen werden", sagte Bodo und summte irgendetwas mit „Farewell".

„Los Hinrichsen, pack mit an", befahl Eike und Enno zog sich seine Gummihandschuhe an. Er war niemals ohne Arzttasche unterwegs. Sie stand immer in seinem Wagen. Gemeinsam entkleideten sie den Toten. Nele Freese fotografierte weitere Details. Der Rechtsmediziner nahm eine rektale Messung der Körpertemperatur vor und winkte nach kurzer Prüfung der Totenstarre ab.

„Der ist mit Sicherheit schon mehr als vierundzwanzig Stunden tot", erklärte er.

„Was ist das?", fragte Eike, als er ihm das Unterhemd anhob.

Ein breites, bunt gestricktes Band kam zum Vorschein, das sich einmal um den Körper herumzuziehen schien und von der Poritze bis fast unter die Schulterblätter reichte.

„Das, mein lieber Freund, ist ein selbst gestrickter Nierenwärmer. Den hätte ich jetzt auch gerne für meinen schlimmen Rücken", gab Enno Auskunft.

„Nicht besonders sexy", wandte Nele ein, „aber bestimmt gesundheitsfördernd."

„Komm du mal in unser Alter", neckte Bodo seine Mitarbeiterin, „da werden sie alle schlauer."

„Wir drehen ihn jetzt mal um, dann können wir ihm sein Hemd aufknöpfen", schlug Eike vor. „Auf drei! Hinrichsen nimmt die Schulter, ich das Gesäß und Enno die Füße. Eins, zwei und drei."

Unförmig lag der Tote im Mondlicht vor ihnen. Wie sehr sich doch die Proportionen veränderten, wenn der Kopf fehlte. Aber das war noch nicht alles. Aus seiner Brust ragte eine Schere.

„Doch der Theo", entfuhr es Enno.

Eike betrachtete ihn skeptisch. „Das musst du jetzt aber doch schon mal genauer erklären. Du scheinst über ziemlich viel Insiderwissen zu verfügen. Wenn ich's nicht wirklich besser wüsste, könnte man vermuten, dass du etwas damit zu tun hast."

„Gott bewahre", stöhnte Enno, „ich kannte den Theo doch kaum."

„Also, raus mit der Sprache", forderte Eike, „was hat dir meine Tante so erzählt? Die hat dich doch nicht zum Flirten oder Anbandeln eingeladen. Angeblich hatte sie was beim Bäcker gehört, aber da habe ich so meine Zweifel. Wie tief steckt sie da drin?"

„Eigentlich gar nicht", versuchte Enno die Sache abzumildern. „Sie war nur zur falschen Zeit am falschen Ort und wusste nichts damit anzufangen."

„Du sprichst in Rätseln, mein Guter", mischte sich Bodo Siebenstein ein.

Alle waren gespannt.

Enno raufte sich die Müller-Wohlfahrt-Mähne. Er hatte versprochen, seine Schwägerin nicht zu verpfeifen, aber hier ging es jetzt um mehr als eine Gefälligkeit. Trotzdem versuchte er die Angelegenheit abzumildern. „Also gut. Sie hat ihn am Strand gefunden, wusste aber nicht, ob er tot ist. Darum hat sie ein Foto gemacht und mich gefragt, was ich dazu meine."

Eike tippte sich an die Stirn. „Schon klar, mit der Schere in der Brust lebt der bestimmt noch ..."

„Na ja", erklärte Enno, „sie vermutete, jemand wollte Rita und sie auf den Arm nehmen, weil er doch hinterher wie vom Erdboden verschwunden war."

„Ach, die Rita war auch mit dabei. Das hätte ich mir ja denken können", schimpfte Eike. „Und wer hat bei uns anonym angerufen? Die beiden jedenfalls nicht. Du vielleicht? Es war eine männliche Stimme. Wahrscheinlich weiß die ganze Küste Bescheid, nur die Kripo nicht."

Enno schüttelte den Kopf, hatte aber Hinnerk in Verdacht.

„Ich finde das ehrlich gesagt riesengroßen Mist", beschwerte sich Eike. „Vor allem, dass du als Rechtsmediziner da auch noch mitmachst."

„Nu sei mal nicht so streng zu ihm", warf Bodo ein, „er hätte dir bestimmt noch davon berichtet. Vielleicht wusste er selbst nicht, was er davon halten sollte. Man muss ja nicht jeden Gehirnfurz seiner Verwandtschaft gleich zum Besten geben."

„Und wir haben bei strömendem Regen den ganzen Strand abgesucht", lamentierte Hinrichsen, „für nichts und wieder nichts."

„Dafür kann Lotti doch nun wirklich nichts", ärgerte sich Enno jetzt, „dass der Tote später verschwunden ist. Oder glaubt ihr etwa, sie hätte ihn samt Strandkorb fortgeschafft? Außerdem wollte sie Eike Bescheid geben, nachdem sie mit mir gesprochen hatte. Wer konnte denn ahnen, dass der Theo hier angespült wird? Die Ereignisse haben sich überschlagen."

„Ruhe jetzt", forderte Eike. „Ein Hinweis von dir wäre schon hilfreich gewesen. Ich darf also davon ausgehen, dass Theo erstochen worden ist? Die Schere wird doch auch schon vorhanden gewesen sein, als meine Tante das Foto gemacht hat."

„Ja, sie war da, aber nein, er ist nicht erstochen worden, was ich anhand des Bildes erkennen konnte. Es hat so ausgesehen, als ob er ebenfalls erstickt ist. Genau wie Emil übrigens. Ich kann euch später mehr dazu sagen", versprach Enno.

„Das wird ja immer toller", wetterte Eike. „Ich bin hier im Irrenhaus gelandet. Wenn du mir jetzt noch sagen kannst, wieso der Kopf fehlt, quittiere ich meinen Dienst. Wofür braucht man mich dann noch? Lotti sieht alles, du weißt alles. Den Mörder könnt ihr bestimmt auch selber fangen."

Enno blieb von dem Ausbruch unberührt, beugte sich über die Leiche und runzelte die Stirn. „Leuchte mal direkt auf den Halsstumpf. Sieht auf den ersten Blick so aus, als ob er von etwas Scharfem abgetrennt worden ist. Ziemlich glatte Schnittkanten. Nichts Ausgefranstes. Das wird aber wie gesagt nach seinem Tod passiert sein und ist für die Tat an sich nicht relevant. Ansonsten kann ich keine Verletzungen oder dergleichen erkennen."

„Können die Jungs ihn einpacken?“, fragte Eike. Seine Stimme klang wieder etwas versöhnlicher. Er konnte anderen nie lange böse sein, aber seine Tante, die würde er sich vorknöpfen.

„Ist das hier immer so?“, flüsterte Niklas in Neles Ohr.

Die lachte und klopfte ihm auf die Schulter. „Du kennst Oma Pusch noch nicht. Sie ist ein Unikum mit hellem Kopf und guter Nase.“

„Doch, doch, das ist die ältere Dame mit dem Kiosk am Hafen, wo es die leckeren Rollmopsbrötchen gibt. Ist schon klar, dass sie viel mitkriegt. Aber dass sie Beweise zurückhält und dabei sogar den Rechtsmediziner einweiht, finde ich schon ein wenig krass.“

„Wie man's nimmt“, schmunzelte Nele, „im vergangenen Jahr hat sie hier zwei Morde aufgeklärt. Außerdem ist sie mit Enno und Eike verwandt. Das gewährt ihr eine gewisse Narrenfreiheit. Man vertraut ihr, auch wenn sie gelegentlich etwas über das Ziel hinausschießt.“

„Ich weiß ja nicht“, entgegnete Niklas.

„Musst du auch nicht“, gab Nele zurück. „Wir regeln das hier oben unter uns.“

Rico und Nils kamen auf Zuruf pietätvoll mit ihrem schwarzen Leichensack, den sie neben dem kopflosen Toten öffneten.

Mit geübten Griffen hoben sie den sandigen Körper an und legten ihn hinein. Da die Schere noch immer in ihm steckte, wies die Hülle an der Stelle eine deutliche Beule auf. Aber es war notwendig, die Tatwaffe dort zu belassen, wo sie war. Das wussten die Bestatter, die Theo nun vorsichtig zum Motorboot trugen.

„Wir fahren auch gleich mit", beschloss Bodo Siebenstein. „Es ist zu dunkel und ich glaube nicht, dass wir noch weitere Spuren finden. Dein Freund Niklas hatte den Strandbereich schon weiträumig abgesucht. Nele hat auch nichts weiter entdecken können. Fotos vom Fundort und der Auffindesituation haben wir."

„Gut", sagte Eike, „dann soll Miezi lieber mit uns fahren. Enno, es wäre schön, wenn du den Transport des Toten gemeinsam mit Nils und Rico begleiten könntest."

„Von mir aus", stimmte Enno zu, der eigentlich lieber die Gesellschaft der jungen Damen vorgezogen hätte.

„Während du dann schon mit der Leichenschau beginnst", fuhr Eike fort und zerstörte Ennos Aussicht auf eine gesegnete Nachtruhe, „werde ich mir das Foto bei meiner Tante Lotti ansehen."

„Hat das nicht alles bis morgen Zeit?", fragte der Rechtsmediziner.

„Nein, hat es nicht", antwortete Eike mit Nachdruck. „Ich möchte morgen früh Ergebnisse haben, wenn ich die Witwe informiere."

Enno erkannte, dass da nichts zu machen war und stieg schwerfällig zu Hinrichsen ins Boot. Die Schmerztablette ließ langsam nach. So ein wollener Nierenwärmer hätte ihm jetzt gutgetan. So einer wie der Theo ihn hatte. Der brauchte ihn sowieso nicht mehr. Und da er nicht durch die Schere zerstört worden war, beschloss Enno, ihn zu waschen und zu trocknen. Es wäre doch wirklich schade drum.

Während zwei Motorboote am Strand von Spiekeroog lagen, saß Rita in trauter Handarbeitsrunde bei Hedwig und ihren Freundinnen. So langsam ging ihr das Geschwätz der anderen auf die Nerven, vor allem, weil nichts wirklich Interessantes, das die Todesfälle betraf, mehr gesagt worden war. Rita hatte gehofft, dass jemand das Thema vertiefen würde, nachdem die alte Marga mit ihrer Tochter fortgegangen war.

Aber sie plauderten über norwegische Strickmuster, beschwerten sich über ihre Hühneraugen und tauschten Rezepte aus, durch die sie abnehmen wollten. Im Geiste raufte Rita sich die Haare und beschloss, einen Vorstoß zu unternehmen, um die Gespräche wieder in die erforderliche Richtung zu lenken.

„Meint ihr eigentlich, ob an dem, was Marga gesagt hat, was dran ist?", fragte Rita in die Runde.

Die anderen blickten von ihrer Arbeit auf und sahen sie entgeistert an.

„Glaubst du jetzt etwa auch an was Übersinnliches?", wollte Hedwig besorgt wissen. Demenz konnte viele Gesichter haben.

„Natürlich nicht", lachte Rita verschmitzt. „Aber Marga könnte dennoch beobachtet haben, wie Emil zum Hafen transportiert worden ist."

„Das halte ich für Humbug", mischte sich Birte ein, „schließlich hat er sich aufgehängt. Da wird er wohl noch ganz gut zu Fuß gewesen sein. Sonst hätte er nicht aufentern können."

„Genau", sagte Hedwig. „Er musste ja am Mast hoch."

„Oder man hat ihn verschleppt und ihn dazu gezwungen, mit dem Strick um den Hals von oben abzuspringen", wandte Meta leise ein.

„So ein Blödsinn", schimpfte Hedwig. „Wie sollte das gehen?"

„Jemand könnte ihn von unten mit einer Waffe bedroht haben", schlug Meta stotternd vor, die sich von Hedwigs bösem Blick verunsichern ließ.

Die tickte sich an die Stirn. „Dann hätte er sich bestimmt lieber erschießen lassen, wenn er die Wahl gehabt hätte. Wieso dann extra noch am Mast hochklettern? Tot ist tot."

„So ein Schuss ist aber lauter und damit auffälliger", sagte Birte.

„Was für ein Schwachsinn", stöhnte Hedwig. „Emil hat sich erhängt und basta! Er wird seine Gründe gehabt haben."

Rita wunderte sich, dass Hedwig ihren Mann auf einmal so verteidigte, wo sie doch zu Oma Pusch gesagt hatte, dass sie womöglich nicht einmal zu dessen Beerdigung gehen wollte. Sie startete einen Versuchsballon: „Oh je, wenn es wirklich Selbstmord war, dann hoffe ich, dass der Emil keine Lebensversicherung hatte. Ich hörte, dass die meist nicht zahlen, wenn sich jemand selbst umbringt."

Die dicke Trine nickte. „Ja, bei meiner steht das auch drin."

„Steht auch ein Ausschluss wegen Adipositas drin?", fragte Birte mit einem frechen Grinsen.

„Nö, was ist das?", wollte Trine wissen, die ein Kampfgewicht von weit über einhundert Kilo bei einer Größe von knapp einem Meter sechzig auf die Waage brachte.

Meta, die einen Großteil des Abends geschwiegen hatte, blickte besorgt in die Runde. „Das wäre ja schrecklich, wenn ihr die ganzen Jahre eingezahlt hättet und das Geld jetzt futsch wäre. Du könntest es doch so dringend gebrauchen."

„Weg ist weg", seufzte Hedwig und zuckte mit den Schultern. „Das Haus bleibt mir ja. Vermiete ich eben weiter. Dann ist auch immer was los hier."

Rita stutzte. „Und wie viel geht dir da jetzt durch die Lappen?" Sie fand, dass Hedwig ziemlich salopp mit dem Verlust umging, aber das hatte sie beim Ableben ihres Mannes auch getan. Vielleicht war sie so ein Typ Mensch, der nach außen eine harte Schale zeigte.

„Hundertfuffzigtausend", sagte Hedwig, „aber was soll's. Ich kann's ja nun nicht ändern."

Alle anderen in der Runde blickten sie zuerst erschrocken und dann mitleidig an, denn alle ahnten, dass ihr das nicht so egal war, auch wenn sie dies ihre Bekannten glauben lassen wollte.

Eine peinliche Stille entstand. Niemand wusste so recht, was er nun sagen sollte. Gerade als Rita das Thema auf den verschwundenen Theo lenken wollte, kam ihr Birte zur Hilfe.

„Was bin ich froh, dass du so eine starke Frau bist, Hedwig. Die Mia ist vollkommen neben der Spur", erzählte sie. „Ich war heute bei ihr. Sie putzt und wienert das Haus von oben bis unten, um sich abzulenken. Ihr Sohn Eckhard hat sie deswegen schon angeschrien. Sie findet einfach keine Ruhe, und er ist nur genervt. In diesen schlimmen Momenten der Ungewissheit sollte er ihr eine Stütze sein."

„Hoffentlich ist dem Theo nicht auch etwas zugestoßen", unkte Rita berechnend.

„Denkst du, er könnte sich auch etwas angetan haben?", fragte Hedwig interessiert.

„Ob er sich selbst oder jemand anders ihm, keine Ahnung. Aber irgendwo hätte er doch sonst wieder auftauchen müssen", schlussfolgerte Rita.

„Manch einer geht Zigaretten holen und kehrt nie zurück, weil er sich abgesetzt hat", fügte die dicke Trine an.

„Aber bestimmt nicht der Theo", wandte Hedwig ein. „Der saß doch hier mit seinem Strandkorbverleih fett drin. In der warmen Jahreszeit verdiente er sich eine goldene Nase. Finanzielle Probleme hatten die Mertens' bestimmt nicht. Und seine Frau war ihm hörig, obwohl er nichts anbrennen ließ."

Rita registrierte, dass Hedwig von Theo in der Vergangenheitsform sprach. Das war auch Meta aufgefallen.

„Du redest so, als ob er nicht wiederkäme", sagte sie leise.

„Weil ich nicht dran glaube", erklärte Hedwig, „und ich weiß auch nicht, ob ich es Mia wünschen sollte."

„Wieso?", fragte Rita scheinheilig. Sie hatte natürlich das eine oder andere über Theo gehört.

„Weil er sie in jeder Hinsicht ausgenutzt hat, und weil er darüber hinaus auch noch jähzornig war oder jähzornig ist von mir aus", korrigierte sie sich. „Ein Stinkstiefel. Sein Sohn ist schon genauso. Aber wenn er etwas wollte, konnte er auch ganz anders sein. Charmant, liebenswürdig. Nur zu Hause nicht. Da hatte er Untergebene. Sogar seine Neffen ließen kein gutes Haar an ihm, seitdem sie in seiner Firma mitarbeiten. Stimmt's Trine?"

Die Angesprochene nickte.

„Wisst ihr, wie lange Mia ihn schon vermisst", wollte Rita wissen.

„Nicht genau", gab Hedwig Auskunft, „ich habe ihn am Sonntag zuletzt gesehen, als er Mia hier abgeholt hat. Da ging es ihr nicht gut. Sie hatte wohl einen zu viel gehabt. Kann man ja verstehen, bei dem Kerl an ihrer Seite. Ihre Schwester Grete war auch da. Die ließ auch kein gutes Haar an Theo."

„Das ist doch die Mutter von Mias Neffen Jan und Tim, die in der Firma mitarbeiten? Ist die noch so üppig wie an Weihnachten? Wollte sie nicht eigentlich abnehmen?", fragte die dicke Trine.

Das willst ausgerechnet du wissen, du schlankes Reh, dachte Hedwig. „Keine Ahnung. Ich habe sie nicht auf die Waage gestellt. Etwas mehr als ich hat sie auf jeden Fall auf den Rippen, aber wesentlich weniger als andere."

Meta sah von ihrem Sticktuch auf, Birte grinste, aber Trine merkte nichts.

„Da können wir wohl nur abwarten und Tee trinken", sagte Rita und stand auf.

„Willst du schon gehen?", fragte Hedwig.

„Ich bin müde ", antwortete Rita und log dabei nicht einmal, aber sie wollte natürlich noch mit Oma Pusch telefonieren, um ihr alles Wissenswerte mitzuteilen. „Und du hast doch morgen die Beisetzung", fügte sie noch hinzu.

„Ja." Hedwig atmete tief durch. „Ich wollte eigentlich nicht hingehen, aber du weißt schon, die Leute reden dann. War schön, dass du mit von der Partie warst. Komm doch mal wieder", bat Hedwig.

Rita nickte und meinte das Gegenteil. Sie war sich sicher, dass sie das nie wieder tun wollte. Höchstens, wenn es sich aus ermittlungstechnischen Gründen nicht vermeiden ließ.

Während Rita nach Hause gefahren und sich genüsslich in ihrem Ohrensessel niedergelassen hatte, um Oma Puschs Nummer zu wählen, war dichter Nebel über dem Meer aufgezogen. Wie aus dem Nichts war er erschienen. Man konnte kaum noch die Hand vor Augen sehen. Die Temperatur fiel auf lausige zwei Grad. Während der Tag mit erstaunlich warmen Sonnenstrahlen verlockt hatte, zeigte die Nacht, dass es doch erst Frühling war und dass man durchaus noch mit solchen Naturerscheinungen rechnen musste. Unsere Marga hätte jetzt den Finger gehoben und vermutet: „Do geiht wat för!" Sie hätte den Nebel als Wink des Schicksals gesehen. Und vielleicht sollte man ihre Warnungen nicht in den Wind schlagen. So eine dicke Suppe ist nicht jedermanns Sache, aber manchem nutzt sie auch.

Es hatte etwas Geisterhaftes, als die zwei Motorboote mit ihrer traurigen Fracht im Hafen von Neuharlingersiel eintrafen. Sie erschienen plötzlich wie von selbst aus dem Nichts, da der Nebel auch alle Geräusche verschluckte. Gemeinsam hievten Rico und Nils den Toten aus dem Boot und schoben ihn zum Kai hinauf. Dann ging jeder seiner Wege. Enno fuhr den Bestattern hinterher. Die immer noch schlotternde Miezi wurde von Hinrichsen nach Bensersiel gebracht, und Bodo Siebenstein brachte Nele nach Hause, die sofort wieder unter die Dusche ging, um warm zu werden.

„Danke noch mal, dass du mich sofort angerufen hast", sagte Eike zu Niklas. „Ich habe jetzt noch schnell was zu erledigen, aber wenn du nichts dagegen hast, komme ich anschließend noch auf einen Schlenderschluck bei dir in Margens vorbei."

Niklas lächelte. „Das ist eine gute Idee. Ich mache gleich den Kaminofen an, wenn ich zu Hause bin. Willst du Bier oder lieber Glühwein?"

„Egal, nur irgendwas, was uns wieder aufwärmt", erwiderte Eike.

„Okay, bis gleich", sagte Niklas und verschwand im Nebel.

Glücklicherweise hatten Oma Pusch und Rita bereits die wichtigsten Neuigkeiten ausgetauscht, als Eike Hintermoser an der Tür seiner Tante im „Dattein" klingelte.

„Du, ich muss Schluss machen", sagte Oma Pusch in den Hörer. „Wir sehen uns morgen und überlegen, was hinter all dem stecken könnte." Dann legte sie auf, ging in den Flur und lugte durch den Spion. Als sie Eike dort draußen warten sah, wurde ihr heiß und kalt zugleich. Einen kurzen Moment lang überlegte sie, ihn dort stehen zu lassen, aber sie brachte es nicht übers Herz. Der arme Junge konnte doch nichts dafür. Als sie die Tür öffnete, richtete sie sich seelisch darauf ein, dass er hart mit ihr ins Gericht gehen würde und versuchte es mit einem Lächeln.

„Moin Lotti", sagte er und drängte sich an ihr vorbei, noch bevor sie ihn reinbitten konnte. „Bevor du dir etwas ausdenkst, hör mir erst zu."

Oma Pusch holte tief Luft, um etwas zu erwidern, aber er winkte ab.

„Ich weiß schon alles. Zeig mir das Bild. Sofort!" Dabei tippte er auf ihren Laptop.

„Welches Bild?", fragte Oma Pusch und verfluchte Enno in Gedanken.

Eike legte den Kopf schief und sah sie durchdringend an. „Mach es bitte nicht noch schlimmer und zeig mir bitte jetzt den toten Theo."

„Ja, ja, aber welches von den Bildern? Meinst du ein bestimmtes?", wollte Oma Pusch wissen.

„Hast du etwa mehrere?" Eike schüttelte mit dem Kopf und konnte es nicht fassen. Er hatte nur von einem gehört. „Dann zeig mir alle!"

Oma Pusch öffnete den Laptop und rief den Ordner mit den Bildern auf. Dann startete sie eine Diashow.

Eike wusste überhaupt nicht, was er sagen sollte. Die Standpauke, die er ihr halten wollte, zerstob im Nichts. Ihre Aufnahmen waren Gold wert. Das konnte ihn sogar über die Tatsache hinwegsehen lassen, dass sie ihm erst so spät präsentiert wurden. Seine Tante war zum richtigen Zeitpunkt am Fundort von Theos Leiche gewesen. Danach musste man ihn, aus welchen Gründen auch immer, samt Strandkorb von dort fortgeschafft haben. Es waren einmalige Bilder. Eine Momentaufnahme, die ihnen entgangen und die für immer verloren gewesen wäre, wenn Lotti nicht abgedrückt hätte. In Verbindung mit der rechtsmedizinischen Untersuchung konnte es ihnen so vielleicht gelingen, den Tathergang zu rekonstruieren.

„Du sagst ja gar nichts", versuchte Oma Pusch ihren Neffen vorsichtig anzusprechen. Aber er reagierte überhaupt nicht. „Du, ich habe das wirklich nicht böse gemeint. Ich dachte, irgend so ein Spinner wollte uns möglicherweise an den Strand locken, damit wir hier ein riesen Tamtam inszenieren. Jemand, der das mit Theo ausgeheckt hat, um uns vorzuführen und so richtig zu blamieren. Darum wollte ich die Fotos erst mal Enno zeigen, ob ..."

„Netter Versuch, Tante Lotti", sagte Eike, „deswegen hast du auch jemanden anonym bei der Kripo anrufen lassen, damit wir rauskommen und selbst dastehen wie die Deppen." Manchmal rutschte ihm doch noch ein bayrischer Ausdruck heraus, obwohl er jetzt schon fast zwei Jahre im Norden war.

Oma Pusch schmollte. „Glaubst du, ich hätte dafür gesorgt, dass man den Theo in der Zwischenzeit wegkarrt? Ich war mir einfach unsicher und wollte vermeiden, dass Touristen die Leiche finden, falls es eine war."

„Ja klar, und dann knipst man einfach mal drauflos. Von allen Seiten, von oben und unten. Sensationslust ist das. Du konntest nicht ahnen, dass wir selbst gar keine Bilder mehr schießen können. Unfassbar. Und jetzt muss ich dir für deine Aktion auch noch wider Willen dankbar sein", grummelte Eike.

„Siehst du. Man weiß nie, wofür was gut ist", sagte Oma Pusch. „Ich bin eben immer auf Zack. Beim nächsten Mal würde ich es wieder so machen, dir aber eher Bescheid geben. Versprochen!"

„Nein", erwiderte Eike, „beim nächsten Mal - möge der Allmächtige verhindern, dass das wieder geschieht - wirst du gar nichts machen, außer, dort wo du bist stehen zu bleiben und mich anzurufen. Nichts anfassen, nichts ablichten, nur Wache halten, bis ich komme. Ist das klar?"

Oma Pusch schüttelte den Kopf und sagte: „Na klar, Eike. So machen wir das!"

„Wunderbar", freute sich Eike, dem der Widerspruch zwischen Körpersprache und Oma Puschs Worten entgangen war, weil er immer noch auf den toten Theo starrte. Dann zog er seine Visitenkarte aus der Hosentasche, legte sie auf den Wohnzimmertisch und verlangte, dass seine Tante ihm die Bilder umgehend per Mail zukommen ließ und parallel auch gleich der Rechtsmedizin.

Als Eike danach aufstand und zur Tür ging, war Oma Pusch fassungslos. „Was ist denn jetzt?", fragte sie ihren Neffen. „Du kannst doch nicht so mir nichts dir nichts, ohne eine einzige Information wieder abzischen."

„Doch, das kann ich", erwiderte Eike, „und sei froh, dass ich dich nicht wegen Behinderung der Ermittlungen anzeige."

„Ich will doch nur wissen, ob ihr den Theo gefunden habt ...", schmollte Oma Pusch.

„Das wüsste ich auch gern", rutschte es Eike heraus, der damit mehr preisgab, als er ursprünglich gewollt hatte.

Und Oma Pusch kombinierte. Es war etwas gefunden worden, das war sonnenklar. Dass es ein toter Mensch gewesen sein musste, erklärte sich durch die Tatsache, dass Eike den Enno bei ihr abgeholt hatte. Nichts anderes machte Sinn. Tja, und wenn sie's nicht genau wussten, ob es Theo war, dann war seine Leiche unkenntlich oder anderweitig beeinträchtigt. Das musste dringend mit Rita durchgekaut werden.

Oma Pusch sah auf die Uhr. Schon nach zehn. Jetzt konnte sie unmöglich noch ihre Freundin anrufen.

Die nebelige Meereskälte hatte Ennos Rücken nicht gutgetan. Ein warmes Bett mit einem Heizkissen wäre jetzt das Richtige gewesen. Dadurch hätten die Beschwerden gelindert werden können, aber das war leider ein Wunschtraum. Ihm blieb nichts anderes übrig, als sich mit dem unvollständigen Körper zu befassen. Der Oberkommissar wäre ihm sonst aufs Dach gestiegen. Als halbwegs erträgliche Alternative musste er wieder Schmerztabletten einnehmen und die Sektion abschließen, bevor deren Wirkung nachließ. Aber es würde gut eine halbe Stunde dauern, bevor er überhaupt eine Erleichterung spürte. Er beschloss, die Zeit zu nutzen.

Rico und Nils hatten ihm den Körper freundlicherweise gleich auf den Sektionstisch gelegt und ihn entkleidet. Dabei konnte Enno alles Wesentliche mit seinem Diktiergerät festhalten. Seine nassen Klamotten hatten sie in einen Plastiksack gelegt. Obendrauf lag der Nierenwärmer und stach dem Rechtsmediziner ins Auge. Er hatte am Strand schon darüber nachgedacht. Ja, es wäre reine Verschwendung, das schöne Stück zu entsorgen. Jemand hatte sich damit richtig Mühe gegeben.

Vorsichtig angelte er es aus der Tüte und drehte es ins Licht. Sauber gearbeitet war das Strickgewebe. Man sah ihm kaum an, dass es handgefertigt war. Abschätzend hielt er sich den Nierenwärmer von der linken bis zur rechten Seite an und vermutete, dass er ihm sehr gut passen würde. Mit antiseptischer Seife wusch er das wollene Gewebe durch, spülte es anschließend mit klarem Wasser aus und legte es ausgewrungen über den Heizkörper. Mit etwas Glück konnte er das gute Stück schon morgen als zusätzliche, wärmende Schicht unter dem Kittel tragen.

Ja, das war einer der wenigen Vorteile, wenn man tot war. Man fror nicht mehr, selbst wenn man nackt auf kalten Edelstahltischen auf eine Untersuchung warten musste. Und man hatte keine Eile. Nur Enno saß die bleierne Müdigkeit im Nacken. Er hatte schon in der vergangenen Nacht wenig Schlaf bekommen. Nur mit großer Disziplin widerstand er der Versuchung, sich doch erst ein, zwei Stunden aufs Ohr zu hauen und konzentrierte sich auf seinen Patienten.

Theos Rumpf lag grau-blass und etwas mazeriert vor ihm. Das Wasser hatte seine Haut aufgeweicht. Eine Schere, die wenig Spuren im Gewebe rund um die Einstichstelle hinterlassen hatte, ragte aus seiner Brust. Aber das war nicht das einzige Bild, das er von ihm im Kopf hatte. Parallel waren da die Fotos, die seine Schwägerin geschossen hatte. Sie waren durchaus nicht zu vernachlässigen und mussten in seine Betrachtungen mit einbezogen werden.

Zuerst betrachtete Enno jedoch die Halswunde, die wie abgeschnitten aussah, dabei relativ glatt wirkte, aber von Nahem betrachtet unterschiedlich hohe Ebenen aufwies, fast wie ein Wellenmuster.

Als er später eine dünne, metallene Faser isolieren konnte, die sich in Theos Haut gebohrt hatte, kam ihm eine Idee, was zu dieser Verletzung geführt haben musste, die ihm nach seinem Tod widerfahren war. Ein Metallseil, das unterschiedlich starkem Zug ausgesetzt war, könnte eine Erklärung sein, dachte er bei sich. Zufrieden mit dieser ersten Erkenntnis setzte er zum Y-Schnitt an.

Drei Stunden später wusste er einiges über Theo, was dieser vielleicht selbst nicht geahnt hatte. Oder doch? War er über seinen Gesundheitszustand informiert gewesen? So ganz eindeutig war Theos Todesursache nicht zu definieren, oder besser gesagt, die eine war der anderen zuvorgekommen. Wäre er nicht erstickt, wäre er innerlich verblutet. Enno vermutete eine starke Kompression auf Theos Brustkorb. Die konnte viele Gründe haben. Eine Möglichkeit wäre, dass er unter einen seiner Strandkörbe geraten sein könnte, der vom Transportfahrzeug gerutscht war. Dazu passten auch die zwei Rippenbrüche, die er vorgefunden hatte und die auf jeden Fall vor seinem Tod entstanden waren. Vielleicht hatte man ihn hinterher einfach dort hineingesetzt und den Unfallhergang durch den Stich mit der Schere verschleiert. Aber egal ob Mühlstein, Strandkorb, Schrank oder Pferd die Ursache gewesen war, irgendetwas Schwerwiegendes hatte ihm die Luft aus den Lungen gepresst. Ob das letztendlich auch dazu geführt hatte, dass seine vom Krebs ummantelte Hauptschlagader im Bauch geplatzt war, konnte der Rechtsmediziner nicht sagen. Es war möglich, dass so ein Gefäß auch von allein irgendwann brüchig genug war und perforierte, wenn sich das Geschwür hineingefressen hatte. Auf jeden Fall war dem Körper keine Chance mehr geblieben zu verbluten, denn der Kreislauf hatte infolge der Lungenkompression schlappgemacht. Theo war erstickt, bevor sich sein Bauchraum mit Blut füllen konnte. Was da jetzt die bessere Variante war, wollte sich Enno nicht vorstellen. Er hatte sich dann rein interessehalber noch auf die Suche nach dem Primärtumor gemacht und diesen schließlich an der äußeren Darmwand gefunden. Eine fiese Sache, weil er nicht einmal durch eine Endoskopie zu finden gewesen wäre. Enno tippte also darauf, dass es Theo möglicherweise nicht richtig gut gegangen war, dass er vielleicht sogar an Gewicht verloren hatte, aber von seiner Krebsdiagnose konnte der Mann wahrscheinlich nichts gewusst haben.

Was Enno am wenigsten verstand, war die Schere. Sie steckte völlig unsinnigerweise in Theo. Jemand hatte sie nach seinem Tod dort platziert. Warum und weshalb, erschloss sich ihm nicht. Er blieb bei seiner Verschleierungstheorie. Dann betrachtete er das Werkzeug und notierte, dass eine der Griffmulden größer war als die andere. Damit er sie derart tief in das tote Gewebe rammen konnte, schien der Verursacher einen Hammer benutzt zu haben. Aber das war nur eine Theorie, denn von der schwarzen Farbe auf den Griffen war oben etwas abgeplatzt. In Ennos Vorstellung war die Schere wie ein Nagel ins Fleisch getrieben worden.

Interessant war, dass Theo im Grunde auf dieselbe Art zu Tode gekommen war wie Emil, auch wenn dessen Rippen unversehrt waren. Das klinische Bild ähnelte sich frappierend. Er überlegte, ob mit Strick und Schere genau von diesem Umstand hatte abgelenkt werden sollen. Ein geglückter vorgetäuschter Selbstmord hätte auch zur Folge gehabt, dass keine Ermittlungen eingeleitet worden wären. Der potenzielle Mörder hätte sich in Sicherheit wiegen können. Auch ein nicht zu vernachlässigender Versuch der Verschleierung.

Nun gut, oder besser gesagt: Gut dem Dinge. Enno nähte den Theo wieder zu. Die Schmerztablette ließ langsam nach. Er musste die nächste Ladung einwerfen. Im Vorübergehen befühlte er den Nierenwärmer, der auf der heißen Heizung bereits getrocknet war.

Herrlich, dann konnte er ihn auf dem Weg nach Hause schon anlegen.

Niemand war auf die Idee gekommen, dass es sich bei dem Toten eventuell doch nicht um Theo handeln konnte, denn es stimmte alles mit den Fotos überein, die Enno und später auch Eike bei Oma Pusch gesehen hatten. Seine Kleidung, seine Schuhe und sogar die Schere, die aus ihm herausragte, schienen identisch zu sein. Eine endgültige Gewissheit konnte aber nur der DNA-Abgleich bringen. Und das dauerte bekanntlich.

Auf dem Weg nach Hause hielt Oberkommissar Eike Hintermoser in Margens an. Dort in Nummer vier wohnte sein Kumpel Niklas. Soweit er sich erinnern konnte, hatte Niklas' Mutter das Haus seinerzeit gekauft und zu einem Ruhedomizil umgebaut. Aber egal, das war nicht wichtig. Ihm selbst war immer noch kalt. Er hoffte also auf das versprochene Kaminofenfeuer und den Glühwein oder Grog, um sich aufzuwärmen.

Niklas öffnete die Tür und lachte, als er Eikes rote Nase sah. Er selbst hatte sich einen Jogginganzug übergezogen und lag bereits vor dem Kaminofen auf dem Sofa.

„Komm rein, ich hab schon Tee gekocht. Da schütten wir einen ordentlichen Schluck Rum rein."

„Denk bitte dran, dass ich noch fahren muss", bat Eike.

„Müssen ist relativ", wandte Niklas spontan ein. „In welchem der drei Gästezimmer willst du übernachten?"

Eike schmunzelte. „Das ist ja richtig feudal. Drei Gästezimmer, sieh einmal an. Nobel geht die Welt zugrunde. Ich schätze, dass mir das egal wäre, wenn ich nicht mehr fahren können sollte."

„Mit nobel hat das nix zu tun", erklärte Niklas. „Meine Mutter hat nur vorgesorgt, dass sowohl meine Großeltern, sie selbst und ich hier ein Zimmer zur Verfügung haben. Aber manchmal schlägt die Zeit einem ein Schnippchen."

„Wie meinst du das?", wollte Eike wissen.

„Meine Mutter ist vor etwas mehr als einem Jahr verstorben", sagte Niklas.

„Das tut mir leid", antwortete Eike.

„Ist schon gut, wir hatten nie so ein inniges Verhältnis, aber ich weiß, dass sie trotzdem an mir hing. Na ja, wie dem auch sei. Ich bin also seit einiger Zeit Eigentümer dieses Häuschens direkt am Tief. Und wenn ich mal ausspannen will, fahre ich hier hoch, wobei ich die Saison meide."

„Das kann ich gut verstehen. Ich finde es schön, dass wir uns mal wiedersehen, wenn auch die Umstände, die dazu geführt haben, etwas verrückt sind." Eike setzte sich in den Sessel vor den Ofen.

Niklas nickte, schenkte ihm Tee ein und goss einen Schluck Rum hinein. „Gleich wird dir wärmer."

„Danke", sagte Eike und nippte an dem heißen Getränk, „das tut schon mal gut." Dann erzählte er seinem Freund alles, was er über diesen mysteriösen Fall wusste. Immerhin war Niklas selbst bei der Kripo und in gewisser Weise durch den Fund am Strand involviert. Der eigentliche Grund aber war, dass er jemanden brauchte, mit dem er sich über die Sache unterhalten konnte. Jemand, der ebenbürtig war, der ihn verstehen würde und der selbst Ideen zur Lösung des Falles entwickeln konnte. Hansen und Hinrichsen in allen Ehren. Es tat gut, sich auf Augenhöhe auszutauschen.

„Na, das ist doch schon mal von Vorteil, dass ihr den Toten kennt. So ganz ohne Kopf hätte das auch bedeuten können, dass etwas Zeit ins Land geht, bevor man weiß, mit wem man es da zu tun hat. Aber ihr seid euch ganz sicher, oder?"

Eike nickte. „Okay, sagen wir mal zu neunzig Prozent. Der DNA-Abgleich wird die letzten zehn Prozent Gewissheit bringen."

„Die Befragung seines Umfelds hat wahrscheinlich auch nichts ergeben", mutmaßte Niklas.

„Verdächtig ist da keiner, wenn du das meinst", erklärte Eike. „Wir wissen ja nicht mal genau, wann er zu Tode gekommen ist. Die Zeitspanne zwischen dem Moment, wo man ihn zuletzt gesehen hat, und der ersten Sichtung seiner Leiche ist zu groß."

„Verstehe", sagte Niklas, „und es hat sich auch niemand im Anschluss merkwürdig benommen?"

„Nein", bestätigte Eike.

„Sagt die Art oder die Beschaffenheit der Schere vielleicht etwas über denjenigen aus, der sie verwendet hat?", fragte Niklas.

Eike schlug sich vor den Kopf. „Mensch, daran habe ich überhaupt noch nicht gedacht."

„Ich meine nur, weil es doch so viele unterschiedliche Sorten gibt. Vielleicht hat das ja auch keine Bedeutung", sagte Niklas.

„Wir müssen das auf jeden Fall in unsere Überlegungen mit einfließen lassen. Da hast du ganz recht", bestätigte Eike.

„Wie eine einfache Haushaltsschere hat sie nicht ausgesehen", erinnerte sich Niklas. „Sie war ganz aus Metall, glaube ich. In den Küchen findest du doch meist welche mit buntem Plastikgriff."

„Wenn jemand aber noch eine alte von früher hat, könnten die durchaus aus Vollmetall sein", wandte Eike ein.

„Falls mich nicht alles täuscht, war diese Schere oben schwarz oder zumindest dunkel", überlegte Niklas laut.

„Wir sagen einfach Dr. Enno Esen, unserem Rechtsmediziner, Bescheid, dass wir wissen müssen, wozu genau diese Schere vorher benutzt worden ist, auch wenn er von Anfang an der Meinung war, dass sie wohl nicht die Todesursache gewesen sein kann."

Niklas verzog das Gesicht. „Ach so, na dann ist es wieder fraglich, ob es überhaupt von Belang ist." Er goss sich und Eike Tee nach und verteilte den restlichen Rum aus der Flasche in beiden Tassen.

„Puh, du meinst es aber gut mit mir", lachte Eike, „danach kann ich bestimmt nicht mehr fahren."

„Ich sagte doch schon, dass du gerne hierbleiben kannst, vor allem bei der Nebelbrühe draußen", wiederholte Niklas seine Worte von vorhin.

„Ein bisschen doof ohne Zahnbürste und frische Wäsche", sagte Eike.

„Unbenutzte Zahnbürsten habe ich immer da, und du kannst dich doch morgen früh auf dem Weg zur Arbeit frisch machen. Wäre ein bisschen blöd, wenn du mit deiner Rumfahne in eine Kontrolle gerätst, selbst wenn die Kollegen dich kennen. Das macht keinen guten Eindruck", zwinkerte Niklas ihm zu.

„Na gut", gab Eike nach. Aber eher, weil er den Eindruck hatte, dass sein Freund nicht alleine bleiben wollte und vielleicht auch ein bisschen, weil die Wärme von Kaminofen und Rum gleichzeitig eine wohlige Bettschwere zauberte. So richtig lockte ihn jetzt nichts mehr nach draußen.

Am Boden der Tasse angekommen, stießen sie mit dem letzten Schluck auf den verblichenen Theo an, der sie wieder zusammengeführt hatte.

„Gute Nacht", sagte Niklas, der deutlich einen im Tee hatte, „du nimmst am besten dieses Zimmer. Aber weißt du, was mich noch immer beschäftigt?"

„Nee", antwortete Eike nicht allzu viel nüchterner.

„Ob sie den Theo mit dem Strandkorb versenkt haben?", dachte Niklas laut.

„Aufs Schiff verladen und dann ins Meer?", fragte Eike stirnrunzelnd.

Niklas nickte. „Und dann könnte das Ganze in eine Schiffsschraube geraten sein."

„Das glaube ich nicht. Theo war knauserig. Die Dinger sind richtig teuer. So ein wetter- und sturmfestes Original kostet bestimmt ein paar tausend Euro. Da kannst du keine Pseudostrandkörbe nehmen, wie sie in den Gärten jenseits der Küste stehen", erklärte Eike.

„Ja, aber der Theo war doch da schon tot. Dem konnte es egal sein. Ich meine ja nur, weil ihr den Strandkorb nie gefunden habt", sagte Niklas, dann kicherte er. „Oder man hat ihn ausgeschlachtet und umgebaut. Das machen die doch mit Luxuslimousinen auch so, wenn sie geklaute ins Ausland verschachern."

„Lustige Idee", antwortete Eike und grinste ebenfalls, „ich sehe einen umgespritzten Strandkorb mit ausgefräster Fahrgestellnummer vor mir. Lass uns mal besser jetzt ins Bett gehen." Damit verabschiedete er sich von Niklas und zog die Tür hinter sich zu.

Der Schlaf senkte sich gnädig über das Bewusstsein der beiden jungen Männer.

Oma Pusch hatte in der Nacht allerdings kein Auge zugemacht. Für ein weiterführendes Gespräch mit Rita war es zu spät gewesen und Enno war einfach nicht ans Telefon gegangen. Das konnte natürlich auch damit zu tun gehabt haben, dass er mit etwas beschäftigt gewesen war. Zumindest ließ der vergangene Abend das vermuten. Aber sie wusste es schlicht und ergreifend nicht, und diese Ungewissheit raubte ihr den Verstand. Die Folge davon waren eine durchwachte Nacht und eine innere Unruhe, die sie schon gegen halb sieben aus dem Bett trieb.

Aus ihrem Wohnzimmerfenster konnte sie die Frühmorgensonne über dem Meer sehen. Der Vogel schlief noch. Oma Pusch hörte, dass er schnarchte. Trotzdem zog sie das Tuch von Ronnys Käfig und weckte den Papagei aus seinem Schlaf.

„Ruhe“, krächzte er, „kann man nicht einmal seine Ruhe vor dir haben.“

Oma Pusch ahnte, dass das wieder ein Satz von Miezi war, den der Vogel gelernt hatte, denn er sächselte diese Worte wie ein gebürtiger Ossi. „Guten Morgen, Ronny“, antwortete sie und gab ihm eine Erdnuss, „ich mache uns mal Musik an. Das magst du doch so gerne.“

Der Papagei pfiff anerkennend und wippte im Takt, als die erste Melodie erklang.

Der Blick aus dem Wohnzimmerfenster zeigte ihr, dass sie nicht alleine wach war. Im Hafen ging es bereits geschäftig zu, und sie beschloss, einen Spaziergang zu machen, bevor ihr hier drin die Decke auf den Kopf fiel.

Der Nebel war einem strahlend schönen Tag gewichen. Gut eingepackt mit Mütze und Schal trat Oma Pusch vor die Tür des „Dattein" und bog sofort nach links in Richtung Deich ab. Sie hatte heute Morgen noch keine Lust, mit jemandem zu sprechen. Ihr Kopf war voller Gedanken, aber diese waren so komplex und unsortiert, dass sie versuchen wollte, sie an der frischen Seeluft zu ordnen. Doch dazu sollte es nicht kommen.

Gerade als sie auf Höhe des Campingplatzes hinter dem Strand war, klingelte ihr Smartphone. Es war ihr Schwager.

„Moin, Lotti, auch schon wach? Ich dachte, falls du noch schläfst, hast du ausgestellt. Wo bist du? Tut mir leid, dass das Essen gestern Abend ein so abruptes Ende gefunden hat. War wirklich sehr lecker", sagte er.

„Moin", antwortete Oma Pusch, „ich konnte nicht schlafen, da bin ich spazieren gegangen. Diese ungeklärten Dinge machen mich unruhig."

„Wo bist du denn jetzt?", wollte er wissen.

„Noch auf dem Deich beim Campingplatz, oberhalb vom Frischezentrum Lübken", erklärte Oma Pusch.

„Du, dann hab ich eine geniale Idee", erwiderte Enno, „wie wär's, wenn wir zwei bei Anita frühstücken gehen? Oder hast du schon was intus?"

„Das nicht, aber ich weiß nicht genau, ob ich im Moment Lust auf Gesellschaft habe. Und ob die Bauernstuben schon auf haben, weiß ich erst recht nicht. Eigentlich wollte ich mich vom Wind durchpusten lassen und nachdenken", gestand Oma Pusch.

„Wie, du bist nicht neugierig, was in den letzten zehn Stunden passiert ist oder auf das, was ich herausgefunden habe?" Enno klang enttäuscht.

„Schon", gab Oma Pusch zu, „aber du wirst sowieso nichts preisgeben und ich kann mir momentan überhaupt keinen Reim auf diese ganzen Geschehnisse machen."

„Wie wär's denn, wenn wir unser Wissen zusammentragen und dann gemeinsam überlegen?", lockte Enno.

„Du willst freiwillig was preisgeben?", fragte Oma Pusch irritiert. „Ich muss dich nicht reinlegen oder sonst irgendwie bestechen?"

„Nein", sagte Enno mit gespielter Entrüstung, „du hättest auch nicht in der Nacht bei mir einbrechen müssen. Wer fragt, kriegt immer Antworten."

„Fragt sich nur welche", schmunzelte Oma Pusch am anderen Ende der Leitung. Es musste einen Grund geben, warum er so auskunftswillig war. Das durfte sie sich trotz aller Müdigkeit nicht entgehen lassen. „Na gut, dann komme ich jetzt vom Deich runter und gehe in Richtung Edeka. Du weißt schon, der Scheidemann direkt am Kreisel. Wenn du mich nicht bis dahin aufgegabelt hast, warte ich dort auf dem Parkplatz."

„Wunderbar. Ich starte gleich. Dann sind wir kurz vor acht beim Landhotel. Anita wird uns bestimmt schon reinlassen", freute sich Enno, „und glaube mir, bei einem richtig leckeren Frühstück werden unsere Lebensgeister zurückkehren. Ich bin nämlich auch ganz schön platt."

„Dein Wort in Gottes Ohr", antwortete Oma Pusch und legte auf.

Fast zur selben Zeit beendeten Niklas Müller und Eike Hintermoser ihr etwas wortkarges Morgenmahl, das aus einem starken Kaffee, Aufbackcroissants und einer aufgelösten Aspirin bestand.

Beim Abschied klopfte Eike seinem Freund auf die Schulter. „Du, ich musste immer an unseren Schnack von letzter Nacht denken. Vielleicht hat jemand wirklich die Nummer des Strandkorbs übergepinselt und das Ding irgendwo anders untergestellt."

„Ich verstehe zwar nicht, was das für einen Sinn haben sollte, aber das könnte natürlich erklären, warum der Leichenspürhund nirgendwo angeschlagen hat, wie du mir berichtet hast", sagte Niklas. „Die einzige logische Erklärung wäre, dass der Täter alles auf Nimmerwiedersehen beseitigen wollte. Dann wiederum hätte der Körper nirgendwo wieder auftauchen dürfen."

„Es sei denn, aus Versehen", warf Eike ein.

„Aber warum hat er ihn denn am Strand umgebracht und nicht im stillen Kämmerlein? Das ist doch unlogisch. Warum diese Inszenierung im vergitterten Strandkorb? Das schreit doch geradezu nach Aufmerksamkeit", wandte Niklas ein und rieb sich den Kopf.

„Egal jetzt, ich muss los", sagte Eike, „uns wird die Erleuchtung schon noch kommen."

Ob Oma Pusch und Enno mit der Familie Esen verwandt waren, die das Landhotel Bauernstuben in Groß Holum betrieben, wusste keiner von ihnen so genau. Der identische Familienname ließ es vermuten, aber es war auch nebensächlich. Alle kannten sich seit Jahrzehnten.

Anita schaute durchs Fenster, als es an der Glastür klopfte und winkte den beiden zu. Dann schloss sie auf und bat Enno und Oma Pusch hinein.

„Moin. Wir wollten ganz gerne bei dir frühstücken, Anita. Ist das möglich, so ganz außer der Reihe? Angemeldet sind wir nicht", sagte Enno.

„Moin ihr zwei. Das ist doch überhaupt kein Problem", lächelte Anita sie an. „Wollt ihr im Wintergarten sitzen? Da ist es ja am schönsten."

„Gerne", sagte Oma Pusch.

„Bist du zu Fuß gekommen, Lotti?", fragte sie. „Du hast eine ganz frische Gesichtsfarbe."

„Eigentlich wollte ich nur auf dem Deich spazieren gehen, aber Enno hat mich aufgegabelt", erklärte Oma Pusch.

„Na, dann will ich euch erst mal 'nen heißen Kaffee machen, oder wollt ihr lieber Tee trinken?", fragte Anita.

„Kaffee wäre jetzt das Richtige", bat Enno und Oma Pusch nickte.

„Alles klar", sagte Anita im Gehen, „das Frühstücksbüffet ist schon aufgebaut. Ihr könnt euch gerne bedienen. Falls ihr noch Rühr- oder Spiegelei wollt, lasst es mich wissen."

Enno grinste. „Ist das schön, sich mal so verwöhnen zu lassen. Sonst muss ich mir meine Mahlzeiten immer selber machen."

Oma Pusch zog es vor, das nicht zu kommentieren. Sie hatte das Gefühl, sich sonst auf zu dünnes Eis zu begeben. Als Enno aufstehen wollte, um sich am Büffet zu bedienen, hielt sie ihn am Ärmel zurück. „Jetzt lass mich nicht so lange schmoren. Sag mir wenigstens, weswegen du gestern Abend weg musstest."

Enno grinste. Endlich kam wieder ein Stück echte Lotti zum Vorschein. Geduld war nicht ihr zweiter Vorname. „Wir haben wohl den Theo gefunden", sagte er und stand auf. „Allerdings ohne Kopf, aber wer soll es schon sonst sein? So viele kommen ja hier nicht um." Mit diesen Worten ließ er sie am Tisch sitzen.

„Hey warte", rief sie ihm nach und flitzte hinterher, „du kannst doch nicht einfach so was in den Raum werfen und dann abhauen. Ich will mehr wissen. Wie, wo, was und warum?"

So gefiel sie ihm schon besser. In knappen Worten erklärte er ihr später am Tisch, was sich zugetragen hatte, seitdem er ihre Wohnung verlassen hatte. Oma Pusch staunte nicht schlecht.

„Und wo ist jetzt der Kopf geblieben?", fragte sie.

„Woher soll ich das wissen? Er könnte später noch angespült werden oder auch verschollen bleiben. Im Grunde brauchen wir ihn nicht mehr. Es wäre natürlich schön, wenn er zusammen mit dem Rest bestattet werden könnte", antwortete Enno.

Oma Pusch nickte. „Sonst wird hier jeder vor Theos Grab stehen und vor Augen haben, dass ihm der Kopf fehlt. So was spricht sich schneller rum, als du denkst."

Vor allem, wenn du dafür sorgst, dachte Enno bei sich und zuckte mit den Schultern. Ihm war es egal.

„Du, ich muss dir noch was sagen", begann Oma Pusch zögernd. „Die alte Marga will ja zwei Hexen gesehen haben, die einen Geist weggetragen haben ..."

Enno winkte ab.

„Nee, warte mal", bat Oma Pusch, „ich bin noch nicht fertig. Sie hat außerdem gesagt, dass sie zwei glühende Augen gesehen hat. Und weißt du wo?"

„Ihre Teufelssichtungen sind doch allgemein bekannt", stöhnte Enno. „Da geb ich nichts drauf."

„Nun ja, im letzten Jahr hat uns das aber durchaus weitergeholfen, weil meistens was Wahres dran ist an dem, was sie sagt", wandte Oma Pusch ein und trank einen Schluck Kaffee. „Es gibt Fotos, die ich dir noch nicht gezeigt habe."

„Nicht schon wieder", seufzte Enno. „Ich habe Eikes Standpauke noch im Ohr."

„Jetzt hör doch erst mal zu und mach dir selbst einen Reim drauf. Vielleicht ist es total unwichtig. Rita und ich waren an dem Tag, als Emil gefunden worden war, noch mal auf dem Kutter. Das war, bevor es geregnet hat. Na ja, und beim Schnüffeln ist uns aufgefallen, dass es irgendwie gesund roch."

Jetzt lachte Enno aus vollem Hals. „Klar, da hat es bestimmt nach Fisch gerochen. Der ist sehr gesund."

Oma Pusch strafte ihn mit einem bösen Blick. „Du Dösbaddel. So einen Gestank meine ich nicht. Eher was wie aus einem Wellnesstempel oder einer Sauna oder so. Jedenfalls ein Duft, der da überhaupt nicht hingehörte. Und dann habe ich den Boden untersucht. Der klebte wie verrückt, und da bin ich auf eine Idee gekommen."

„Jetzt bin ich aber mal gespannt", sagte Enno und grinste frech.

„Ja, lach du nur", grummelte Oma Pusch. „Dann zeig ich dir den Fußabdruck eben nicht."

Enno verstand nur noch Bahnhof. „Was für einen Fußabdruck?"

„Na, ich hatte noch Sand in meinem Hosenaufschlag vom Strand, von dort, wo wir Theo gefunden hatten. Den habe ich über die klebrige Stelle gestreut. Dann haben Rita und ich kräftig gepustet. Und siehe da: Der Abdruck eines Schuhprofils wurde sichtbar", erklärte Oma Pusch. „Na, was sagst du jetzt?"

Für einen Moment war Enno tatsächlich sprachlos. „Von einem Abdruck steht nichts in der Akte, obwohl Bodo Siebenstein und Nele Freese noch mal am Fundort waren. Soweit ich weiß, konnten sie aufgrund des starken Regens keine Spuren mehr finden."

Oma Pusch lächelte triumphierend. „Das ist schon möglich. Wir waren ja auch vor dem Regen da. Der setzte erst ein, als wir nach Hause gingen."

„Lotti, Lotti, was soll ich dazu nun wieder sagen", seufzte Enno.

„Wie wäre es mit: Toll gemacht, liebste Schwägerin?", schlug Oma Pusch vor.

„Dann hast du sicher beim Fotografieren auch ein Zentimetermaß neben den Schuhabdruck gelegt, damit man die Größe des Fußes feststellen kann?", fragte Enno leicht ketzerisch.

Oma Pusch wurde rot. „Ähm, also das hatten wir nicht dabei", gab sie zu.

„Dann hat eine von euch zumindest ihren eigenen Fuß danebengestellt, um den Größenunterschied zu dokumentieren?", bohrte Enno nach.

„Wir wollten doch keine weiteren Spuren verwischen", wandte Oma Pusch ein und trank ihren Kaffee aus.

„Dein Neffe Eike wird begeistert sein", vermutete Enno.

„Weißt du was, ihr Schlaumeier könnt mich mal", sagte Oma Pusch und legte ihre Serviette auf den Tisch. „Wenn wir nicht da gewesen wären, hättet ihr nicht mal was von dem Profilabdruck gewusst."

„Tja, und so hilft er uns nicht weiter", sagte Enno bedauernd. „Es sei denn, die Schuhgröße ist anhand deines Fotos zu ermitteln, was ich aber nicht glaube. So fein kann der Sand das nicht wiedergeben. Vielleicht lässt es sich anhand der Schiffsplanken nachmessen."

„Was soll's. Ich kann's nicht ändern", sagte Oma Pusch. „Mir ist aber noch was eingefallen, was diesen gesunden Geruch angeht. Den haben wir auch bei Theo bemerkt und konnten ihn uns nicht erklären."

„Vielleicht haben sie dieselbe Körpercreme benutzt", schlug Enno vor.

„Ist bei euch alles in Ordnung?", fragte Anita, die an ihren Tisch kam.

„Wunderbar", sagte Enno.

„Es war richtig schön, mal wieder bei euch zu sein", fügte Oma Pusch hinzu.

„Abends haben wir leckere Seezunge. Fangfrisch von heute Morgen. Wenn ihr wollt, kann ich euch einen Tisch reservieren und welche zurücklegen", bot Anita an.

Enno erforschte Oma Puschs Gesicht, konnte aber nichts darin lesen.

„Na, wie wär's, Lotti? Lass mich dich doch einladen. Als Ausgleich für gestern, wo ich so abrupt weg musste. Einverstanden?"

Oma Pusch überlegte kurz. „Okay, aber bitte für drei Personen, Anita."

Die Wirtin nickte und zog sich zurück.

„Wir nehmen Rita mit", sagte Oma Pusch auf Ennos fragenden Blick hin.

„Aha“, war sein einziger Kommentar. Er hatte sich den Abend zwar anders vorgestellt, wollte es sich aber nicht mit ihr verderben.

„Du, ich wollte dich noch was fragen“, begann Oma Pusch. „Als du mir erklärt hast, dass die beiden Toten erstickt sind, wahrscheinlich an einem zu hohen Druck, der auf ihren Brustkorb eingewirkt hat, woran hattest du da gedacht? Ich meine, an welchen Gegenstand? Was könnte auf ihnen gelegen haben?“

„Das ist nicht so leicht zu sagen“, erklärte Enno. „Sie könnten unter etwas begraben worden sein. Man könnte ihnen aber auch etwas auf den Körper gelegt haben. Absichtlich, meine ich. Aber es sind keine relevanten Spuren gefunden worden. Bei Theo war das sowieso unmöglich, da er zu lange im Wasser gelegen hat und an Emil waren nur Fasern oder DNA seiner Frau zu finden. Na, und das ist ja nun nichts Besonderes. Denn egal wie sie zueinander standen. Seine Kleidung wird sie wohl gewaschen und zusammengelegt haben. Bei Theo hatte ich die Vermutung, dass einer seiner Strandkörbe auf ihn gefallen sein könnte. Möglicherweise vom Transportfahrzeug gerutscht oder so. Aber bei Emil bin ich ratlos. Man wird ja wohl kaum ein mit Fischen gefülltes Netz auf ihn heruntergelassen haben. Und wenn, wären es bei beiden Unfälle gewesen, die auch Umstehende mitbekommen hätten. Kurios das Ganze.“

„Ich glaube, der Schlüssel zu des Rätsels Lösung ist die Antwort auf die Frage, warum beide Todesfälle als Selbstmorde dargestellt worden sind. Da sollten wir ansetzen und meiner Meinung nach können uns nur deren Ehefrauen weiterhelfen“, überlegte Oma Pusch.

„Solltest du das jetzt nicht lieber deinem Neffen Eike überlassen?“, fragte Enno.

„Keineswegs", sagte Oma Pusch verdattert, „die würden ihm nie das erzählen, was sie uns anvertrauen. Er ist ein Mann und darüber hinaus auch nur ein Halbostfriese. Also, ich bitte dich!"

Enno schüttelte den Kopf. Sie war unbelehrbar dickköpfig, aber ein bisschen musste er ihr recht geben. Was sie sagte, traf die Wahrheit im Kern.

„Ich werde Rita bitten, heute Nachmittag auf Emils Beerdigung zu gehen und die Ohren offen zu halten", überlegte Oma Pusch laut.

„Und was willst du währenddessen tun?", fragte Enno misstrauisch.

„Du musst nicht alles wissen", schmunzelte Oma Pusch, „aber ich habe eine Bitte. Kannst du mich mit nach Esens nehmen, wenn du zur Kripo fährst und Eike von deinen Untersuchungsergebnissen berichtest? Ich sag ihm auch nur kurz Hallo und dann verziehe ich mich, weil ich noch was zu erledigen habe."

„Klar", sagte Enno, „aber wie willst du zurückkommen? Ich weiß nicht, wie lange ich auf dem Kommissariat bin. Das könnte für dich langweilig werden."

„Kümmere dich nicht um mich. Ich nehme dann den Bus", erwiderte Oma Pusch.

Enno war nicht ganz wohl in seiner Haut. Er hatte den dringenden Verdacht, dass seine Schwägerin wieder etwas ausheckte. Aber es hatte keinen Sinn, in sie zu dringen. Sie würde sowieso nichts preisgeben.

„Gut, dann zahle ich jetzt", beschloss Enno. „Ich lade dich ein."

„Danke", sagte Oma Pusch, „dann will ich unterdessen kurz Rita anrufen. Ich gehe schon raus." Sie winkte Anita von der Tür aus zu.

Rita eilte zum Telefon, als es klingelte. Das konnte nur ihre Freundin Lotti sein, mit der sie sich gerne schon gestern weiter ausgetauscht hätte. Vielleicht war sie bereits im Kiosk. Dann würde sie ebenfalls schnell hindüsen, und sie konnten alles nachholen.

„Moin, du Langschläfer", rief Rita in die Muschel.

„Von wegen", gab Oma Pusch zurück, „wenn du wüsstest!"

„Gibt's was Neues? Ich bin gespannt. Bist du schon im Kiosk?", fragte Rita.

„Nein, und da komme ich auch so schnell nicht hin. Schnacken müssen wir nachher. Hör mal, sei bitte so lieb und warte dort im Kiosk auf mich. Du kannst schon mal aufmachen, ein paar Rollmopsbrötchen schmieren und horchen, was du so aufschnappen kannst. Ich bin noch in Richtung Esens unterwegs, habe aber schon mit Enno gesprochen. Sie haben den Theo gefunden. Alles Weitere später." Oma Pusch war völlig außer Atem. „Ach ja, und eine Bitte hätte ich noch. Könntest du heute Nachmittag um zwei zu Emils Beerdigung gehen? Es wäre sehr wichtig, dass du den gesamten Handarbeitsclub, vor allem aber Hedwig, möglichst lange von zu Hause fernhältst."

„Du willst doch wohl nicht bei ihr einbrechen?", fragte Rita entsetzt.

„Das muss ich nicht", antwortete Oma Pusch verschmitzt, „ich weiß, wo sie ihren Hausschlüssel versteckt hat."

Rita stöhnte auf. „Oh Mann, du hast Nerven. Sieh aber zu, dass du weg bist, bis die alle zum Beerdigungskaffee eintrudeln. Ich könnte mir vorstellen, dass sie den bei sich zu Hause ausgibt. Sie muss jeden Cent umdrehen. Da hat sie doch kein Geld, die ganzen Leute in eine Gaststätte einzuladen."

„Stimmt wohl", erwiderte Oma Pusch, „aber eine Stunde dauert die Beisetzung bestimmt. Das reicht mir in jedem Fall."

„Was willst du denn eigentlich dort?", wollte Rita wissen.

„Ach, unter anderem würde ich gerne einen Blick in die Lebensversicherung werfen. Und mal schauen, was ihre Papiere sonst noch so hergeben", erklärte Oma Pusch. „Es ist nämlich so, dass sich beide, Emil und Theo, nicht umgebracht haben. Das hat mein Schwager mir erzählt. Nach Mord sieht es aber auch nicht aus. Vielleicht war es ein Unfall. Was Enno und mir nicht in den Kopf will, ist die Darstellung dieser Tode als Selbstmord. Das macht so überhaupt keinen Sinn. Und den versuche ich in Hedwigs Unterlagen zu finden."

„Verstehe", sagte Rita, „und bei der nächsten Beerdigung suchst du in Mias Haushalt, falls du jetzt nicht weiterkommst."

„Möglich", bestätigte Oma Pusch. „Ich muss aber jetzt Schluss machen. Enno kommt. Wir sehen uns dann im Kiosk."

„Alles klar", sagte Rita und legte auf.

Auf dem Weg zum Kiosk ging sie bei der Bäckerei Johann Hinrichs vorbei und kaufte der dicken Trine zehn Brötchen ab. Sie konnte später immer noch frische holen, falls diese zu schnell weggingen.

„War wirklich schön, dass du mal mit uns gestrickt hast, Rita. Kommst du heute auch, um von Emil Abschied zu nehmen?", fragte Trine.

„Ja klar", sagte Rita, „ist doch Ehrensache."

Es bimmelte. In der Tür stand Grete Steffens, Mia Mertens' Schwester.

Trine begrüßte die neue Kundin.

„Moin Grete, wir haben uns aber lange nicht mehr gesehen", begann Rita das Gespräch.

„Is halt immer viel zu tun", erklärte Grete, „ich hörte, du warst gestern beim Handarbeitsabend. Schade, dass ich nicht kommen konnte. Normalerweise bin ich auch da. Vielleicht sehen wir uns demnächst öfter."

„Ich glaube, die Rita hat sich in unserer Runde ganz wohlgefühlt", mischte sich die dicke Trine ein.

Rita versuchte, den gequälten Ausdruck in ihrem Gesicht zu verbergen und lächelte ein wenig schief, als Trine ihr die Brötchentüte reichte. „Auf jeden Fall sehen wir uns erst mal heute Nachmittag, wenn wir den armen Emil zur letzten Ruhe betten." Dabei versuchte sie, ihre Stimme möglichst trauernd klingen zu lassen.

Die beiden korpulenten Frauen nickten betroffen und Rita nutzte den Moment, um mit einem kurzen Gruß aus der Bäckerei zu verschwinden.

Draußen vor der Tür atmete Rita auf und ging die Stufen zum Hafen hinunter. In kurzer Zeit hatte sie den Kiosk betriebsfertig. Dann packte sie die Brötchen aus, öffnete ein Glas Rollmöpse und stellte den Honig parat. Sie war eben mit dem Schmieren fertig geworden, da lehnten sich zwei junge Männer an ihren Tresen. Rita grinste in sich hinein. Das Glück war ihr hold. Das waren Gretes Jungs Jan und Tim. Mal sehen, was die so über ihren Onkel Theo wussten.

„Moin", sagte sie durch die geöffnete Scheibe. „Macht ihr Frühstückspause?"

„Ja, wir haben heute schon schwer geackert. Nützt ja nix, auch wenn das stimmt, was man so erzählt", antwortete Tim.

Rita machte ein ratloses Gesicht. „Ist mir was entgangen?"

„Im Hafen geht das Gerücht um, Onkel Theo ist angespült worden", raunte Jan ihr zu.

„Was? Hier bei uns am Strand?", fragte Rita scheinheilig.

„Nee. Es heißt, auf Spiekeroog soll er gefunden worden sein", antwortete Tim. „Aber mit ohne Kopf."

„Is ja'n Ding", entfuhr es Rita, und in diesem Fall war das Erstaunen echt, denn dass Theo auf Spiekeroog gestrandet und dass ihm der Kopf abhandengekommen war, das wusste sie wirklich noch nicht. „Und wie wollen sie dann wissen, dass es der Theo ist?", wandte sie ein.

Jan zuckte mit den Schultern. „Keine Ahnung. Wird aber ja auch niemand anders vermisst."

„Vielleicht hat man ihn an den Klamotten erkannt", überlegte Tim.

„Ich hatte gehofft, dass er lebendig wieder auftaucht", seufzte Rita.

„Echt?", fragte Jan verwundert. „Also mir fehlt er nicht besonders. Mit meinem Cousin Eckhard komm ich besser aus."

Tim nickte. „Stimmt. Der Theo war ein alter Meckerkopp. Ich werd den auch nicht vermissen."

„Was darf's denn sein?", fragte Rita. „Ihr habt doch bestimmt Hunger."

„Ach, wir wollten nur mal horchen, ob ihr noch mehr wisst als wir, die Lotti und du", gab Jan zu. „Unsere Mutter schmiert uns doch immer Brote."

„Wir haben auch gar kein Geld dabei", seufzte Tim und schielte auf die gestapelten Rollmopsbrötchen.

„Aber so ein Fischsnack geht doch immer", lachte Rita, nicht ganz ohne Hintergedanken. „Ich lade euch ein, Jungs. Wie wär's?" Sie hielt den beiden ein Brötchen vor die Nase.

„Da können wir natürlich nicht widerstehen", sagte Tim und griff zu. Er reichte seinem Bruder das andere.

„Danke Rita, das ist wirklich richtig nett von dir", sagte Jan.

„Ist doch kein Ding", erwiderte sie, „dann lass ich euch mal futtern und ziehe mich zurück. Ich hab noch was zu tun, bis Lotti kommt. Schönen Tag euch."

„Jau, dir auch", freute sich Tim und wandte sich Jan zu.

Rita schob das Kioskfenster zu, ließ es aber einen kleinen Spalt offen. Dann stellte sie sich so weit auf die linke Seite, dass die beiden sie nicht sehen konnten. Auch sie hörte die jungen Männer nur, aber es war im Grunde egal, wer was sagte. Sie hoffte nur, dass sie was Interessantes sagten. Und in der Tat brauchte sie nicht lange zu warten. Was sie da allerdings hörte, ließ ihr die Haare zu Berge stehen.

„Ist das nicht ein Ding, dass der Körper auf der anderen Insel angeschwemmt worden ist?", sagte der eine mit gedämpfter Stimme.

„Schon, aber das lag wahrscheinlich an der Strömung. Wir wissen ja nicht genau, wo der Kopf vom Rumpf abgerissen ist."

„Hätte der nicht noch ein paar Tage länger da draußen rumdümpeln können?"

„Wäre mir auch lieber gewesen. Jetzt werden sie überall rumstochern und nicht nur nach dem Strandkorb suchen."

Einer von beiden lachte. „Den haben wir gut untergestellt. Da kommen sie nie drauf, wo der ist."

„Ist nu auch nicht mehr wichtig, wo sie den Theo doch gefunden haben."

„Schon komisch, dass sie den jetzt ohne Kopf begraben müssen."

„Also wir werden das grässliche Ding bestimmt nicht mehr ausbuddeln. Und wenn wir uns still verhalten, wird niemand draufkommen, dass wir mit der Sache überhaupt was zu tun haben."

„Hoffentlich. So, dann lass uns mal wieder."

Rita stand betroffen da und traute sich nicht, sich zu rühren. Obwohl sie nichts mehr hörte, wartete sie noch eine ganze Weile, bis sie sich bewegte. Dann schaute sie nach, ob die Luft rein war und atmete auf. Die Steffens-Jungs waren weg. Aber damit hatte sie nicht im Traum gerechnet, dass die beiden hinter der ganzen Sache steckten. Nicht zu fassen, dass Gretes Jungs ihren Onkel auf dem Gewissen hatten. Ob sie auch für Emils Tod verantwortlich waren? Sie musste sich erst mal setzen. Dann wählte sie Lottis Nummer, aber ihre Freundin war nicht erreichbar. Sofort ging die Mailbox ran. Zuerst überlegte sie, etwas auf den Anrufbeantworter zu sprechen, dann entschied sie sich anders. Das war nichts, was man auf Band sprach. So eine Neuigkeit konnte nur persönlich und direkt mitgeteilt werden.

„Sag mal, was hast du da eigentlich auf der Rückbank liegen?“, wollte Oma Pusch wissen. Es war ihr beim Einsteigen nicht so schnell gelungen, den merkwürdigen Gegenstand in der durchsichtigen Tüte zu analysieren.

„Na, zwei vermeintliche Selbstmordwerkzeuge“, erklärte Enno, „den merkwürdigen Henkersknoten in der einen und die komisch abgeknickte Schere mit schwarzem Griff in der anderen Tüte.“

„Ach so“, sagte Oma Pusch beruhigt.

„Die muss ich noch bei Eike abliefern, damit sie in die Asservatenkammer kommen. Denn es besteht ja immerhin die Möglichkeit, dass Emil und Theo doch umgebracht worden sind, auch wenn wir nichts Konkretes nachweisen können. Und obwohl dies nicht die Tatwaffen waren, könnten sie vom Mörder zu einem bisher noch unbekannten Zweck eingesetzt worden sein. Es ist auch ein bisschen Eigeninteresse mit dabei“, gab Enno zu, „denn so einen Knoten habe ich noch nie gesehen. Er muss für die Nachwelt aufgehoben werden.“

„Wie du meinst“, erwiderte Oma Pusch nicht sonderlich interessiert. „Ich hatte eben wieder das Bild von Theo vor Augen, wie er die Schere umklammerte. Schwer vorstellbar, dass jemand nach seinem Tod zugestochen und ihm die Hände um die Griffe gelegt haben muss.“

Enno nickte. „Ist aber eindeutig so. Der Stichkanal passt nicht zum wahrscheinlichen Eintrittswinkel, wenn er's selbst gewesen wäre.“

Mit diesen Worten bog er in die Bahnhofstraße in Esens ein und stellte seinen Wagen auf dem Parkplatz neben dem Polizeigebäude ab. Seit Neuestem hatte er sogar seinen eigenen mit Schild. Oma Pusch staunte, sagte aber nichts, damit ihr Schwager, der eingebildete Gockel, seinen Kamm nicht noch höher trug. Enno nahm Knoten und Schere vom Rücksitz und folgte Lotti.

Als sie die Dienststelle betraten, fiel ihr Blick direkt auf eine Person, die am Tresen stand, sich auf einen Stock stützte und mit Hinrichsen sprach.

„Die hat mir gerade noch gefehlt", raunte Enno seiner Schwägerin zu.

Aber Oma Pusch grinste nur. „Kann ich gleich zwei Fliegen mit einer Klappe schlagen. Zu ihr wollte ich nämlich. Keine Bange, ich lenke sie gleich ab."

„Dein Wort in Gottes Ohr", flüsterte Enno und donnerte den Knoten auf den Tresen, direkt vor Margas Augen.

Was nun passierte, hätte sich niemand träumen lassen. Die alte Dame fixierte den Knoten in der durchsichtigen Plastiktüte, wurde bleich und rief: „De Düvel ook, dat is Töverskeswark!" Dann kippte sie ohne Vorwarnung um.

Enno gelang es gerade noch zu verhindern, dass ihr Kopf ungeschützt auf den Boden prallte. Sie lag noch auf seinem Arm, als sie so langsam wieder zu sich kam, und Enno litt gleich zweierlei Pein. Nicht nur sein Rücken beschwerte sich über die Aktion, sondern auch seine Nase, die nur schwer einordnen konnte, welchen Geruchsessenzen sie ausgesetzt war.

„Marga?", versuchte Oma Pusch zu ihr durchzudringen, „hallo, wir sind's. Was meinst du mit Hexenwerk? Den Knoten? Hast du so einen schon mal gesehen?"

Aber aus Marga kam kein verständliches Wort mehr. Sie brabbelte vor sich hin, verdrehte die Augen und stöhnte gelegentlich auf. Enno, der zuerst ihre Beine in die Höhe gehalten hatte, fühlte jetzt wieder ihren Puls und sah in ihre Augen. Dann half er ihr auf und setzte sie auf den Stuhl, den Hinrichsen gebracht hatte. Margas Kreislauf schien stabil zu sein, aber im Oberstübchen war wohl einiges durcheinandergeraten. Es hörte sich so an, als ob sie sämtliche Psalmen aus der Bibel oder das Vaterunser aufsagte, allerdings mit Worten, die niemand der Umstehenden erkannte. Selbst Hansen, der noch am besten von allen Platt sprach und verstand, konnte sich keinen Reim auf das monotone Gebrabbel machen.

„Der Henkersknoten muss sie so aus der Fassung gebracht haben", vermutete er. „Sie hat darin etwas gesehen, das sie für etwas Übersinnliches gehalten hat."

„Ich wüsste ja zu gerne was?", gab Oma Pusch zu.

„Das kann dauern", erklärte Enno, „sie ist jetzt ziemlich durch den Wind. Keine Ahnung, wann die wieder halbwegs klar im Kopf ist. Und dann wissen wir immer noch nicht, ob uns das, was sie erschreckt hat, überhaupt weiterhelfen kann."

„Hinrichsen, ruf Margas Tochter an, damit Trude sie hier abholt, bevor der Chef wiederkommt", donnerte Hansen.

„Ich kann sie doch auch ...", begann Hinrichsen und wurde vom durchdringenden Blick seines Kollegen unterbrochen. Dann beeilte er sich, ans Telefon zu kommen.

Es dauerte nicht lange, bis Trude vollkommen außer Atem durch die Tür kam. „Mensch Mutti", sagte sie und tätschelte der Alten die Hand, „komm, ich bring dich nach Hause. Kannst du aufstehen?"

Die Hochbetagte nickte und erhob sich mithilfe von Enno, der ihr den Stock wieder in die eine Hand drückte. Die andere hakte er bei Trude unter.

„Oh Mann, das wird wieder ein langer Tag, bis sich ihr Zustand normalisiert hat", stöhnte Trude. „So kann ich sie nicht allein lassen."

„Hat sie das öfter?", fragte Oma Pusch.

„Zum Glück nicht. Es kommt so ungefähr drei bis vier Mal im Jahr vor, wenn sie sich über etwas zu sehr aufregt", antwortete Trude.

„Sie hat das hier gesehen und dann von Teufel und Hexenwerk gesprochen", erklärte Enno, „anschließend ist sie umgekippt. Von jetzt auf gleich, ohne Vorwarnung. Vielleicht weißt du, was sie darin gesehen hat?"

„Was ist das denn?", wollte Trude wissen.

„Der Knoten, an dem Emil gehangen hat", sagte Enno.

„Ach herrjeh", entfuhr es Trude, „ob sie ihn wiedererkannt hat? Sie war ja den Morgen im Hafen."

„Das glaube ich kaum, wo der doch in so großer Höhe hing. Ich nehme doch wohl an, dass ihre Augen nicht besser sind als meine." Enno zwinkerte ihr zu. „Dir sagt er aber nichts?"

Trude schüttelte den Kopf und betrachtete den Gegenstand in der Tüte noch einmal genau. „Nee, nie gesehen."

„Vielleicht irgendwas von früher?", bohrte Enno weiter.

„Dann höchstens vor meiner Zeit", vermutete Trude.

„Kann man nichts machen, aber danke", sagte Enno und geleitete die beiden Frauen zur Tür.

„Wisst ihr was? Ich komme kurz mit und helfe dir, Trude. Enno hat hier eh noch was zu erledigen. Er kann mich bestimmt später bei deiner Mutter abholen, oder?" Oma Pusch sah ihren Schwager bittend an.

„Ja klar", bestätigte Enno, der begriffen hatte, dass Oma Pusch auf keinen Fall den Moment verpassen wollte, in dem Marga wieder klar bei Verstand war, wenn man es denn so nennen wollte. „Ich muss sowieso noch was mit dem Oberkommissar besprechen."

Aber Eike Hintermoser würde noch etwas auf sich warten lassen, denn er saß gerade bei Mia und Eckhard Mertens am Küchentisch.

Es war niemals leicht, einem Angehörigen eine Todesnachricht zu überbringen. Bei der labilen Mia Mertens war Eike jedoch vorab klar gewesen, dass sie in diesem Fall nicht allein sein sollte. Er hatte also im Büro des Strandkorbverleihs angerufen und darum gebeten, dass sich Eckhard gegen zehn Uhr bei seiner Mutter einfinden solle. Dafür hatte er ganz bewusst keinen Grund angegeben, aber man musste schon sehr beschränkt sein, wenn man den Braten nicht von Weitem roch.

Als Eike an der Haustür klingelte, lag bereits ein seltsames Schweigen in der Luft. Eine Ahnung, die Ruhe vor dem Sturm. Eckhard Mertens öffnete und führte den Oberkommissar in die Küche, wo seine Mutter stumm in der Eckbank saß. Solange das Schlimmste nicht ausgesprochen war, blieb immer noch ein kleines Stück Hoffnung und die imaginäre Sehnsucht, es könne doch alles nur ein schrecklicher Irrtum sein. Diese zerstörte Eike Hintermoser in wenigen Sekunden, indem er nachfragte, ob Theo Mertens einen wollenen, selbst gestrickten Nierenwärmer in melierten Farben getragen hatte. Der Hoffnungsfunke, der kurz in Mias Augen aufblitzte, zerstob in der Bekundung von Eikes Beileid.

Er fragte zur Sicherheit noch ein paar Details bei Eckhard ab, wie die u-förmige Narbe an Theos linker Körperseite und das Fragment eines Tattoos am rechten Oberarm, an dem ein Chirurg mehrfach Haut abgetragen hatte, um es nach und nach zu entfernen.

Enno hatte ihm diese Information am frühen Morgen kurz durchgegeben. Sie hatten sich aber gegenseitig nur im Auto erwischt und auf später vertagt, um alles ausführlich zu besprechen.

Der Sohn nickte zu den Beschreibungen und stierte geradeaus, während sich aus Mias Augen ein unversiegbarer Strom ergoss.

„Wäre es möglich, dass ich Ihnen ein paar Fragen stelle?", versuchte Eike sein Glück. „Es ist wichtig, nicht zu viel Zeit verstreichen zu lassen. Wir wollen doch wissen, was wirklich passiert ist."

„Wie ist mein Mann denn ...?", schluchzte Mia.

„Das kann ich Ihnen noch nicht genau sagen, Frau Mertens. Ich konnte nur kurz mit dem Rechtsmediziner sprechen", wich Eike ihr aus. Er wollte nicht zu viel preisgeben. „Wann haben Sie Ihren Vater denn zuletzt gesehen?"

Eckhard zuckte mit den Schultern. „Sonntag irgendwann."

„Wohnen Sie denn noch zu Hause?", wollte Eike wissen.

„Schon, aber ich bin auch oft mit Kumpels weg oder wir sind auf Tour mit dem Motorrad und so. Und mein Alter", er räusperte sich, „äh, mein Vater war mindestens so oft unterwegs wie ich, wenn nicht öfter."

„Dann war Ihre Mutter meist allein?" Eike sah Mia an.

„Die hatte doch Haus und Garten. Da konnte sie sich genug beschäftigen", sagte Eckhard und Eike atmete tief durch.

„Ach so, Sie und Ihr Vater waren auf Juck und ließen sich ansonsten schön bedienen?", fragte Eike.

„Das war ja ihr Job", empörte sich Eckhard. „Wir haben die Mäuse verdient. Da konnte sie doch wohl hier alles in Ordnung halten."

Eike sah zu Mia hinüber, aber sie äußerte sich nicht. Stille Tränen liefen über ihr Gesicht.

„Ich muss das jetzt fragen", begann er, „wie war Ihre Ehe, Frau Mertens? Es ist allgemein bekannt, dass Ihr Mann nicht treu war. Sie brauchen das nicht zu leugnen, um sein Ansehen zu schützen."

„Gut", antwortete sie schluchzend, „natürlich wusste ich von den anderen Frauen, aber zu mir kam er immer wieder zurück. Mich liebte und brauchte er mehr als die anderen."

Eike versuchte zu erforschen, ob da nicht ein kleines Stück Wut in ihren Worten mitschwang. Gutmütigkeit hatte ihre Grenzen. Beim einen eher, beim anderen später.

Aber jeder Mensch konnte ausrasten, wenn man ihn zu sehr und zu lange traktierte. Er vermutete, dass Mias Belastungsgrenze bis zur Selbstverleugnung ging. Einen Mord traute er ihr nicht zu.

„Und wie war Ihr Verhältnis zu Ihrem Vater?", fragte er Eckhard.

„Geht so. Wir haben uns mal gezofft und dann wieder einen zusammen gesoffen. Wenn zwei Querköppe aufeinandertreffen, gibt es schon gelegentlich dicke Luft. Aber im Betrieb kamen wir ganz gut miteinander klar. Ich musste ihn nur manchmal bremsen, wenn er dieselben Maßstäbe an andere legte wie an sich selbst. Falls Sie glauben, dass man ihn ermordet hat, können Sie da mal nachfragen."

„Von Mord habe ich nichts gesagt", erwiderte Eike. „Wie kommen Sie darauf?"

„Ach, ich dachte nur, weil Sie uns zu unserem Verhältnis nach meinem Vater befragen. Das wird doch nicht ohne Grund passieren", sagte Eckhard. „Sie suchen jemanden, der ihm nicht grün war."

„Und falls es so wäre, wer fiele Ihnen da spontan ein?", wollte Eike wissen.

„Nur aus dem Betrieb?", fragte Eckhard.

„Nein, generell", antwortete Eike.

„Da fällt mir zuerst dieser windige Bursche ein, der immer um die Strandkörbe schleicht, um Flaschen einzusammeln", begann Eckhard.

„Meinen Sie den alten Hinnerk?", half Eike aus.

„Ja, genau, den haben wir schon des Öfteren weggejagt. Auf meinen Vater war der schlecht zu sprechen. Dann noch der Knut. Das ist ein ehemaliger Mitarbeiter, den mein A... Vater gefeuert hat. Manchmal haben sich auch meine Cousins ziemlich über ihn aufgeregt, aber die können wir wohl ausschließen", meinte Eckhard.

„Wieso?" Eike war neugierig. „Vielleicht können Sie mir deren Namen nennen?"

„Jan und Tim Steffens sind das. Kein Arsch in der Hose. Das sind Weicheier oder auch Warmduscher, ganz wie Sie wollen", erklärte Eckhard.

„Sie mögen die beiden nicht?", fragte Eike.

„Doch, schon. Sind gute Kumpels, mit denen man auch mal einen heben kann. Im Boßeln superklasse. Da kann man nicht meckern, aber wenn's härter zugeht, kneifen sie und machen sich vom Acker."

Eike wagte einen Versuch und richtete seine Worte an Mia. „Wir dachten zuerst, Ihr Mann hätte sich umgebracht, Frau Mertens."

Mias Gesichtszüge entgleisten und Eckhard guckte verdutzt, bevor er in ein schallendes Gelächter ausbrach, das so gar nicht in ein Trauerhaus passen wollte.

„Nie im Leben!", sagte Eckhard und versuchte, sich zu beherrschen.

Und auch Mia schüttelte vehement den Kopf.

„Wann haben Sie denn Ihren Mann zuletzt gesehen?", fragte Eike.

Mia überlegte kurz und wurde dann unter ihrem Tränenschleier rot. „Irgendwann am Sonntagabend. Ich kann es aber nicht mehr so ganz genau sagen, weil ich wohl einen im Tee hatte. Wir haben beim Handarbeiten in Hedwigs Anbau zwischendurch einen getrunken. An dem Abend habe ich aber augenscheinlich nichts vertragen. Ich kann mich gar nicht erinnern, zu tief ins Glas geschaut zu haben. Theo kam, um mich abzuholen. Er muss mich nach Hause und ins Bett gebracht haben." Sie schluchzte. „Danach habe ich ihn nicht wiedergesehen. Meine letzte Erinnerung an ihn ist eine im Suff. Ich schäme mich."

„Man kann ja die Zukunft nicht voraussehen", beschwichtigte Eike. Er kam hier nicht weiter und vertrödelte seine Zeit. Von dieser Befragung hatte er sich mehr erhofft. Alles war nur vage und unausgegoren. Höchste Zeit, sich aus dem Staub zu machen. Diesen Knut und die Steffens-Brüder konnten Hansen und Hinrichsen nachher befragen. Er würde jetzt erst einmal mit Enno sprechen und hoffte, dass der schon auf der Dienststelle war und ihm ein paar interessante Details präsentieren konnte.

Rita hatte schon wunde Finger, so oft hatte sie versucht, ihre Freundin Lotti zu erreichen. Aber immer ging nur die Mailbox dran und auf die hatte sie jetzt schon sechs Mal gesabbelt. Wieso hatte die überhaupt ihr Handy ausgestellt? Unruhig lief Rita im Kiosk hin und her. Sie war froh, wenn zwischendurch mal ein Kunde ans Fenster kam. Das lenkte sie wenigstens von ihrem schlechten Gewissen ab. Sie wusste genau, dass das, was die Steffens-Jungs hier leise und klammheimlich von sich gegeben hatten, eigentlich eine wichtige Information für die Kriminalpolizei war. Und doch zögerte sie. Es war ja niemand dabei gewesen. Niemand wusste, was sie wusste, und wenn sie das dem Eike erzählte, bevor Lotti es erfuhr, na dann gute Nacht. Sie kannte ihre Freundin, die wollte es garantiert zuerst wissen, aber Rita saß auf heißen Kohlen. Was, wenn die beiden auch den Emil auf dem Gewissen hatten und nun munter weitermorden wollten. Dann wäre sie mit dafür verantwortlich. Der Gedanke war schwer zu ertragen. Also setzte sie sich eine Frist. Wenn sie Lotti nicht bis halb eins erreicht hatte, würde sie in Esens anrufen und deren Neffen Eike informieren.

Zwanzig nach zwölf klingelte es in Ritas Jackentasche. Endlich!

Oma Pusch hatte irgendwann tatsächlich einen Blick auf ihr Smartphone geworfen und gesehen, dass sie unzählige Nachrichten hatte. Marga war aus ihrem verwirrten Zustand in einen unruhigen Schlaf geglitten. Oma Pusch machte Trude ein Zeichen, ging nach draußen vor die Tür und rief Rita zurück, noch bevor sie abgehört hatte, was ihre Freundin wollte. Wenn sie sich so oft gemeldet hatte, musste es schon etwas Wichtiges sein.

„Mensch Lotti!", begann Rita ihre Schimpftirade, schwenkte dann aber schnell um und berichtete, was sie belauscht hatte.

„Das ist ja unfassbar", entfuhr es Oma Pusch, „an die beiden Lütten (sie kannte Gretes Söhne schon in den Windeln) hätte ich am allerwenigsten gedacht."

„Ich kann mir ja auch nicht vorstellen, was sie dazu gebracht hat, ihren Onkel umzubringen", sagte Rita.

„Vielleicht, weil er ihnen als Chef auf den Geist gegangen ist?", überlegte Oma Pusch.

„Aber deswegen murkst man doch jemanden nicht gleich ab", wandte Rita ein.

„Wer weiß, wie lange er die zwei drangsaliert hat. Bestimmt haben die sich einiges gefallen lassen. Irgendwann läuft das Fass über. Obwohl ich mir das bei Jan und Tim kaum vorstellen kann. Sie sind doch eher friedfertige, verantwortungsbewusste Jungs. Echte Ostfriesen und ganz bestimmt Familienmenschen", überlegte Oma Pusch laut. „Nein, keine Ahnung, was da dahintersteckt, aber die haben nie und nimmer ihren Onkel auf dem Gewissen."

„Und was machen wir nun?", wollte Rita wissen. „Eike benachrichtigen, damit er sie befragen kann?"

„Hat noch jemand zugehört?", fragte Oma Pusch nicht ganz ohne Hintergedanken.

„Nee, die beiden waren allein. Ich habe sie belauscht", gab Rita offen zu.

„Okay, dann behalten wir das erst mal für uns, und ich spreche nachher mit ihnen", schlug Oma Pusch vor.

„So ganz wohl ist mir dabei nicht, falls sie's doch waren. Stell dir vor, sie machen weiter", gab Rita zu bedenken, „aber von mir aus und nur so lange, bis du mit ihnen gesprochen hast. Wenn sie keine vernünftige Erklärung parat haben, müssen wir deinen Neffen Eike informieren. Sie hatten ja auf jeden Fall was mit der Sache zu tun."

„Stimmt", bestätigte Oma Pusch, „fragt sich eben nur was?"

„Kannst du mir eigentlich mal erklären, wo du untergetaucht bist? Ich habe zig Mal versucht, dich zu erreichen. Du wirst doch wohl nicht mit deinem Schwager ...?"

Oma Pusch lachte. „I wo! Auf was für Ideen kommst du denn? Ich tue bestimmt viel, um interessante Dinge zu erfahren, aber so weit gehe ich dann doch nicht. Wir waren nur frühstücken. Jetzt bin ich bei Marga. Stell dir vor, sie hat in dem Henkersknoten von Emil irgendwas erkannt, das sie so aus der Fassung gebracht hat, dass sie seitdem nur wirres Zeug von sich gibt. Trude ist bei ihr, und ich bin nur deswegen noch da, weil ich hoffte, sie würde wieder zu Sinnen kommen. Es interessiert mich doch brennend, warum sie das Ding als Hexenwerk bezeichnet hat."

„Hauptsache, sie hatte nicht schon in dem Moment einen Aussetzer", sagte Rita.

„Nee, das glaube ich eigentlich nicht, denn sie hat nur darauf reagiert. Vorher hat sie ganz normal mit Hinrichsen geplaudert", erklärte Oma Pusch. „Aber ich kann hier nicht ewig warten. Enno holt mich gleich ab und bringt mich zurück nach Hause. Ja, und dann muss ich mich sputen, wenn ich die Jungs noch ausfragen will. Denn anschließend will ich in Richtung Hedwig düsen, wenn du um vierzehn Uhr zu Emils Beerdigung gehst."

„Ein strammer Tag", stellte Rita fest und schmunzelte in sich hinein.

„Langweilig wäre schlimmer", entgegnete Oma Pusch.

„Wohl wahr", antwortete Rita.

„Oh, ich glaube, Enno kommt da hinten angefahren. Ich will mich wenigstens eben noch von Trude verabschieden. Marga schläft bestimmt noch. Vielleicht ist sie hinterher wieder klar. Bis später dann, Rita, und Ohren auf beim Beerdigungskaffee!"

„Soll ich da etwa auch noch hin?", stöhnte Rita, die gehofft hatte, dass sie davonkam. „Na, von mir aus. Muss ich mir wenigstens nichts kochen."

„Musst du sowieso nicht", sagte Oma Pusch, „wir gehen heute Abend mit Enno bei Anita in den Bauernstuben essen. Kriegsrat halten."

„Ach, du liebe Güte, das auch noch! Aber dann schließe ich jetzt den Kiosk zu und fahre heim. Bis denne!" Schnell legte sie auf, bevor ihre Freundin Lotti noch einen Einwand anbringen konnte.

Oma Pusch ließ sich von Enno auf dem Hafenparkplatz absetzen. Beim Verabschieden lächelte er sie an.

„Ich habe eben für dich die Kohlen aus dem Feuer geholt", sagte er geheimnisvoll.

„Inwiefern?", wollte Oma Pusch wissen.

„Na, ganz einfach. Ich habe Eike von dem Schuhabdruck erzählt und ihm versprochen, dass du ihm den auch noch zumailst. Am besten ohne Kommentar, Lotti. Und frag mich jetzt nicht, was ich mir für ein Märchen ausgedacht habe, um dich in einem guten Licht dastehen zu lassen."

„Okay, danke", erwiderte Oma Pusch, „vielleicht bringt es ja was und sie kriegen die ungefähre Schuhgröße raus."

„Wäre wünschenswert", sagte Enno, „ich hole dich nachher hier ab. Kommt Rita zu dir?"

„Könnte sein, sonst holen wir sie eben ab", antwortete Oma Pusch, „ist ja kein Umweg."

Enno nickte und Oma Pusch winkte ihm nach. Dann ging sie nicht in Richtung „Dattein" sondern schnurstracks zum Strand.

Sie hoffte, dort würde sie Jan und Tim finden, die bestimmt alle Hände voll zu tun hatten. Es gab schon warme Tage. Die restlichen Strandkörbe mussten aus ihren Winterquartieren geholt und entlang der Wasserlinie platziert werden.

Als sie unten am Strand ankam, sah sie die beiden, wie sie gerade einen Korb von der Ladefläche hievten und mit einem Mal ging ihr ein Licht auf. Sie wagte einen direkten Angriff.

„Moin Jungs“, sagte sie zu Jan und winkte Tim näher zu sich, „mit dem Theo drin war das Ding bestimmt viel schwerer hochzustemmen.“

Die beiden erstarrten zur Salzsäule und wurden rot. Oma Pusch grinste innerlich. Sie hatte bestimmt recht. Das waren keine abgefeimten, fiesen Mörder.

„Moin Lotti“, erwiderte Jan. Sein Hirn arbeitete auf Hochtouren. „Was meinst du damit?“, fragte er und versuchte, ihr nicht direkt in die Augen zu sehen.

„Na das, was ich gesagt habe, oder waren meine Worte so schwer zu verstehen? Also noch mal auf Hochdeutsch: Der Strandkorb muss viel schwerer zu verladen gewesen sein, als Theo darin saß“, sagte sie. „Ihr braucht gar nicht zu lügen. Ist doch sonnenklar, dass ihr ihn weggebracht habt.“

„Ja, aber nur ...“, begann Tim.

„Halt doch die Klappe“, fauchte sein Bruder missmutig.

„Aber nur weswegen?“ Oma Pusch ließ nicht locker.

Jan seufzte. „Aus mehreren Gründen. Erst mal zum Schutz. Niemand sollte den Chef und unseren Onkel so sehen, dann wegen der Touristen. Ein paar laufen ja hier schon rum.“

„Und weil wir nicht wollten, dass der Verdacht auf uns oder Eckhard oder irgendwen hier fällt“, ergänzte Tim.

„Seid ihr denn da so sicher?“, wollte Oma Pusch wissen.

„Ja klar! Todsicher! Wir waren's nicht. Keiner hier würde so etwas tun“, erklärte Jan.

„Wie kommt ihr überhaupt darauf, dass er ermordet worden ist? Davon habe ich kein Wort gesagt. Es sah doch wohl eher nach Selbstmord aus, denkt ihr nicht?“

„Im ersten Moment vielleicht", gab Jan zu, „aber Onkel Theo hätte sich nie umgebracht. Nie im Leben! Der fand sich toll und ließ sich das auch immer von seinen Miezen bestätigen."

„Dass den alten Sack überhaupt noch jemand im Bett haben wollte", wunderte sich Oma Pusch.

„Er schien besondere Qualitäten gehabt zu haben", sagte Tim und zwinkerte ihr zu.

„Wir wollen das jetzt nicht weiter vertiefen", winkte Oma Pusch ab. „Dann habt ihr also in vollem Bewusstsein einen Mord vertuscht? Wer auch immer ihn begangen hat."

Die Brüder zuckten zusammen.

„Äh, also so haben wir das noch gar nicht gesehen", gab Jan zu.

„So ist es aber. Wie soll denn die Polizei dem Mörder jetzt auf die Spur kommen?", fragte Oma Pusch.

„Das findet doch jetzt bestimmt dein Schwager von der Rechtsmedizin raus", antwortete Tim. „Wir haben gehört, dass er auf Spiekeroog angespült worden ist, wenigstens teilweise."

„Dann hat eure kleine Vertuschungsaktion also nicht genutzt", stellte Oma Pusch fest, „vielleicht verratet ihr mir aber, wie er dahin gekommen und was aus dem Strandkorb geworden ist."

Jan zuckte mit den Schultern. „Von mir aus. Den Strandkorb haben wir in unserem eigenen Schuppen gelagert. Ja, und den Onkel Theo wollten wir eigentlich auf Langeoog verbuddeln. Dann wäre Tante Mia jetzt nicht so traurig. Nur verschwunden ist doch besser als tot."

„Ja, aber wir hätten kein Stahlseil nehmen sollen, um ihn hinter uns herzuziehen. Er stoppte im Wasser zu sehr, weil er total steif war, und irgendwie war dann plötzlich nur noch sein Kopf da", sagte Tim bedauernd.

„Und wo ist der jetzt?", wollte Oma Pusch gerne wissen.

„Na, auf Langeoog, wo denn sonst?", fragte Jan. „Der Körper muss wohl nach Spiekeroog abgedriftet sein."

„Junge, Junge", entfuhr es Oma Pusch, „was für eine Räuberpistole. Wenn ich's nicht besser wüsste, würde ich denken, ihr haltet mich zum Narren."

„Nee, echt nicht, Lotti, das war schon so", beteuerte Jan.

„Ihr wisst, dass ihr das dringend melden müsst?", bohrte Oma Pusch. „Wirklich, ihr kommt sonst in Teufels Küche."

„Die verhaften uns doch!" Tims Stimme zitterte. „Und was soll unsere Mutter denken?"

Das wollte sich Oma Pusch auch nicht vorstellen, denn Grete konnte ganz schön resolut sein. Vielleicht wurde man das, wenn man zwei Halbstarke allein auf dem rechten Weg halten musste. „Okay, ich gebe euch bis morgen Zeit", versprach sie, „aber dann müsst ihr es melden. Wenn ihr wollt, kann ich auch mitkommen und bei meinem Neffen Eike ein gutes Wort für euch einlegen. Wenn er euch glaubt, kommt ihr glimpflich davon. Soweit ich weiß, ist das, was ihr getan habt, nur Störung der Totenruhe und Sachbeschädigung."

Ein leichter Hoffnungsschimmer zeigte sich auf den Gesichtern der Steffens-Jungs. „Das wäre total lieb von dir, Lotti. Aber bitte erst morgen. Heute ist doch Emils Beerdigung und wir müssen noch ein bisschen darüber nachdenken, wie wir das bei der Polizei erzählen sollen", erklärte Jan.

„Einfach so, wie es war", lächelte Oma Pusch ihn an. „Jetzt sagt mir noch eins. Habt ihr irgendeine Vermutung, wer hinter den beiden Morden stecken könnte?"

Die beiden sahen sie fassungslos an.

„Zwei Morde? Du meinst, der Emil ist auch umgebracht worden? Aber er hing doch am Mast", wandte Tim ein.

„Ja, genau, das geht doch gar nicht", fügte Jan an, „von da muss man schon selber springen. Da kann einen auch schlecht einer schubsen."

Oma Pusch nickte und war beruhigt. Die beiden Dösköppe hatten vielleicht den Theo weggeschafft, aber sie hatten ganz gewiss nichts mit seinem oder Emils Ableben zu tun. Davon war sie felsenfest überzeugt.

Rita hatte sich in ihr schwarzes Kostüm gezwängt und festgestellt, dass es eingelaufen war. Sie ließ den Reißverschluss oben am Rock offen und trug die Bluse lässig darüber. Ein Gummiband mit zwei Sicherheitsnadeln verhinderte, dass er herunterrutschte. Die Kostümjacke ließ sie wie einen Blazer offen. So ging es halbwegs, dachte sie und stieg in ihren Mantel.

Eine wunderbare Frühlingssonne schien über Werdum. Der Trauerzug war lang, der Emil zu seiner letzten Ruhestätte geleitete. Wer ihn gekannt hatte und es ermöglichen konnte, war gekommen. Mit dem Emil hatte sich jeder gut verstanden. Er war eine friedfertige, wenn auch etwas lebensuntüchtige Seele gewesen. Seine Gutmütigkeit hatte ihm nicht nur Glück gebracht. Er war auch oft ausgenutzt worden. Jetzt war er tot und musste sich darum keine Sorgen mehr machen.

Wenn Rita darüber nachdachte, dass er die meiste Zeit auf einem Feldbett in der Waschküche geschlafen hatte und tagtäglich der dominanten Hedwig ausgeliefert gewesen war, tat er ihr leid. Wahrscheinlich waren seine Stunden beim Fischen auf hoher See die glücklichsten gewesen. Sie hoffte, dass es ihm jetzt im Himmel besser ging.

Sogar Hedwig war gekommen. Es war nur dummes Geschnacke gewesen, dass sie Emils Beerdigung fernbleiben wollte. Dafür hätte kein Sieler Verständnis gehabt und hinter ihrem Rücken mit dem Finger auf sie gezeigt. So etwas gehörte sich einfach nicht. Dem Ehemann die letzte Ehre zu erweisen, war das Mindeste, was von ihr erwartet wurde, egal wie man zueinander gestanden hatte.

Rita setzte ihre in vielen Jahren erprobte Trauermiene auf und kondolierte am Grab, nachdem Emil in die sandige Erde herabgelassen wurde. Man sah dem Sarg nicht an, ob er billig gewesen war, aber Rita vermutete, dass Hedwig für dieses Erdmöbel nicht besonders viel Geld aufgewandt hatte. Sie warf ein Schäufelchen Werdumer Naturboden und drei Blumen aus ihrem Garten auf die lackierte Oberfläche und besiegelte damit ihren Beitrag am Geschehen. Anschließend zog sie sich dezent zurück und beobachtete Hedwig aus der Ferne. Auch wenn sie nicht erwartet hatte, dass die Witwe von einer plötzlichen Traurigkeit erfasst werden würde, so wunderte sie sich doch über deren Ungerührtheit. Wer sie nicht kannte, hätte gedacht, dass sie sich anstrengte, um gefasst zu wirken. Aber dann hätten ihre Augen Leid oder Schmerz nicht ganz verbergen können. Doch Rita sah nichts, nicht das leiseste Aufblitzen von Bedauern. Hedwig wirkte unbeteiligt, und noch etwas anderes lag in ihrem Blick. Sie wusste zuerst nicht, was es war, doch plötzlich fiel es ihr ein. Da war ein Anflug von Erleichterung gewesen. Vielleicht, weil er nun endlich unter der Erde war, wo doch im Hafen das Gerücht umging, es wäre vielleicht doch eher ein Unfall gewesen. Wobei sich niemand die Umstände erklären konnte. Rita wunderte sich, dass Eike Hintermoser die Witwe noch nicht informiert hatte, aber dafür würde er seine Gründe haben. Es konnte auch sein, dass Hedwig froh war, einen Esser weniger verköstigen zu müssen. Dieser Blick war auf jeden Fall etwas, das sie mit ihrer Freundin Lotti besprechen musste.

Rita schlenderte langsam an den Trauergästen vorbei. Gelegentlich blieb sie stehen und erhaschte ein paar Satzfetzen:

„Hast du schon gehört, den Theo ham se gefunden. Er is angespült worden ...“ oder:

„Man munkelt, dass es bei Emils Tod nicht mit rechten Dingen zugegangen ist ...“

Und weiter vorne schnappte sie eine äußerst interessante Aussage auf:

„Du, ich hab ja schon immer gedacht, dass da was nich stimmt mit der Mia ihrem Eckhard. De Jung kommt weder nachem Vadder noch nache Mudder.“

„Aber nur vonne Wiesasche her. De hat alltid dem Theo sin Temprament.“

Mit langsamen Schritten ging sie in Richtung Ausgang. Darüber musste sie nachdenken, und das würde auch Lotti brennend interessieren.

Wer von der Trauergemeinde auf ein Stück Kuchen und eine Tasse Tee oder Kaffee gehofft hatte, schaute ins Rohr. Das Einzige, was den Anwesenden am Friedhofstor überreicht wurde, war ein Glas mit brennender Flüssigkeit. Grete, die den Schnaps auf einem Tablett vorbereitet hatte, zündete nun auch die andere Hälfte der Oberflächen in einem Schwung an und hätte sich dabei fast ihre Augenbrauen verbrannt. Eine Locke musste es aber dennoch erwischt haben, denn es lag ein unguter Duft in der Luft. Grete ignorierte ihn und trug mit salbungsvoller Stimme einen von ihr verfassten Trinkspruch vor, nachdem jeder ein Glas in der Hand hielt:

„Der Emil starb allein und leise.
Ahoi und allzeit gute Reise,
im Himmel wie dereinst zur See.

Sein Scheiden tut uns allen weh.
Damit sein Tod ihm Ruh verheißt,
stoßen wir an mit Friesengeist.
Deckel drauf, Sabbel auf,
das Schicksal lenkt den Lebenslauf!
Prost!"

Dabei löschte sie die Flammen auf den Gläsern nicht ganz stilecht mit einem Bierdeckel und kippte den Schnaps in einem Schwung hinunter. Die Umstehenden, einschließlich der Witwe, taten es ihr nach.

„Danke, dass ihr alle gekommen seid", sagte Hedwig gerührt, „nu werde ich wohl allein im Süderriff klarkommen müssen."

Das stimmte wohl, aber es war selbstverständlich, dass man zusammenhielt. Als sich einer nach dem anderen von ihr verabschiedete, geschah das mit dem Versprechen, ihr zu helfen, wenn Not am Mann war.

Oma Pusch war knapp vor vierzehn Uhr ins Süderriff gefahren und hatte den Haustürschlüssel aus dem Blumenkasten gefischt. Nachdem sie sich kurz umgesehen hatte, schloss sie die Haustür auf und betrat Hedwigs Haus. Sie fühlte sich relativ sicher, denn sie war überzeugt davon, dass auch die Nachbarn mit auf der Beisetzung waren. Rund ein Stündchen Zeit also, um vorsichtig durch das Büro zu stöbern, in alte Akten zu schauen und hoffentlich die Lebensversicherung zu finden.

Zu Oma Puschs Leidwesen war das Haus schon auf „Sommerbetrieb" umgemünzt worden. Das Büro war wie die Schlafräume zu einem Fremdenzimmer geworden. Auch im Wohnzimmer hatte sie kein Glück. Dort standen die Frühstückstische für die Gäste. In der Küche brauchte sie gar nicht erst nachzusehen. Das war kein Ort für die Aufbewahrung von wichtigen Papieren. Hatte Hedwig alles auf den Dachboden geschleppt? Wohl kaum, denn dann hätte sie jeden Ordner die schmale Stiege hinauftragen müssen.

Oma Pusch dachte, dass es eine gute Idee sei, im Keller nachzuschauen. Dort wo die Waschmaschine stand und vormals Emils Feldbett gewesen sein musste, war jetzt Platz, mutmaßte sie. Und in der Tat standen hier einige Umzugskartons, fein säuberlich aufeinandergestapelt. Das waren bestimmt zehn, zwölf Stück. Oma Pusch raufte sich die Haare. Wenn die Versicherungsordner da drin waren, würde sie es kaum in der Zeit schaffen, die ihr blieb. Vorsichtig warf sie einen Blick in die oberen Kisten und stutzte.

Sie zog einen Troyer heraus, der immer noch leicht nach Fisch roch. Weiter unten sah sie etwas Gelbes, wohl seinen Friesennerz und etliche verwaschene Unterhosen. Dass Hedwig und Emil sich nicht mehr grün gewesen waren, war weiß Gott kein Geheimnis, aber dass sie seine Klamotten schon aussortierte, bevor er überhaupt unter der Erde war, das fand Oma Pusch ein starkes Stück. Jetzt wollte sie wissen, was sich in den anderen Kartons befand. Nach und nach entdeckte sie, dass sich Emils gesamte Habe in diesen Kartons verbarg. Schuhe, Hosen, Bücher, die er gelesen hatte, ja sogar seine Handtücher, Bettwäsche und Zahnbürste kamen zum Vorschein, nur keine Versicherungsunterlagen. Sorgsam verschloss Oma Pusch die Kartons wieder und sah auf die Uhr. Viertel nach zwei. Höchste Zeit weiterzusuchen. Ihr Blick fiel auf das Feldbett, das jetzt zusammengeklappt an der Wand stand. Was für ein bedauernswertes Dasein, wenn man nicht mal das ganze Jahr über eine ordentliche Schlafstatt hatte. Da fiel ihr wieder ein, dass Hedwig es als besonders rücksichtslos angesehen hatte, dass Emil unfähig gewesen war, sich in der eigenen Waschküche umzubringen. Nein, das musste vor aller Augen geschehen, um sie zum Gespött zu machen, hatte sie gezetert. Und dabei war das, wie sie jetzt wussten, nicht einmal seine Schuld gewesen. Ihn konnte nur jemand anders dort zur Schau gestellt haben.

Auf ihrer Suche nach den Versicherungsordnern durchstreifte Oma Pusch das gesamte Haus. Ein Schrank im Flur erwies sich ebenso als Sackgasse wie die Truhe unter der Kücheneckbank, und als sie endlich zwei Ordner im Anbau unter der Wolle fand, fehlte der Inhalt des Trennblattes „Lebensversicherung". Oma Pusch fluchte und war froh, dass niemand es hörte. Trotzdem, oder vor allem deswegen, weil genau diese Papiere fehlten, vermutete sie, dass Hedwig sie brauchte, um sich die Versicherungssumme auszahlen zu lassen. Damit rückte sie natürlich doch wieder in den Fokus der Verdächtigen, auch wenn Oma Pusch sie seit ihrem Vorwurf, Emil hätte zu auffällig Selbstmord begangen, von der Liste gestrichen hatte. Die Uhr zeigte fünf vor drei, als sie eher aus einer Laune heraus - praktisch schon im Gehen - die Küchenschublade öffnete. Sie war flach und als potenzielles Versteck für Ordner völlig ungeeignet. Die reine Neugier ließ Oma Pusch an dem Knauf ziehen, und vor ihr lag der Inhalt des Registers „Lebensversicherung". Ihr blieb wenig Zeit. Sie konnte die Seiten nur überfliegen und stockte an der Stelle, die den Bezugsberechtigten nannte. Das war unglaublich. Blitzschnell zog sie ihr Smartphone aus der Tasche und lichtete den Namen ab. Dann schob sie die Schublade wieder zu und verließ so schnell sie konnte das Haus.

„Moin Lotti", sprach Mia sie an, als Oma Pusch die Tür ins Schloss zog. Sie fuhr vor Schreck zusammen. Ihr Gehirn begann fieberhaft nach einer Ausrede zu suchen. Dann versteckte sie den Schlüssel wieder im Blumenkasten und drehte sich um. „Moin. Puh, zum Glück war das Bügeleisen doch aus. Hedwig hatte mich gebeten, kurz nach dem Rechten zu sehen. Sie wollte dich nicht damit belasten. Ist doch klar, dass an so einem Tag alles durcheinanderkommt. Hedwig dachte, sie hätte vergessen, den Stecker herauszuziehen, nachdem sie ihr Kostüm übergebügelt hatte."

„Ach so", sagte Mia, die jetzt ganz in schwarz gekleidet war und der man immer noch ansah, wie nah ihr Theos Tod ging, „hast du es auch schon gehört? Ich meine das von Theo?"

Oma Pusch nickte betroffen. „Es tut mir wirklich sehr leid. Ich bin nur froh, dass du wenigstens deinen Sohn hast. Hedwig ist jetzt ganz allein. Schade, dass ihr Junge damals verunglückt ist. Sonst hätte sie auch eine Stütze in dieser schwierigen Zeit."

„Das ist wohl wahr", stimmte Mia zu und war mit den Gedanken weit weg.

„Soll ich dich eben noch nach Hause bringen, Mia?", fragte Oma Pusch. Hedwig konnte gleich wiederkommen. Sie wollte schleunigst von deren Haus weg.

„Ach was, es sind doch nur ein paar Schritte. Ich wollte nur nachsehen, ob Hedwig schon wieder da ist und ihr einmal die Hand drücken. Sie wird Verständnis dafür haben, dass ich heute nicht mitgegangen bin", erwiderte Mia.

„Ganz bestimmt", bekräftigte Oma Pusch und schickte sich an, aufs Rad zu steigen. „Ist doch gut, dass ihr fast Nachbarn seid. Eckhard wird ja nicht ewig bei dir wohnen. Immerhin habt ihr ein gemeinsames Hobby. Aber wer weiß, wann sie wiederkommt. Du kannst bestimmt auch noch morgen zu ihr gehen."

„Meinst du?", fragte Mia gedankenverloren.

„Auf jeden Fall, ich komme noch ein Stück mit", schlug Oma Pusch vor, die jetzt dringend verschwinden und dafür sorgen wollte, dass Mia Hedwig nicht auf das Bügeleisen ansprach. Morgen würde sie es hoffentlich schon wieder vergessen haben. Vor Mias Tür verabschiedete sie sich und fuhr so schnell sie konnte auf Schleichwegen davon.

Im Geiste hatte sie immer noch den Namen desjenigen vor Augen, der als Bezugsberechtigter in der Police gestanden hatte. Es wollte ihr überhaupt nicht in den Kopf, was da in Emil vorgegangen war. Hatte seine Frau überhaupt davon gewusst, dass nicht sie es war, die erben würde? Inzwischen hatte sie es in den Unterlagen entdeckt. Und wie war das jetzt überhaupt? Wenn Emil Selbstmord begangen hätte, wäre der Begünstigte leer ausgegangen. Wenn es Mord war und der im Vertrag genannte daran beteiligt wäre, hätte er ebenfalls nichts bekommen. Sollte ein Unglücksfall vorliegen, träte der Erbfall ein. Oma Pusch grübelte. Wenn jemand einen Suizid vorgetäuscht hatte, um den Berechtigten leer ausgehen zu lassen, hätte gar niemand etwas davon. Die Beiträge wären verpufft, das Geld wäre sozusagen aus dem Fenster geworfen worden. All das machte also keinen Sinn. Aber sie spürte, dass sie auf dem richtigen Weg war.

Oma Pusch war froh, als sie im Kiosk saß. Immerhin war sie nicht als Einbrecherin entlarvt worden. Mia würde bestimmt nichts sagen. Wen interessierte schon Hedwigs Bügeleisen, vor allem, wenn es nichts in Brand gesetzt hatte. Sie genehmigte sich einen Küstennebel und nahm auf einem der Stühle Platz. Das war doch ziemlich aufregend gewesen, gestand sie sich selbst ein. Es war etwas anderes, bei Nils im Leichenkeller einzusteigen und in Ennos Unterlagen zu stöbern. Sie waren schließlich verwandt. Der Tatbestand des Einbruchs entfiel damit. Es war einfach als familiäre Fürsorge zu deklarieren.

Mit der Ruhe nach der überstandenen Aufregung und dem Küstennebel senkte sich eine bleierne Müdigkeit über Oma Puschs Lider. Ihr Kopf sackte ein bisschen zur Seite und lehnte nun am Regal. Dass sie leise schnarchte, bemerkte niemand.

Als es plötzlich an der Tür klopfte, fuhr Oma Pusch wie von der Tarantel gestochen hoch und stieß sich den Kopf.

„Lotti, ich bin's, die Rita", tönte es von draußen. „Ich hab dein Fahrrad gesehen. Bist du da drin?"

„Komme", antwortete Oma Pusch und rieb sich die Stirn. Sie war sofort hellwach, denn sie war gespannt, was Rita von der Beerdigung zu berichten hatte. Sie selbst konnte ebenfalls interessante Neuigkeiten präsentieren.

Bei einem weiteren Schnaps tauschten sich die Frauen aus und staunten gegenseitig über das, was sie herausgefunden hatten.

„Wir müssen das alles nur in Einklang bringen, was wir gesehen und gehört haben“, überlegte Oma Pusch laut. „Ich bin mir sicher, dass hier der Schlüssel zur Lösung der mysteriösen Fälle liegt.“

„Wir sollten heute Abend mit Enno darüber sprechen. Vielleicht hat er eine Idee“, schlug Rita vor.

„Nee, nee, lass mal“, wandte Oma Pusch ein, „wir sind so kurz vor dem Ziel. Das können wir jetzt auch allein durchziehen, ohne männliche Hilfe.“ Sie wusste genau, wie Rita tickte. Mit Kerlen hatte sie nichts mehr am Hut.

„Stimmt auch wieder“, kicherte Rita und ging Oma Pusch damit auf den Leim. Es war immer ganz einfach, Menschen zu manipulieren. Man musste sie nur gut genug kennen. Rita runzelte die Stirn. „Sag mal, klingelt dein Smartphone?“

„Tatsache“, sagte Oma Pusch, zog es aus der Jackentasche und grübelte über die unbekannte Nummer. „Jemand aus Esens.“

„Hoffentlich nicht dein Neffe Eike“, sagte Rita, aber Oma Pusch hatte schon abgehoben.

„Moin Trude, lieb, dass du dich meldest. Wie geht es deiner Mutter?“

„Moin. Sie ist wieder halbwegs klar“, berichtete Trude, „wobei, wie man's nimmt. Ich kann mir keinen Reim darauf machen, aber du vielleicht.“

„Wieso, was sagt sie denn?“, wollte Oma Pusch wissen.

„Ich habe versucht, ganz behutsam aus ihr rauszukriegen, was sie denn in diesem Knoten gesehen hat, der sie so verunsichern konnte“, erklärte Trude, „aber sie faselte zunächst nur immer was von einem ‚Staveken'. Ich habe das nicht ernst genommen. Du weißt schon. Du kennst sie ja. Sie erzählte dann wieder was von Hexenwerk.“

„Was haben denn Hexen mit Stäbchen zu tun?“, fragte Oma Pusch irritiert. „Das sind ja wohl ordentliche Stiele, auf denen sie reiten. Meinst du nicht, sie ist noch durch den Wind?“

„Warte ab“, bat Trude, „später faselte sie von ‚groot Preem‘ und winkte dann ab. Sie meinte die ‚anner Nadel‘, sagte sie und bog ihren Zeigefinger nach unten.“

„Ich verstehe nur Bahnhof“, gab Oma Pusch zu. „Ich stell mal auf laut, damit Rita mithören kann. Vielleicht kann die damit mehr anfangen.“

„Hallo Rita“, sagte Trude, „meine Mutter meinte, sie hätte in dem Knoten da auf der Polizei ein Stäbchen gesehen. Von irgendwelchen Hexen mit großen Stricknadeln gemacht. Dann hat sie sich korrigiert und ‚andere Nadel‘ gesagt. Dabei krümmte sie ihren Zeigefinger.“

Rita schlug sich vor die Stirn. „Mensch!“, rief sie, „dass ich da nicht gleich drauf gekommen bin. An irgendwas hat mich das Ding auch erinnert. Es könnte in der Tat ein überdimensional großes, gehäkeltes Stäbchen sein. Deine Mutter kann nur das meinen. Die Häkelnadel müsste dementsprechend riesig sein. Wir müssen das unbedingt nachprüfen.“

„Enno hat bestimmt Fotos gemacht, auf denen der Knoten zu sehen ist“, überlegte Oma Pusch. „Den von der Spurensicherung möchte ich ungern fragen, ob er uns mal auf sein Material gucken lässt.“

Rita grinste. Sie erinnerte sich noch genau an den Disput.

„Auf jeden Fall herzlichen Dank, Trude“, fuhr Oma Pusch fort. „Du hast uns sehr geholfen.“

„Da nich für“, erwiderte Margas Tochter und legte auf.

„Das is ja ein Ding“, sagte Rita und schüttelte den Kopf. „Was soll man davon halten?“

„Na ja, wenn sich das bestätigt, dass es sich bei dem Knoten um ein gehäkeltes Stäbchen handelt, dann würde ich einen Mann als Täter eher ausschließen", stellte Oma Pusch fest.

„Was bist du altmodisch! So kenne ich dich gar nicht. Heutzutage gibt es genug Männer, die ebenfalls handarbeiten", wandte Rita ein.

„So einer wär doch was für dich", stichelte Oma Pusch und erntete einen bösen Blick. „Schon gut. War ein Witz. Ich schlage vor, wir lassen das Gehörte und Erlebte sacken. Was hältst du davon, wenn wir jetzt nach Hause gehen und uns fürs Essen fein machen?"

„Gute Idee", sagte Rita, „so machen wir es."

„Und später, wenn uns Enno wieder hier am Hafen abgesetzt hat, halten wir weiter Kriegsrat. Vielleicht ist uns bis dahin noch eine zündende Idee gekommen."

Es knisterte in der Luft. Das war die elektrische Spannung der Intuition. Gut gelaunt und voller Tatendrang verriegelten die beiden Frauen den Kiosk und verabschiedeten sich voneinander. Der Tag war noch nicht zu Ende. Wer wusste schon, was noch geschehen oder was sie noch erfahren würden? Doch Vorsicht! Das Böse ist immer wachsam und möchte sich nicht in die Suppe spucken lassen.

Der Rechtsmediziner Dr. Enno Esen hatte sich mit dem Oberkommissar Eike Hintermoser ausgetauscht. Viele Details mussten besprochen werden, damit beide auf demselben Stand der Ermittlungen waren. Über seine Tante Lotti konnte er nur immer wieder den Kopf schütteln. Sie meinte es wahrscheinlich gut, aber sie beeinflusste, ja sie hemmte den Lauf der Ermittlungen, indem sie wichtige Informationen zurückhielt. Er würde dringend ein ernstes Wörtchen mit ihr reden müssen, wenn er sie denn mal allein erwischte. Und er wollte gar nicht darüber nachdenken, was sie jetzt schon wieder in seinem Rücken ausheckte. Andererseits hatte sie jetzt, wie auch schon im vergangenen Jahr, wichtige Fakten zur Auflösung des Falles geliefert.

Trotzdem waren er und Enno bisher nicht weitergekommen. Sie waren mit ihrem Latein gewissermaßen am Ende, weil sie zwar beweisen konnten, dass die beiden Todesfälle keine Suizide waren, aber nichts Stichhaltiges in der Hand hatten, um sie als Mord einzustufen. Dabei waren sie fest davon überzeugt, dass es sich genau so verhielt. Sie glaubten auch daran, dass sie es mit demselben Täter zu tun hatten. Aber was nutzte ihnen ihre Intuition? Es machte ja nicht einmal Sinn zu vermuten, dass hier jemand eine fette Lebensversicherungssumme einstreichen wollte. Oder der Mörder war besonders perfide und wusste im Vorhinein, dass der Selbstmord als fingiert entlarvt werden würde. Nein, das war um zu viele Ecken gedacht.

Eike war missmutig. Er beschloss, Niklas später anzurufen, um sich mit ihm zu treffen. Dann konnten sie den schlechten Geschmack ihrer Handlungsunfähigkeit mit einer Flasche Rotwein herunterspülen. Wenn es doch nur ein Motiv gegeben hätte, überlegte er. Aber ihm fiel einfach kein stichhaltiges ein. Dass Hedwig ihren Emil satthatte, konnte man kaum ins Feld führen, und das träfe auf Mia sowieso nicht zu. Er seufzte und wählte Niklas' Nummer. Gegen kurz vor sechs erreichte er ihn endlich mitten im Edeka Supermarkt Pfaff direkt in Esens. Das war praktisch, denn Niklas schlug vor, eine ordentliche Menge Pasta zu kochen. An Wein mangelte es nicht in seinem Häuschen in Margens. Das Regal war noch aus der Zeit seiner Mutter mit einigen erlesenen Tröpfchen gefüllt. Eike ging es schon besser. Die Aussichten auf einen so leckeren und gemütlichen Feierabend lenkten zumindest von den Unzulänglichkeiten des Dienstalltags ab.

Rita und Oma Pusch machten es sich in Ennos Wagen bequem. Er kutschierte die beiden Damen das kurze Stück nach Groß Holum und ergatterte einen der letzten Parkplätze am Landhotel Bauernstuben. Hier war zu jeder Jahreszeit viel los. Es sprach sich einfach schnell herum, wenn Küche und Service gut waren.

„Moin, Olaf zeigt euch euren Platz", rief Anita Esen ihnen im Vorbeilaufen zu und verschwand in der Küche. Sie war um diese Uhrzeit sehr beschäftigt.

Der Angesprochene kam grinsend um die Ecke. „Moin! Na, ihr traut euch was. Junge, Junge, und das auch noch in aller Öffentlichkeit. Wie wär's mit 'nem flotten Dreiertisch?"

Oma Pusch schmunzelte und winkte ab. „Wo denkst du hin? Dem Enno wäre schon eine von uns zu viel. Wir bleiben nur zum Essen."

„Ohne Abwrackprämie läuft da eh nix", sagte der Rechtsmediziner und tippte sich an die Stirn.

„Nun erlaubt aber mal", äußerte sich Rita und tat empört. „Auch wenn ich mit Männern nichts mehr am Hut habe, als alte Schese möchte ich trotzdem nicht bezeichnet werden. Das kostet dich einen Schnaps extra!"

„Ach?" Dr. Enno Esen guckte süffisant. „Zahlen darf ich aber, oder?"

„Selbstverständlich", bekräftigte Oma Pusch, „denn das tust du ja nicht als Mann, sondern als Freund und wichtiger Bestandteil unseres Teams."

„Ich glaube, ihr braucht schon einen vorweg", lachte Olaf, „so etwas Warmes für Leib und Seele. Bestellt hattet ihr doch Zunge, nicht wahr?"

Die drei sahen ihn entgeistert an.

„Seezunge natürlich", fügte er hinzu, „und was wollt ihr nach dem Schnaps trinken?"

„Deichinger, was sonst", erwiderte Enno, „oder wollt ihr etwa Wein?"

„Nö", antwortete Rita, „aber ich hätte gerne ein Deichinger-Alster."

„Das nehme ich auch", beschloss Oma Pusch.

Olaf nickte und ging gemächlich davon. Damit versuchte er zu verbergen, dass er leicht hinkte.

„Ist noch nicht ganz wieder der Alte", flüsterte Rita.

„Ich bin erstaunt, wie fit er schon wieder ist. So einen Schlaganfall steckt man doch nicht so leicht weg", sagte Enno, „auch in dem Alter nicht."

„So ein guter Junge und ein begnadeter Boßeler", sinnierte Oma Pusch, „ich komme auch seinetwegen gerne hierher. Essen und Wohlfühlen."

„Werfen kann er hoffentlich noch", sagte Rita und verstummte dann, weil Olaf mit drei brennenden Gläsern zurückkam.

„Wir wollen den Friesengeist aber mit Spezialspruch", forderte Oma Pusch.

„Schon klar, obwohl meine Frau es mir verboten hat. Ihr kennt doch meine Frau?", fragte Olaf.

Alle nickten.

„Na gut", begann er, „aber nicht verraten. ‚Benedictum, Benedactum, in Afrika laufen die Weiber nackt rum, aber leider, leider, leider, hier in Deutschland trag'n se Kleider.' Prost!" Er löschte die Flamme mit der kleinen Pfanne aus.

Nach diesem ereignisreichen Tag tat es gut, die Wärme zu genießen, die so sacht und langsam die Kehle herabrann, um schließlich den Magen zu erreichen.

Und dort landeten im Verlauf des Abends auch die Seezungen und Butterkartoffeln, eingebettet in den Salat aus dem Büffet. Es kostete Rita und Oma Pusch einige Anstrengung, nichts Wesentliches zu verraten, was sie tagsüber erfahren hatten. Dabei brodelte es in ihnen, nachdem ihnen beiden genug Zeit geblieben war, im stillen Kämmerlein über alles nachzudenken. Wenn man die verschiedenen Informationen miteinander in Einklang brachte, konnte das schon zu interessanten Schlussfolgerungen führen.

Enno, das gutmütige Schaf (man konnte ihn nicht anders benennen), war dagegen besonders auskunftsfreudig und erzählte den Damen, dass der fotografierte Schuhabdruck niemanden weitergebracht hatte. Bodo Siebenstein von der Spurensicherung hatte die Planken des Schiffsbodens an der Stelle ausgemessen und anhand des Bildes berechnet, dass es sich bei der betreffenden Person um jemanden handeln müsse, der Schuhgröße 40 - 42 hatte. Je nachdem, wie der Innenschuh in Relation zur Sohle gearbeitet worden war. Damit ließ sich nicht genau bestimmen, ob sie es mit einem männlichen oder weiblichen Täter zu tun hatten.

Oma Pusch platzte bald und entschloss sich, Enno einen kleinen, ihrer Meinung nach unwichtigen Brocken hinzuwerfen.

„Du, wäre es nicht schön, wenn der Theo mit Kopf beerdigt werden könnte?", begann sie vorsichtig und machte Rita ein Zeichen.

Enno horchte auf. Seine Schwägerin sagte das bestimmt nicht einfach so. „Das wäre hervorragend, vor allem, weil ich den Schädel dann auch erst mal untersuchen könnte. Möglicherweise verrät er uns noch einige Details. Aber wie kommst du jetzt darauf? Hast du ihn bei dir?"

Oma Pusch schüttelte den Kopf. „Pfui Enno, das ist ja ekelig. Aber es stimmt, ich habe eine vage Vermutung, wo er sein könnte."

„Raus mit der Sprache! Du weißt es doch genau", sagte Enno und zog die Brauen zusammen. „Ich lasse mich ungern für dumm verkaufen."

Oma Pusch seufzte. „Na gut, der ist auf Langeoog, aber das hat nichts mit dem Mord zu tun."

„Wie kommt er denn nach Langeoog?", wollte Enno wissen. „Und wie kannst du dir so sicher sein, dass das nichts mit Theos Tod zu tun hat? Aber dass er umgebracht worden ist, das weißt du dann wieder ganz genau."

„Nicht hundertprozentig und auch nicht wie und warum. Was es damit auf sich hat, erfährst du morgen, versprochen. Aber bei Emil ist es doch wohl eindeutig", entfuhr es Oma Pusch.

„Lotti!", mischte sich Rita warnend ein und erinnerte ihre Freundin so an die Abmachung.

„Was ist mit Emil?", fragte Enno misstrauisch.

„Das weißt du doch selbst am besten", ruderte Oma Pusch zurück. „Aber es ersticken doch nicht einfach so zwei Menschen, und das auch noch kurz hintereinander. Und dann diese Vertuschung im Anschluss."

Enno musterte zuerst seine Schwägerin und dann deren Freundin. „Ich sag euch das jetzt nur einmal. Wenn ihr Informationen zurückhaltet, ist das nicht nur schädlich und kontraproduktiv für die Ermittlungsarbeit, es könnte auch für euch gefährlich werden. Habt ihr darüber mal nachgedacht?"

„Nu mach mal nicht so 'ne Welle, Enno. Es wird schon alles seinen richtigen Gang gehen. Soweit ich weiß, ist es seit einiger Zeit gestattet, dass sogar Frauen denken dürfen. Rita und ich hören einfach überall gut zu. Wir kombinieren und ziehen dann unsere Rückschlüsse. Das ist doch nicht verboten!", sagte Oma Pusch entrüstet. „Sind wir denn auskunftspflichtig, bevor wir uns bei einer Vermutung sicher sind? Wir wollen uns doch nicht zum Affen machen."

Gut gekontert und die Kuh vom Eis geholt, dachte Rita.

Enno wurde wieder milder und lächelte. „Natürlich", erwiderte er. „Ich war auch eher besorgt als ärgerlich. Tut mir leid, wenn das falsch rübergekommen ist."

„Nein, alles gut, lass uns noch einen trinken und dann nach Hause gehen. Ich bin echt platt", schlug Oma Pusch vor. „Den Schlenderschluck zahle ich!" Sie winkte die Bedienung heran. „Dreimal Friesengeist, bitte."

„Olaf scheint wohl Pause zu machen", sagte Rita.

„Wenn er pfiffig ist, schont er sich zwischendurch mal", erwiderte Enno, „sein Rheuma wird ihn auch ziemlich schlauchen."

Kurze Zeit später kam die Bedienung zurück, löschte und fragte: „Mit Original- oder Spezialspruch?"

„Spezial", bat Oma Pusch.

„Alkohol, oh Alkohol, dass du mein Feind bist, weiß ich wohl. Doch schon in der Bibel steht geschrieben: Du sollst auch deine Feinde lieben! Prost zusammen!"

Oma Pusch musste schmunzeln. Den kannte sie noch gar nicht. Es gab eben immer wieder neue Ideen. Sie trank den Pfefferminzlikör mit Genuss und stutzte. „Der gesunde Geruch! Ich weiß jetzt, was es ist. Dass wir da nicht drauf gekommen sind? Mensch, das muss Friesengeist sein, und das erklärt auch den Fußabdruck. Die Flüssigkeit ist unglaublich klebrig. Das weiß jeder, der ihn schon mal verschüttet hat."

Rita schlug sich vor die Stirn. „Du wirst recht haben. Pfefferminztee hätte sich vom Duft her auch gar nicht so lange gehalten."

„Könntet ihr mich mal aufklären, meine Damen?", bat Enno.

Oma Pusch schmunzelte. „Ja, das können wir dir tatsächlich erzählen, obwohl es nur eine Vermutung ist. Du weißt ja, dass wir den Theo im Strandkorb fotografiert haben. Aber das ist nicht alles. Wir hatten die ganze Zeit so etwas in der Nase, das wir als ‚gesunden Geruch' bezeichnet haben. Allerdings dachten wir eher an japanisches Heilpflanzenöl oder Kräutertee. Der Duft passte überhaupt nicht da hin. Und interessanterweise ist er uns auch auf dem Schiff aufgefallen. Dort, wo der Emil hochgezogen worden ist. Selbst kann er's ja nicht gemacht haben."

Enno guckte sie nachsichtig an und wollte gerade etwas sagen, aber dazu kam er nicht, weil Rita einen Geistesblitz hatte.

„Mensch", rief sie etwas zu laut und senkte dann ihre Stimme, „ich erinnere mich gerade daran, was Marga beim Handarbeitsabend gesagt hat."

„Das färbt doch wohl nicht ab? Ihr seid noch ganz klar im Oberstübchen?", fragte Enno.

„Ja sicher", beschwerte sich Rita empört, „jetzt hör doch erst mal zu, typisch Mann! Also die Marga erzählte was vom Teufel. Das ist natürlich Quatsch, aber sie erwähnte, dass er auf Emils Kutter gewesen sei mit glühenden Augen und dass zwei Hexen sich dauernd vor ihm verneigt hätten, bis der Teufel mit ihm davongeflogen wäre."

Enno lachte lauthals und zog alle Blicke auf sich. „Ich hoffe, du willst uns jetzt nicht weismachen, dass wir das ermittlungstechnisch verwerten können."

„Doch“, sagte Oma Pusch, die ebenfalls um die Ecke denken konnte, „allerdings eher im übertragenen Sinne. Was, wenn Marga dem nächtlichen Treiben auf Emils Kutter tatsächlich zugesehen, sie es aber falsch interpretiert hat?“

„Genau“, pflichtete Rita ihr bei. „Denk doch mal ein bisschen weiter. Betrachten wir nur die Fakten. Marga hat von zwei oder drei weiteren Personen, die sich verneigten, berichtet und sie hat zwei Flammen gesehen. Dann erkannte sie noch, dass Emil seinen Platz am Fuß des Mastes verließ und nach oben entschwand.“

„Und was schließt du daraus?“, fragte Enno mit süffisantem Blick.

„Ganz einfach“, schaltete Oma Pusch sich ein, „falls jemand dort auf dem Kutter tatsächlich Friesengeist verkippt hat, könnte er dort auch getrunken worden sein. Das wiederum würde die Flammen erklären, und wenn es zwei waren, was Marga als brennende Teufelsaugen deutete, dann könnte das bedeuten, dass ...“

„... zwei Personen dort mit Friesengeist angestoßen haben. Vielleicht auf Emils Tod oder ihren lustigen Schachzug, ihn anschließend aufzuhängen“, fiel Rita ihr ins Wort.

„Ja, und für die Verbeugungen habe ich auch schon eine Lösung parat“, freute sich Oma Pusch. „Ist doch glasklar, sie haben ihn mit der Seilwinde hochgezogen.“

Enno überlegte einen Moment. „Selbst, wenn da an euren verrückten Ideen irgendetwas dran ist, rate ich euch dringend davon ab, Eike Hintermoser oder einen seiner Kollegen einzuweihen. Ich möchte euch nämlich ungern auf euren Geisteszustand hin überprüfen müssen. Und ich bin mir sicher, dass sie das veranlassen würden. Die sind da auf der Dienststelle schon so genervt von Marga, dass die reine Erwähnung ihres Namens euch schon ins Aus schießen würde."

Oma Pusch und Rita sahen ihn an. Wenn Blicke töten könnten, dachte er bei sich.

„Nein, im Ernst", fuhr er fort, „ich glaube, ihr seid ein wenig durcheinander, und weil ihr nicht weiterwisst, kommt ihr auf die ausgefallensten Ideen. Ich schlage vor, ich zahle jetzt, und dann seid ihr brave Mädchen und geht schön ins Bett. Ich bringe euch nach Hause."

Lotti entschied sich, nichts mehr dazu zu sagen und knuffte ihre Freundin in die Seite, damit sie auch die Klappe hielt. „Wird wohl das Beste sein. Übrigens, Rita schläft heute bei mir. Kannst uns beide einfach vorne an der Cliner Straat oder am Schöpfwerk rauslassen."

„Ja", freute sich Enno über die Einsicht seiner Schwägerin, „ist vielleicht ganz gut, wenn ihr beide heute Nacht nicht allein seid. Mich beruhigt es jedenfalls." Dann stand er auf, zahlte alles bei Anita am Tresen und verfrachtete die Damen auf den Rücksitz. Wortlos fuhren sie nach Neuharlingersiel. Gegenüber der Feuerwehr wendete Enno und hielt am Hotel Mingers, um Oma Pusch und ihre Freundin aussteigen zu lassen.

„Vergesst nicht, dass ihr euch jetzt Ruhe gönnt", mahnte er. „Gute Nacht und bis morgen. Ich nehme dich beim Wort, Lotti, dass sich dann das mit Theos Kopf aufklärt."

Oma Pusch nickte müde, rang sich ein „Danke für alles" ab und hakte sich bei Rita ein.

Sollte er doch glauben, was er wollte. Kurz nachdem er abgefahren war, war sie wieder putzmunter. Der Abend war noch lang. Rita und sie hatten viel zu besprechen.

Der Tag war dahingegangen und Mia hatte völlig vergessen, dass sie doch noch bei Hedwig vorbeischauen wollte. Erst am Abend fiel es ihr wieder ein. Sie zog sich einen Mantel über und ging den kurzen Weg ins Süderriff. In Hedwigs Anbau brannte Licht. Mia klopfte, dann erschien ein Gesicht am Fenster und die Tür wurde aufgemacht.

„Moin Mia, ach, du bist es. Komm doch rein", sagte Hedwig.

Der Raum wurde vom Feuer des alten Küchenherds erleuchtet. Jemand saß am Feuer, häkelte und blickte auf. Es war Mias Schwester Grete.

„Moin", begrüßte Mia sie, „habt ihr schon gehört, der Theo ..."

„Ja, hat sich schon rumgesprochen", bestätigte Grete. Sie sah ihre Schwester bedauernd an, „und wir hatten gerade überlegt, ob wir dich besuchen sollen, aber wir waren unentschlossen. Vielleicht wolltest du lieber allein sein."

Mia schüttelte den Kopf. „Ich bin froh, wenn ich Stimmen höre. Sonst ist alles so tot. Eckhard wollte nicht zu Hause bleiben, der sitzt bestimmt in der Kneipe, aber ohne ihn fühle ich mich in den eigenen vier Wänden auch nicht wohl."

„Du kannst uns doch erst mal Gesellschaft leisten", schlug Hedwig vor, „und später bringen wir dich rüber. Einverstanden?"

„Danke", sagte Mia erleichtert. Stille war nicht gleich Stille. Als Theo noch lebte, hatte sie sich anders angefühlt, obwohl er oft unterwegs gewesen war. Jetzt, wo Mia sich eingestehen musste, dass er niemals wiederkam, hatte die Stille etwas Lähmendes und Bedrückendes bekommen. Es war nicht mehr dasselbe Zuhause.

„Jetzt setz dich erst mal“, schlug Grete vor und zeigte einladend auf den Stuhl neben sich.

„Willst du was trinken?“, fragte Hedwig.

„Nein danke, ich kriege nichts runter“, erklärte Mia. „Ich wollte mich nur entschuldigen, dass ich heute nicht mit auf Emils Beerdigung war, aber ...“

„Das ist doch wohl verständlich“, erwiderte Hedwig.

„Zum Handarbeiten fehlt mir die Muße“, stellte Mia fest, als sie Gretes Schal sah.

„Das wird schon wieder, Schwesterchen“, versprach Grete ihr.

„Gut, dass heute nichts mit deinem Bügeleisen war“, sagte Mia.

Hedwig verstand nur Bahnhof. „Wieso? Was meinst du damit?“

„Die Lotti Esen hat doch nach dem Rechten geschaut, als ihr in Werdum auf dem Friedhof wart. Sie kam gerade aus dem Haus, als ich dich besuchen wollte. Ich dachte, ihr wärt vielleicht schon wieder hier. Sie hat mir erzählt, dass du mich nicht stören wolltest. Du hättest mich aber ruhig anrufen können. Ich bin für jede Ablenkung dankbar. Auf jeden Fall war sie erleichtert, dass du das Bügeleisen doch ausgemacht hattest.“

„Ach so, ja“, erinnerte sich Hedwig stirnrunzelnd. „Weißt du schon, wann Theos Beisetzung ist?“

„Nein“, erwiderte Mia. „Sie untersuchen ihn wohl noch, um herauszukriegen, was passiert ist.“

„Also hat sich der Kommissar noch nicht zur Todesursache geäußert?“, fragte Grete.

„Sie sagten, er sei erstickt, aber es könne auch ein Unfall gewesen sein", gab Mia Auskunft, „aber ich kann mir überhaupt nicht erklären, wieso sie ihn auf Spiekeroog gefunden haben. Da wollte er doch gar nicht hin."

„Ja, das ist wirklich seltsam", bestätigte Hedwig. „Er wird doch bei der Arbeit gewesen sein."

„Das denke ich auch", pflichtete Mia ihr bei, „aber wissen tu ich's nicht, denn ich war den Morgen noch so durch den Wind. Ich hätte nicht so viel trinken sollen." Sie raufte sich die Haare.

„Wo hätte er denn sonst sein sollen", beruhigte Grete sie. „Es kann doch mal vorkommen, dass man zu tief ins Glas schaut."

Aber Mia haderte mit sich und begann zu weinen. Nichts schien zu helfen. Kein gutes Wort von Hedwig, nicht der Arm ihrer Schwester.

„Ich hol dir mal was zur Beruhigung", sagte Hedwig und brachte Mia ein Glas Wasser. Dann drückte sie ihr eine Tablette in die Hand.

„Was ist das?", schluchzte die zierliche Mia.

„Nix Schlimmes, hat mir der Doktor wegen Emil verschrieben", erklärte Hedwig. „Damit kannst du gleich gut einschlafen."

„Wir bringen dich jetzt nach Hause", schlug Grete vor, „und bis wir da sind, beginnt das Mittel auch schon zu wirken."

Mia sah unschlüssig von einer zur anderen, entschied sich dann aber doch, die Tablette zu schlucken. „Wenn ihr meint, dass mir das guttut."

Schon auf dem Weg nach Hause begann Mia eine gewisse Leichtigkeit zu fühlen. Nichts war auf einmal mehr wirklich schlimm. Als Grete ihr beim Ausziehen half, kicherte sie sogar, weil es sie kitzelte. Es dauerte auch gar nicht lange, bis ihr die Augen zufielen und ein leichtes Schnarchen zu hören war.

Auf dem Heimweg überlegte Enno, ob er nicht doch ein wenig zu grob zu den beiden Damen gewesen war. Rein verbal versteht sich. Und er dachte darüber nach, ob an der Margageschichte nicht vielleicht doch etwas dran sein könnte. Aber dann schimpfte er sich selbst einen Hornochsen und fuhr nach Hause. Am liebsten hätte er Lotti ja noch nach oben ins „Dattein" gebracht, um vielleicht wieder einmal bei ihr über Nacht bleiben zu können, wenn es auch nur so ein bisschen wärmende Nähe war. Möglicherweise wäre nach ein, zwei Schnäpsen noch mehr drin gewesen. Aber so durchgeknallt wie die Freundinnen an diesem Abend waren, hätte es keinen Sinn gemacht. Die Stimmung passte einfach nicht. Keine Lotti zu haben, hieß aber nicht, sich keine genüssliche Bettschwere zu gönnen.

Ein schönes Glas Rotwein wäre jetzt das Richtige, um den Abend gemütlich ausklingen zu lassen. Enno stieg in seinen Keller hinab, nahm einen Rioja aus dem temperierten Schrank und ließ sich mit einem Korkenzieher in seinem Ohrensessel nieder. Das war sein Lieblingsmöbel. Er hatte ihn von seiner Großmutter geerbt und vor einiger Zeit neu beziehen lassen. Nirgends saß man so gemütlich.

Schluck für Schluck ließ er den Abend Revue passieren und dachte auch über die beiden Verblichenen nach. Ohne zu einem Ergebnis zu kommen, nickte er ein.

In Margens drehte Niklas gerade seine letzte Gabel Spaghetti auf und sah Eike an. „Diese Fälle gehen dir ganz schön an die Nieren, was?"

„Das kannst du laut sagen“, bestätigte Eike. „Es ist so, als ob du etwas in erreichbarer Nähe siehst, aber nicht greifen kannst. Ich fühle direkt, dass etwas Böses passiert ist, aber ich kann weder Motiv noch Täter erahnen und ermitteln erst recht nicht.“

„Ich habe noch mal über diese Strandkorbgeschichte nachgegrübelt“, sagte Niklas. „Glaub mir, irgendwo wird das Ding sein, und den kann nur jemand fortgeschafft haben, der dabei nicht auffiel. Mitarbeiter oder Familienangehörige von diesem Theo zum Beispiel.“

„Gut, wir bestellen sie noch mal ein und behaupten einfach, wir wüssten, was passiert ist“, überlegte Eike. „Heute ist noch was Merkwürdiges geschehen. Wir haben hier so eine alte Schachtel, die Marga. Sie ist nicht ganz richtig im Kopf. Stell dir vor, da legt doch der Rechtsmediziner den Henkersknoten auf den Tresen und die Alte kippt um, nachdem sie da draufgestiert hat.“

„Hat sie hinterher was dazu gesagt?“, fragte Niklas.

„Nee, die war total durch den Wind, aber bevor sie in Ohnmacht gefallen ist, hat sie was von Hexenwerk gefaselt“, erklärte Eike. „Ich frage mich, was sie in dem Knoten gesehen hat?“

„Ist sie denn noch nicht wieder ansprechbar?“, wollte Niklas wissen.

„Als ich vorhin angerufen hatte, schlief sie wohl. Da muss ich morgen noch mal nachhaken“, beschloss Eike. „Ich verspreche mir aber nicht allzu viel davon. Sie ist eben plemplem.“

„Es genügt doch, wenn sich dadurch eine neue Idee ergibt, eine neue Richtung, in die man denken kann“, sagte Niklas. „Manchmal helfen einem gerade die Dinge weiter, mit denen man nicht rechnet.“

„Lass uns darauf anstoßen und hoffen, dass du recht hast", erwiderte Eike. „Äh, kann ich eigentlich heute noch mal hierbleiben? Sonst muss ich nach diesem Glas aufhören."

Niklas grinste. „Das hatte ich eigentlich gehofft."

Während alle anderen an diesem Abend eher ratlos waren und grübelten, saßen Oma Pusch und Rita über dem „Dattein" und trugen die Informationen zusammen.

„So", sagte Oma Pusch, „wir haben also die Lebensversicherung von Emil, in der völlig unverständlicherweise Eckhard begünstigt ist. Kannst du mir das mal erklären? Sie sind doch nicht mal verwandt."

„Meinst du, Hedwig hat das gewusst?", fragte Rita. „Wieso der da eingetragen ist, weiß ich auch nicht."

„Vielleicht hat sie es irgendwann durch Zufall gesehen", überlegte Oma Pusch.

„Ja, oder der Emil hat ihr im Streit erzählt, dass sie sowieso nichts von seiner Versicherung abbekommt, wenn er mal den Löffel abgibt", mutmaßte Rita.

„Wie dem auch sei, sie muss irgendwann darauf gestoßen sein", erwiderte Oma Pusch. „Ja, und wenn das so war, dann wird sie sich gefragt haben, warum Emil den Eckhard hat eintragen lassen?"

„Meinst du, sie hat ihn deswegen gelöchert?" Rita nippte an ihrem Glas.

„Was würdest du tun? Das hätte doch jede Ehefrau brennend interessiert, warum der Sohn einer anderen das Geld des eigenen Mannes erben soll", antwortete Oma Pusch.

„Ich hätte den ausgequetscht wie eine Zitrone, bis er mir die Wahrheit gesagt hätte", sagte Rita mit dem Brustton der Überzeugung.

„Mir kommt gerade eine wahnwitzige Idee", erklärte Oma Pusch. „Für wie treu hältst du die Mia?"

Rita stutzte. „Also das ist keine Frau, die ihren Mann betrügt. Ganz bestimmt nicht. Erinnere dich, wie sie nach so vielen Ehejahren immer noch an ihrem Theo hing. Ich kann mir nicht vorstellen, dass sie sich zu einem anderen Kerl ins Bett gelegt hat."

„Da gebe ich dir schon recht", wandte Oma Pusch ein, „aber stell dir mal vor, wenn Eckhard Emils Sohn wäre, würde das mit der Lebensversicherung einen Sinn machen."

„Krasse Vorstellung", entfuhr es Rita, „aber es passt so gar nicht zu Mia."

„Für einen Gentest bleibt uns jetzt nicht die Zeit, aber ich könnte meinen Mors darauf verwetten, dass ich recht habe." Die Idee manifestierte sich in Oma Pusch. „Sag mal, hat der Theo sonst irgendein anderes Kind? So viel, wie der in der Gegend rumgevögelt hat, hätte das doch passieren müssen. Irgendwie, irgendwann."

„Nicht, dass ich wüsste", sagte Rita, „da ist mir nichts bekannt. Und du kannst dir vorstellen, dass das nicht geheim geblieben wäre. Aber wenn ich so über die ganze Sache nachdenke, könnte da wirklich was dran sein. Rein optisch ist Eckhard dem Emil ähnlicher als dem Theo."

„Wenn man es genau nimmt, hat der Eckhard äußerlich rein gar nichts vom Theo. Weder Gestalt noch Aussehen. Dass das noch niemandem aufgefallen ist", wunderte sich Oma Pusch.

„Man sieht oft nur, was man sehen will", wandte Rita ein. „Wer rechnet denn auch mit so was? Aber bei Emils Beisetzung haben sie so Andeutungen gemacht."

„Mensch, Mia muss es doch auf jeden Fall gewusst haben. Wie konnte sie damit leben?“, überlegte Oma Pusch.

Rita zuckte mit den Achseln.

„Frauen, die nicht schwanger werden, sind zu vielem bereit. Vielleicht war Theo tatsächlich unfruchtbar, und sie hat sich eine verschwiegene Alternative gesucht. Früher sind die feinen Damen auch zur Kur gefahren, wenn's mit dem eigenen Mann nicht klappte und ein Stammhalter her musste. So ein vermögender Strandkorbverleiher kann auch nicht ohne Nachkommen bleiben. Wer sollte denn sonst das Geschäft übernehmen.“

„Na ja, zwei Neffen waren immerhin da“, gab Oma Pusch zu bedenken.

„Ob die ihn nicht doch beseitigt haben?“ Rita grübelte.

„Wen? Emil oder Theo?“, fragte Oma Pusch.

„Vielleicht auch beide“, schlug Rita vor.

„Macht doch keinen Sinn“, wandte Oma Pusch ein, „dann hätten sie besser Theo und Eckhard umgebracht, aber nicht Emil. Sag mal, hast du übrigens mein Smartphone gesehen?“

„Nee“, antwortete Rita, „seit wann vermisst du es denn?“

„Vorhin im Bad hatte ich es noch, aber bei Anita war es nicht in meiner Tasche“, erklärte Oma Pusch.

„Dann kann es doch nicht weg sein“, beruhigte Rita ihre Freundin.

„Es ist doch von Miezi“, sagte Oma Pusch unglücklich. „Nicht, dass ich es verloren habe.“

„Hast du im Badezimmer schon nachgeschaut?“, fragte Rita.

Oma Pusch nickte.

„Angerufen hast du es auch schon? Ich meine, vom Festnetz aus?"

„Das geht nicht. Ich hatte es auf lautlos gestellt, weil wir doch zum Essen gehen wollten." Oma Pusch guckte zerknirscht.

„Dann suchen wir jetzt hier im Wohnzimmer alles ab. Keine Bange, das taucht bestimmt wieder auf." Rita bemühte sich zuversichtlich zu klingen, aber das Gerät blieb verschollen.

Mia schlief mittlerweile tief und fest.

„So“, sagte Hedwig, „die wacht vor morgen früh nicht mehr auf.“

Grete nickte. „Aber sag mal, was ist das mit dieser Bügeleisengeschichte? Hattest du Lotti wirklich gebeten, bei dir im Haus nachzuschauen? Du hast doch sonst nicht viel mit ihr zu tun. Ich möchte sogar sagen, du kannst sie nicht leiden.“

„Natürlich nicht. Diese alte Schnüfflerin wird schon sehen, was sie davon hat“, erwiderte Hedwig.

„Meinst du, sie hat was entdeckt?“, wollte Grete wissen.

Hedwig zog die Stirn kraus. „Ich hab sofort die Küchenschublade kontrolliert. Die Police ist noch da, aber sie kann natürlich einen Blick darauf geworfen haben“, überlegte sie.

„Dann wird Lotti auch ihre Schlüsse daraus ziehen“, befürchtete Grete. „Wenn man's erst mal weiß, ist es so augenfällig, dass Eckhard Emils Sohn ist. Dann sieht es ein Blinder mit dem Krückstock. Ich traue ihr auch zu, dass sie einen DNA-Test in Auftrag gibt. Das kannst du heute übers Internet machen, oder sie becirct ihren Schwager, diesen Rechtsmediziner.“

„Mist“, sagte Hedwig, „dann müssen wir was unternehmen. Da bleibt uns gar nichts anderes übrig.“

„Und was schwebt dir da vor?“, fragte Grete. „Willst du ihr drohen? Ich glaube nicht, dass sie sich davon beeindrucken lässt. Und Geld hast du auch nicht, um sie zu bestechen.“

„Nein, ich dachte eigentlich eher daran, sie ganz verschwinden zu lassen. Oder würdest du sie vermissen?“ Hedwig schmunzelte. „Auf einen mehr oder weniger kommt es jetzt doch auch nicht an. Immerhin haben wir Erfahrung darin, es wie einen unglücklichen Fall mysteriöser Erstickung aussehen zu lassen und nicht wie das, was es wirklich ist.“

„Deine Methode ist auch genial, wenn man jemanden unbehelligt loswerden will“, bestätigte Grete. „Dass so was aus Schottland kommt. Ich hatte vorher noch nie von Burking gehört. Wir könnten sie doch dann einfach oben in ihrer Wohnung liegen lassen. Bei den anderen beiden ist auch niemand darauf gekommen, dass es Mord war.“

„Das überlegen wir uns noch. Am liebsten würde ich sie anschließend ins Hafenbecken schmeißen“, gestand Hedwig.

„Meinst du denn, sie ist zu Hause?“, fragte Grete.

„Das finden wir gleich raus“, sagte Hedwig und wählte Oma Puschs Festnetznummer.

Enno wachte aus einem irren Traum auf. Hexen hatten seine Schwägerin Lotti gepackt und auf einen Scheiterhaufen gestellt. Grölend entfachten sie das Holz mit brennenden Getränken in Bierkrügen und sangen scheußliche Lieder. Wenn es eine andere Situation gewesen wäre, hätte Enno gern weitergeträumt, denn Lotti war in seiner Fantasie nackt gewesen, und das hatte schon was. Aber aus dieser bedrückenden Szenerie wachte man besser auf.

Lottis Worte kamen ihm wieder in den Sinn. Klar war es möglich, dass zwei Menschen einen Toten mittels Seilwinde am Mast nach oben beförderten. Rita und sie hatten doch bestimmt nachgeforscht. Er hatte auch den Eindruck, als ob sie mehr wussten, als sie zugaben.

Ein komisches Gefühl machte sich in seinem Bauchraum bemerkbar. Das lag nicht an der Seezunge, den Friesengeistern oder dem Wein. Er war in Sorge. Daran konnte nicht nur der Traum schuld sein. Irgendetwas, das sich ihm entzog, spielte sich im Hintergrund ab. Jetzt machte er sich Vorwürfe. Er hätte die beiden Frauen nicht einfach so absetzen sollen, ohne noch etwas bei ihnen zu bleiben, bis er sich vergewissert hatte, dass sie auf den Boden der Tatsachen zurückgekehrt waren. Wer konnte ahnen, was in ihren Köpfen noch alles vorging? Oder was sie an diesem Abend noch heimlich anstellten.

Falls der mögliche Täter Wind davon bekommen hatte, dass sie ihm auf der Spur waren, wären die beiden in Gefahr. Er wusste ja nicht, in welchem Unrat sie gewühlt hatten.

Unruhig rutschte er in seinem Ohrensessel hin und her. Mit der Gemütlichkeit war es vorbei. Warum weihten sie ihn nicht in ihre Machenschaften ein? Jetzt saß er hier und machte sich Gedanken. Das brauchte doch kein Mensch. Mürrisch stand er auf und verkorkte seinen Rioja. Dann rief er auf Oma Puschs Festnetz an. Besetzt. Es war zum Mäusemelken. Das konnte wieder alles und nichts bedeuten. Also versuchte er es auf dem Smartphone. Da läutete es zwar, aber niemand ging ran. Vielleicht hatte sie im Wohnzimmer auch den Hörer danebengelegt, damit Rita und sie beim Sabbeln nicht gestört wurden. Er kochte vor Wut. Niemand konnte ihn so aus der Fassung bringen wie seine Schwägerin Lotti. Er fragte sich, warum das so war, und die Erkenntnis war erschreckend einfach. Ihm lag etwas an ihr. Ob er sich das gerade jetzt bewusst machen wollte? Lieber nicht. Aber er konnte auch nicht stillsitzen und abwarten. Es blieb ihm nichts anderes übrig, als sich in seinen Wagen zu setzen und wieder nach Neuharlingersiel zu fahren. Das war eigentlich das Letzte, worauf er Lust hatte, aber die Ungewissheit und die Sorge trieben ihn hin. Und dieses widerspenstige Weib, das ihm irgendwie ans Herz gewachsen war, auch wenn er es nie zugeben würde.

Oma Pusch und Rita steckten mitten in heißen Diskussionen, als das Telefon klingelte.

„Wer ruft denn um diese Uhrzeit noch an?", fragte Rita mit einem Blick auf die Uhr.

„Keine Ahnung", antwortete Oma Pusch. „Muss wohl was Wichtiges sein, aber die Nummer wird nicht angezeigt. Da steht nur Unbekannt." Dann hob sie ab und meldete sich. „Moin, Lotti Esen." Aber nichts passierte. „Hallo? Hallo!" Sie lauschte in die Muschel. Außer einem Rauschen war nichts zu hören. Es legte aber auch niemand auf. „Jetzt melden Sie sich doch, ist ja nicht schlimm, wenn Sie sich verwählt haben." Nach einem weiteren Nichts hörte sie ein Klicken. Der andere Teilnehmer hatte aufgelegt.

„Hat aufgelegt. Der wollte sich wohl nicht melden", sagte Oma Pusch. „Ich koche uns jetzt erst mal einen Tee."

„Gute Idee", fand Rita. „Ich mache es mir schon mal auf deinem Sofa gemütlich."

Einige Zeit später kam Oma Pusch mit Kluntjes, frischer Sahne und Tee zurück, den sie immer extra vom „Teekutter" aus Carolinensiel holte. „Also weiter im Text. Wer hatte denn nun was davon, Emil und Theo umzubringen?"

„Vielleicht ging es gar nicht darum, dass jemand etwas davon hatte", überlegte Rita.

„Sondern?", fragte Oma Pusch.

„Es könnte auch eine Art von Vergeltung sein." Rita sah ihre Freundin an.

„Aber dann müssten beide Männer etwas getan haben, was ihnen vorzuwerfen wäre, falls beide vom selben Mörder umgebracht worden sind", wandte Oma Pusch ein.

Rita nickte. „Es ist wie verhext."

„Apropos verhext", sagte Oma Pusch. „Wie passt nun der Knoten ins Spiel? Wenn Marga recht hat und es tatsächlich ein Häkelstäbchen ist, kann ich mir nicht vorstellen, dass ein Mann ihn geknüpft hat."

„Aber dass eine Frau die beiden auf dem Gewissen hat, glaube ich irgendwie auch nicht", erwiderte Rita. „Wie sollte sie denn einen ausgewachsenen Mann überwältigen?"

„Eine schafft das vielleicht nicht, aber wie wär's mit zweien?" Oma Pusch grinste triumphierend. „Das würde auch Margas Geschichte mit den zwei Hexen erklären."

Rita und Oma Pusch war so vertieft, dass sie nicht bemerkten, wie hinter ihnen ganz leise die Tür geöffnet wurde. Man gelangte in Oma Puschs Wohnung nicht nur durch den unteren Seiteneingang, sondern auch, wenn man durch die Kneipe ging. Das war ganz praktisch, weil Oma Pusch meist keinen Schlüssel brauchte, aber in diesem Fall war es ungünstig, denn oben blieb die Tür fast immer unverschlossen. Das hatten sich zwei Frauen zunutze gemacht, nachdem sie einen Moment an der Tür gelauscht hatten. Denn jetzt wussten sie, dass man ihnen auf die Schliche gekommen war.

Weder Rita noch Oma Pusch konnten es fassen, was geschah, als jemand sie gleichzeitig von hinten packte und ihnen plötzlich schwarz vor Augen wurde.

„Pass auf, dass es keine Druckstellen gibt. Es soll ja wie ein Unfall aussehen", sagte Hedwig, die Rita mit einem Elektroschocker außer Gefecht gesetzt und versucht hatte, sie mit der anderen Hand aufzufangen. Aber es gelang ihr nicht. Rita war vom Sofa zu Boden gesackt und völlig benommen. Hedwig zerrte sie ins Bad und machte sie dort mit einem Kabelbinder an der Heizung fest. Es war ein Glück, dass sie davon nichts mitbekam.

Ganz anderes erging es Grete mit Oma Pusch, die sich im ersten Moment heftig wehrte. Aber Grete war ein ordentliches Kaliber. Sie nahm Lotti Esen in den Schwitzkasten und schmunzelte, als diese nach Luft japste, anstatt zu schreien. Aber das hätte sowieso niemand gehört, weil im „Dattein" eine Live-Band spielte.

„Wir müssen sie uns nacheinander vornehmen", schlug Grete vor, „aber erst mal muss ich die hier außer Gefecht setzen." Sie drückte Oma Puschs Hals etwas fester zu, bis der Widerstand nachließ. Für einen kurzen Moment wurde sie bewusstlos. Zeit genug für Hedwig und Grete, ihre Hände auf dem Rücken zu fesseln. Als sie wieder erwachte, war ihr schlecht und leicht schummerig im Kopf.

„Ich kann nicht glauben, dass ihr hinter der Sache steckt", sagte Oma Pusch krächzend.

Hedwig sah sie triumphierend an. „Wieso, ich hab doch keinen Hehl daraus gemacht, dass mir der Emil egal war. Die Wahrheit ist, dass ich ihn sogar zum Kotzen fand."

„Hättest ihn ja auch rausschmeißen können, anstatt ihn umzubringen", sagte Oma Pusch und versuchte, ihr damit ein Geständnis zu entlocken.

„Nachdem, was er mir angetan hat?", fragte Hedwig.

„Ja, und meiner Schwester Mia", fügte Grete an.

„Vielleicht könnt ihr nicht so in Rätseln sprechen", bat Oma Pusch und hustete. „So wie ich die Sache sehe, müsst ihr uns sowieso aus dem Weg räumen. Wir waren euch auf den Fersen, aber jetzt habt ihr es uns leicht gemacht und euch selbst verraten."

„Nur, dass ihr davon nix mehr habt", wandte Grete ein.

„Auf jeden Fall wüsste ich gerne, worum es eigentlich gegangen ist. Ich möchte nicht unwissend sterben", antwortete Oma Pusch, die fieberhaft darüber nachdachte, wie sie die Situation zu ihren Gunsten verändern konnte.

„Hast du die Lebensversicherungspolice nicht gefunden? In meiner Küche? In der Tischschublade?", fragte Hedwig drohend.

Oma Pusch versuchte Zeit zu gewinnen und täuschte einen Hustenanfall vor. Ob Rita wieder ansprechbar war? Ob sie zuhören konnte? Die hatten ihr einen ganz schön heftigen Stromstoß versetzt. „Schon", gab sie zu und sprach etwas lauter, „aber ich konnte mir keinen Reim darauf machen. Ich habe mich nur gewundert, warum Emil den Eckhard als Begünstigten hat eintragen lassen. Die waren doch nicht mal verwandt."

Hedwig schlug vor Wut mit der Faust auf den Tisch.

Und Rita war mit einem Schlag hellwach. Sie wusste sofort wieder, dass sie sich in einer brenzligen Situation befanden. Jetzt ruhig Blut, sagte sie zu sich selbst. Überleg erst, was du tust. Sie sah sich im Bad um. Hedwig hatte sie nur mit einem Arm an der Heizung befestigt. Da oben über dem Waschbecken blitzte ihr die Nagelschere entgegen, aber sie kam nicht ran. Was hätte es ihr auch genützt? Sie war gegen die beiden Mordsweiber machtlos. Wenn sie doch wenigstens irgendetwas ergattern konnte, das sie benutzen konnte, um sich zu wehren. Vorsichtig tastete sie die Umgebung ab. Es fiel nur wenig Licht in das dunkle Bad. Hedwig hatte die Tür angelehnt. Links erfühlte Rita die Waage, die ihrer Freundin schon manch ärgerlichen Moment beschert hatte. Auf der rechten Seite stand ihre Wäschetonne. Rita war nicht sonderlich darauf erpicht, in Oma Puschs schmutzigen Klamotten zu wühlen. Was sollte sie schon darin finden? Es hätte außerdem zu viel Krach verursacht, wenn das Ding umgefallen wäre. Also verwarf sie die Idee, die Tonne zu durchsuchen. Aber sie hörte weiter zu. Es interessierte sie brennend, was Hedwig und Grete zu sagen hatten.

„Ha", sagte Hedwig bitter, „von wegen nicht verwandt. Ich hab's schwarz auf weiß von einem Labor! Der Eckhard ist Emils Sohn."

Rita sog die Luft ein. Also war an dem Gequatsche auf der Beisetzung doch was dran gewesen.

„Ja, aber das müsste Mia doch gewusst haben", überlegte Oma Pusch.

„Hat sie nicht", beteuerte Grete.

„Wie soll das denn gehen?", fragte Oma Pusch. „Sie muss ihn doch rangelassen haben."

Hedwig fixierte sie mit einem irren Blick. „Das dachte ich auch erst, aber du ahnst gar nicht, wie rücksichtslos und fies manche Männer sein können, wenn sie unbedingt etwas erreichen wollen."

„Also sollen deiner Meinung nach Emil und Theo was gemeinsam ausgeheckt haben, und Mia hat es nicht mitgekriegt?" Sie schüttelte den Kopf. „Wie soll das denn gehen? Der Kuckuck fliegt doch nicht als heiliger Geist ins Nest", wandte Oma Pusch ein. „Und wenn ihr den Nachweis habt, dass Emil der Vater ist, ist es eh nichts mehr mit der unbefleckten Empfängnis. Bestimmt hatten Mia und Emil ein glückliches Techtelmechtel. Ich bin gespannt, wie deine Schwester sich da rausgeredet hat", sagte sie an Grete gewandt.

„Dir werden wir bald dein vorlautes Maul stopfen", wetterte die.

„Na gut, du sollst wenigstens wissen, wofür wir dir gleich dein Licht ausblasen, du alte Schnüffelnase. Hättest deinen Zinken eben nicht so tief in unsere Angelegenheiten stecken sollen. Wir waren so vorsichtig. Niemand hätte einen Mord vermutet und selbst wenn, man hätte uns nichts nachweisen können", sagte Hedwig. „So, jetzt zu Mia. Sie ist von den beiden Kerlen betrogen worden. Theo und Emil waren seinerzeit sehr gut befreundet. Emil war längst Vater geworden, aber bei Theo schien es nicht zu klappen. Nicht mit Mia und nicht mit einer seiner anderen Miezen. Da hat er seinen Freund gebeten, die Sache für ihn zu erledigen. Der hatte ja schon unter Beweis gestellt, dass er einen Sohn zeugen konnte."

Was Rita da hörte, konnte sie kaum fassen.

„Das erklärt immer noch nicht, wieso Mia nichts davon gewusst haben will", erwiderte Oma Pusch.

„Sachte, sachte, da komme ich gleich zu", versprach Hedwig. „Theo hat der Mia erzählt, dass sie nun, da es mit dem Schwangerwerden nicht klappen wollte, einen Zauber anwenden würden. Und zwar genau so lange, bis der Braten in der Röhre war."

„Wie das alles vor sich gegangen ist, wissen wir erst, seitdem er es uns kurz vor Schluss verraten hat", berichtete Grete.

Oma Pusch schauderte und Rita zuckte im Bad zusammen.

„Ja, das hat er", kicherte Hedwig, „alles hat er ausgeplaudert. Ganz reumütig hat er gestanden, weil er genau wusste, dass wir Ernst machen könnten. Er hatte den Emil vor Augen, aber wohl gehofft, dass wir ihn verschonen, wenn er nur alles preisgibt. Tja, Pech gehabt."

„Von Emil hatten wir übrigens kein Sterbenswörtchen erfahren", erklärte Grete. „Er wollte sein Schweigegelübde nicht brechen. Das war immerhin ehrenwert, aber tot ist er trotzdem. Wir konnten ihn dann ja nicht mehr am Leben lassen."

„Weder können noch wollen", bekräftigte Hedwig. „Vermacht der seinem Sohn das Geld aus der Police, wo er doch wusste, wie schlecht es finanziell um uns stand."

Sie verzettelten sich. Oma Pusch musste auf den Kern der Sache zurückkommen. „Und von was für einem Zauber sprecht ihr? Hat Mia den Emil im Bett nicht erkannt?"

Hedwig schnaubte. „Sie haben sie betäubt und ihr die Augen verbunden. Dann musste sie stillhalten, bis alles vorüber war", berichtete Hedwig mit Wut in der Stimme. „Und das nicht nur einmal!"

„So ein bisschen einfältig ist die Mia ja schon", überlegte Oma Pusch und wich Gretes bösem Blick aus.

„Oder verzweifelt", wandte Hedwig ein. „Der Theo brauchte unbedingt einen Erben. Seinen Strandkorbverleih gibt es schon seit etlichen Generationen. Da war ihr wohl jedes Mittel recht."

„Ja, aber dann haben die zwei das doch richtig gemacht. Der Plan ist aufgegangen. Keiner ist zu Schaden gekommen. Im Grunde haben alle nur davon profitiert. Mia musste sich niemals vorwerfen, den Theo betrogen zu haben. Sie hat einfach an diesen Zauber geglaubt. Also ich finde das sehr rücksichtsvoll. Ohne ein Kind hätte Mia bestimmt etwas gefehlt. Ich weiß doch, wie sehr sie an ihrem Sohn hängt."

„Und wer denkt dabei an mich?", entrüstete sich Hedwig. „Hättest du gerne einen deiner Männer als Besamer zur Verfügung gestellt?"

„Das nicht unbedingt", gab Oma Pusch zu, „aber ich hätte ihn anschließend trotzdem nicht umgebracht."

„Mir blieb doch nichts anderes übrig, wenn ich verhindern wollte, dass dieses Kuckuckskind Eckhard unser schönes Geld erbt. Darum haben wir ihn doch aufgehängt, damit es wie Selbstmord aussah. Dann geht er leer aus." Hedwig grinste.

„Ja, aber du doch auch", wandte Oma Pusch ein.

„Mir egal, ich hätte es eh nicht bekommen", erwiderte Hedwig, „aber so eben auch kein anderer."

Plötzlich blinkte und brummte es in Oma Puschs Wäschetonne. Zuerst erschrak Rita, aber dann fiel ihr ein, dass ihre Freundin ihr Smartphone vermisste. Das war ihre Chance. Sie musste es riskieren, das Ding da rauszufischen. Etwas schwierig mit einer Hand, aber nicht unmöglich. Doch als sie es endlich erwischt hatte, legte der Anrufer auf. *Mist,* dachte Rita und überlegte, ob ein Rückruf eine Alternative wäre, aber wenn sie sich gemeldet hätte, könnten Hedwig und Grete Verdacht schöpfen, außer, sie ließ sich eine List einfallen. Nach einigen Mühen hatte sie den Knebel gelockert und nach unten rutschen lassen. Sie atmete tief durch.

„Aber dass Grete da mitgemacht hat", wunderte sich Oma Pusch.

„Ich hasse die beiden Kerle dafür, was sie meiner Schwester angetan haben", schimpfte Grete. „Darüber hinaus vögelte mein Schwager alles, was er kriegen konnte und Mia hielt auch noch zu ihm. Das ist jetzt vorbei. Niemand wird ihr mehr wehtun oder schaden."

„War sie denn mit ihrer Lebenssituation nicht zufrieden?", fragte Oma Pusch inquisitorisch. „Ich glaube, dass es ihr jetzt schlechter geht, vor allem, wenn sie noch erfährt, dass der Eckhard nicht Theos Sohn ist, oder habt ihr ihr das schon gesagt."

Von nebenan ertönte plötzlich ein lautes „Hilfe! Lotti, wo bist du? Wieso haben die mich an die Badezimmerheizung gefesselt?"

Enno, der diesen merkwürdigen Anruf von Oma Puschs Smartphone über seine Freisprecheinrichtung entgegennahm, stand der kalte Angstschweiß auf der Stirn, als er hörte, was Rita sagte. Aber sie hatte ihm damit mehrere wichtige Informationen gegeben. Man hatte die beiden Frauen augenscheinlich getrennt. Rita war handlungsunfähig im Bad, und es musste mehr als eine fremde Person in der Wohnung sein. Das war ihm zu heiß. Wie sollte er die überwältigen? Er brauchte Unterstützung. Nach kurzer Überlegung rief er Eike Hintermoser an.

„Enno, was willst du denn so spät noch am Abend?", fragte der Angerufene und streckte sich im Sessel vor Niklas Kaminofen.

„Ich brauche dich, schnell, am Haus deiner Tante. Irgendwer hat sie und Rita in seiner Gewalt. Keine Zeit für lange Erklärungen. Setz dich sofort ins Auto. Wo bist du?", fragte Enno.

Eike fuhr hoch und hätte dabei fast sein Glas Rotwein umgestoßen. Mit einem Schlag war er nüchtern. „In Margens, bei meinem Kumpel Niklas."

„Der, der auch bei der Kripo ist? Mitbringen, aber macht schnell jetzt. Keine Ahnung, wie prekär die Situation ist. Ich bin gleich am Hafen, aber es sind mindestens zwei Täter. Allein will ich da nicht reingehen. Habt ihr eine Waffe bei euch?"

„Nein, wo denkst du hin. Ich bin im Feierabend. Wer rechnet denn mit so was. Die Waffe ist auf der Dienststelle eingeschlossen", erklärte Eike.

„Ich hab hier eine im Safe", mischte Niklas sich ein.

„Mein Kumpel hat eine. Wir sind unterwegs", versprach Eike. „Und du gehst da nicht allein rein, kapiert?"

Enno sicherte ihm zu, dass er warten würde und legte auf.

Ritas Rufen war nicht unbemerkt geblieben. Sie hatte das Smartphone wieder hinter die Wäschetonne bugsiert, damit es niemandem auffiel und hoffte, dass Enno ihre Botschaft verstanden hatte. Hauptsache, ihnen blieb noch genug Zeit, aber genau diese Hoffnung zerstob gerade wie eine Seifenblase.

„Jetzt ist Schluss mit lustig", sagte Hedwig entschlossen und stieß die Badezimmertür auf. „Welche von euch beiden will zuerst ins Gras beißen? Einigt euch!"

Oma Pusch tippte sich an die Stirn und startete einen erneuten Ablenkungsversuch. „Habt ihr euch eigentlich nicht gefragt, wie der Theo auf Spiekeroog angespült werden konnte?"

„Schon, aber das war uns doch egal", erwiderte Grete.

„Das sollte es aber nicht, denn Jan und Tim haben ihn fortgeschafft. Vielleicht um dich zu schützen. Damit sind sie aber selbst in Verdacht geraten. Es könnte sein, dass sie jetzt schon verhaftet worden sind. Rita hatte die zwei nämlich belauscht, und wir haben's sofort gemeldet", log Oma Pusch.

„Du willst uns an der Nase rumführen", schimpfte Grete. „Davon ist kein Wort wahr."

„Doch", bekräftigte Oma Pusch, „sie haben ihn samt Strandkorb aufgeladen und weggeschafft. Dann haben sie ihn mit dem Motorboot hinter sich hergezogen und wollten ihn auf Langeoog in den Dünen verscharren. Leider kam nur noch der Kopf an. Den Rest habt ihr bestimmt schon gehört."

Hedwig machte zunächst ein ungläubiges Gesicht, in das sich nach und nach etwas Zweifel mischte. Klar hatte es sich längst rumgesprochen, dass Theos Körper auf Spiekeroog gestrandet war.

„Sie werden euch kriegen, ob ihr uns nun abmurkst oder nicht", prophezeite Oma Pusch.

„Möglich, aber du alte Hexe wirst es nicht mehr mitbekommen", sagte Grete und packte Oma Pusch am Schlawittchen.

Dann warf sie sie zu Boden und schwang sich rittlings auf ihren Brustkorb.

Rita, die vom Bad aus alles sehen konnte, erstarrte vor Schreck.

Oma Pusch blieb schlicht und einfach die Luft weg. Gretes Gewicht verhinderte, dass Sauerstoff in ihre Lungenflügel strömen konnte. Schreien war unmöglich, aber das übernahm jetzt Rita für sie. Die brüllte aus vollem Hals um Hilfe. Einen Moment lang zappelte Oma Pusch noch mit den Beinen, dann verlor sie das Bewusstsein.

Aber genau in diesem Augenblick wurde die Tür aufgestoßen. Niklas Müller stand mit gezogener Waffe vor Grete und riss die Dicke von Oma Puschs Oberkörper herunter. Eike überwältigte unterdessen Hedwig, die mit dem Teaser auf ihn losgehen wollte. Er trat ihr das Betäubungsgerät aus der Hand und drehte ihr den Arm auf den Rücken.

Im Nu war Enno bei Oma Pusch. Sie hatte blaue Lippen. Der Puls war schwach. Der Brustkorb hob und senkte sich nicht. Er überlegte nicht lange, beugte ihren Kopf nach hinten und beatmete sie. Dann massierte er das Herz seiner Schwägerin und rief Rita zu, sie solle sofort 112 wählen. Aber noch bevor der Notarzt eintraf, hatte Oma Pusch das Bewusstsein wiedererlangt. Enno war erleichtert. Er hielt sie im Arm und stützte sie, bis die Sanitäter sie anhoben und auf die Trage legten.

„Mensch Mädchen, du hast mir vielleicht einen Schrecken eingejagt", sagte er, noch immer ganz bleich im Gesicht.

„Kann ich nicht zu Hause und du bei mir bleiben", fragte Oma Pusch mit zittriger Stimme und schielte auf die Infusion in ihrem Arm.

Aber Enno schüttelte den Kopf. „Morgen vielleicht. Heute fährst du erst mal mit ins Krankenhaus nach Wittmund und bleibst die Nacht zur Beobachtung dort. Anschließend sehen wir weiter. Wenn du willst, komme ich hinterher und bringe dir ein paar Sachen mit."

Oma Pusch legte die Stirn in Falten, hatte aber keine Kraft zu widersprechen und nickte dann. „Danke, Rita", sagte sie zu ihrer Freundin, die ihr die Hand drückte. „Ohne deine Hilfe schwämmen wir jetzt im Hafenbecken. Und wer kümmert sich jetzt um dich?"

„Wir bitten Miezi herzukommen", schlug Eike vor. „Ist ja ein Notfall, und dann fahren wir schleunigst mit den beiden ‚Damen' nach Esens auf die Dienststelle. Es interessiert uns nämlich brennend, was nun hinter dem Ganzen hier steckt. Du wirst uns doch bei der Befragung behilflich sein, Niklas, oder?"

„Gerne, ich bin ja sozusagen schon bestens in den Fall eingeweiht", sagte er.

Die Sanitäter brachten Oma Pusch zum Rettungswagen und fuhren mit ihr davon. Eike hatte nicht nur Miezi verständigt, sondern vorher auch den „Kaiser" Hansen und Martin, das „Rhabarberblattohr", aus ihren Betten geklingelt. Missmutig, aber in Uniform, tauchten die zwei in Oma Puschs Wohnung über dem „Dattein" auf und führten Hedwig sowie Grete in Handschellen ab. Mit dem Streifenwagen brachten sie die Mörderinnen nach Esens.

Nachdem etwas Ruhe eingekehrt war, ließ sich Rita ins Sofa fallen. Enno hatte im Sessel Platz genommen. Beide hingen ihren Gedanken nach.

„Ein Schnaps wäre jetzt nicht schlecht", sinnierte Enno.

„Lotti hat immer Friesengeist im Schrank. Ich hol den mal. Ich kann auch einen gebrauchen", sagte Rita.

„Na, das passt ja", erwiderte Enno und lächelte bei dem Gedanken an Oma Puschs Erzählungen. „Der gesunde Geruch ..."

„Ja, und die brennenden Teufelsaugen oder der Fußabdruck", fügte Rita an und entzündete die Oberfläche des Pfefferminzschnapses, „nur einen passenden Spruch habe ich jetzt nicht parat."

„Aber ich", sagte Enno nach kurzer Denkpause und zitierte:

„Wiet Blinkfüür van d'See
stüürt sick dat her:
Blas ut!

Sluk rut!
Geneet in d'Stillt'
as echte Freesen willt
Oostfreesland to Ehr
van'd Freesenspöök mehr."

Jetzt musste auch Rita lachen. „Das ist ja fast schon ein Kunstwerk, angelehnt an den Originalspruch und dann auch noch auf Platt. Das Leuchtfeuer vom Meer gefällt mir genauso gut wie das Irrlicht im Moor. Passend irgendwie."

„Eine Bitte habe ich noch", sagte Enno, „wenn wir alle wieder ein bisschen zur Ruhe gekommen sind und Lotti genesen ist, hätte ich gerne die ganze Geschichte von Emil und Theo gehört, nicht nur Fragmente."

„Da sollst du zu kommen, mein Lieber, aber wir wollen doch unbedingt, dass Lotti dabei ist", erwiderte Rita.

„Natürlich!", antwortete Enno. „Ohne sie geht ja wohl gar nichts."

Und das war, wie wir alle wissen, ganz bestimmt nicht nur auf den Fall bezogen.

Übersetzung Trinkspruch:

Wie das Leuchtfeuer vom Meer,
sendet sich's her.
Blas aus!
Schluck runter!
Genieße in Stille
wie's echte Friesen wollen.
Ostfriesland zur Ehr
vom Friesenspuk mehr.

Danksagung

Mein besonderer Dank gilt meinem lieben Freund, dem Fallanalytiker des LKA Niedersachsen, Carsten Schütte, der auch meine OstfriesenKrimis von Anfang an begleitet und sein waches Auge nicht nur auf die ermittlungstechnischen Belange legt.

Wie in jedem SchattenKrimi liest auch meine literarisch begeisterte Freundin Sabine Semrau das Manuskript schon während der Entstehung mit und unterstützt mich mit ihren Kommentaren, die mich immer weiter- und manchmal auch zum Schmunzeln bringen.

Ein herzliches Dankeschön sage ich dem Team der CW Niemeyer Buchverlage, das mir in jeder Hinsicht hilfreich zur Seite steht und mich fördert. Brigitte Pacholeck möchte ich danken, dass sie sich so intensiv mit meinen Texten auseinandersetzt. Carsten Riethmüller hat ein geistreiches Cover mit vielen liebevollen Details gestaltet. Auch hierfür sage ich herzlichen Dank.

Der Firma Waldemar Behn GmbH aus Eckernförde möchte ich danken, dass ich den Titel „Friesengeist“ für meinen Krimi verwenden durfte. Natürlich spielt demzufolge auch der so benannte Schnaps eine nicht unerhebliche Rolle darin.

Auch dem Landhotel Bauernstuben möchte ich Danke sagen. Wir sind schon oft dort zu Gast gewesen, und etliche Teile aus meinen „SchattenKrimis“ oder den

„OstfriesenKrimis“ sind dort entstanden. Familie Esen und ihre Mitarbeiter kümmern sich hervorragend um die Wünsche ihrer Gäste. Anita Esen und Olaf Appel dürfen im „FriesenGeist“ selbstverständlich nicht fehlen. Sie haben mir Tipps zu Namen, Orten, Gepflogenheiten oder dem ostfriesischen Platt gegeben.

Den Urgewalten der Natur danke ich für die Entstehung dieses wundervollen Küstenstreifens im Norden von Niedersachsen. Es ist für mich immer wieder ein Genuss, nach Ostfriesland zu fahren. Einzelne Orte möchte ich nicht nennen. Es gibt zu viele schöne Plätze an der Küste und auf den Inseln. Besonders im späten Herbst bin ich gerne dort, wenn es ruhig ist und weniger Menschen in der Region Urlaub machen.

Dem Schicksal oder dem Zufall möchte ich danken, dass mir die Gabe der Kreativität in die Wiege gelegt worden ist. Auch wenn man das Handwerkszeug erlernen kann, wie ein Buch zu schreiben ist, so ist es doch ein Geschenk, wenn es einem gelingt, die Menschen mit seinem Inhalt zu fesseln.

Meiner Familie danke ich für die liebevolle Unterstützung beim Schreiben meiner Bücher und bei deren Präsentation. Ich freue mich, dass ihr so regen Anteil an meinen Ideen nehmt und verspreche, meine Fantasie weiter so sprudeln zu lassen.

Meinen herzlichen Dank sage ich darum auch allen Lesern, die mir bisher durch alle Hetzer- und Kruse-Krimis gefolgt und jetzt ebenfalls Fans von Oma Pusch sind. Ihr werdet den „FriesenGeist“ sicher auch mögen. Ich hatte jedenfalls beim Schreiben riesigen

Spaß. Manchmal wundere ich mich selbst, auf was für verrückte Ideen ich gekommen bin.

Hauptpersonen

Oma Pusch

Mit richtigem Namen heißt sie Charlotte Esen. Daraus wurde in der Kinderzeit eine Lotti, da sie ihren Vornamen nicht ausstehen konnte und deswegen gehänselt worden war. Später mutierte sie zu unserer Oma Pusch – aus ganz besonderen Gründen, wie Sie in „FriesenNerz" lesen werden. Sie ist eine freundliche, aber überaus neugierige ältere Dame so zwischen 55 und 65 Jahren.

Genaueres möchte sie nicht bekannt geben. Wir wollen ihr den Gefallen tun. Als echte Ostfriesin mit einem Stammbaum, der weit ins siebzehnte Jahrhundert zurückreicht, ist sie mit fast jedem an der Küste verwandt oder verschwägert. Die meisten anderen kennt sie ihr Leben lang. Sie betreibt einen Kiosk am Hafen von Neuharlingersiel, der nicht nur hervorragende Rollmopsbrötchen nach Spezialrezept bietet, sondern ebenso als Tante-Emma-Laden und als Nachrichtenbörse fungiert. Als dreifache Witwe und durchaus ansehnliche Dame ist sie zwar nicht mehr auf der Jagd nach Nummer vier, sie ist aber dem männlichen Geschlecht gegenüber nicht grundsätzlich abgeneigt. Neben den verflossenen, angeheirateten Verwandten hat sie fünf Kinder und dreizehn Enkel. Seit einiger Zeit wohnt sie im Obergeschoss der alten Hafenkneipe „Dattein", das sie extra für sich ausgebaut hat. So direkt am Meer fühlt sie sich pudelwohl.

Rita

Als beste Freundin von Oma Pusch ist Rita immer zur Stelle, wenn es etwas Neues gibt. Spannendes wird sofort geteilt und diskutiert. Rita ist in ungefähr demselben Alter wie Oma Pusch, weswegen wir auch hierüber schweigen wollen. Im Gegensatz zu ihrer Freundin Lotti will sie von Männern überhaupt nichts mehr wissen. Sie hat, gelinde gesagt, die Nase voll von ihnen und ist froh, Witwe zu sein. Darüber werden wir vielleicht irgendwann einmal mehr erfahren. Auf jeden Fall wohnt sie noch im ehelichen Haus mit Garten und Erker, der zufälligerweise an ein Grundstück grenzt, auf dem sich etwas Interessantes abspielte (siehe *FriesenNerz*). Im Kiosk unterstützt Rita ihre Freundin bei der Herstellung, beim Verkauf der legendären Rollmopsbrötchen und vor allem beim Aufschnappen und Weitergeben des täglichen Tratsches.

Enno Esen

Eigentlich Dr. Enno Esen, denn der einstige Modearzt, der die Damen der Küste verarztete und verführte, ist darüber hinaus seit einiger Zeit durch eine Zusatzausbildung auch Rechtsmediziner. Bei den Frauen jüngeren Alters kommt der Sechzigjährige längst nicht mehr an. Das hat seinem Ego schwer zu schaffen gemacht. Als Dandy alter Schule trägt er seine Haare immer noch mittellang, um sie gekonnt nach hinten zu werfen, was jedoch niemanden mehr beeindruckt. Die Idee eines Dreitagebartes hat er nach kurzer Zeit verworfen, da er damit eher wie ein Landstreicher aussieht. Während der maskuline Stern sinkt, steigt der medizinische. Enno ist maßgeblich an der Aufklärung der aktuellen Fälle beteiligt, die es wirklich in sich haben. Man muss den Hut vor ihm ziehen. Einen gewissen Respekt verschafft er sich dadurch auch bei seiner Schwägerin Lotti, die die Frau seines verstorbenen Bruders ist und ihn eigentlich noch nie leiden konnte. Mit ihr hatte er jahrelang keinen Kontakt mehr. Erst durch die aktuellen Ermittlungen kommen sich die beiden näher.

Eike Hintermoser

Ein Halbostfriese! Was für ein beklagenswerter Zustand ... Er ist ein Neffe von Oma Pusch und darüber hinaus ein junger Kommissar, der erst kürzlich von Wittmund aus nach Esens abkommandiert wurde, um dort die Leitung der Kripo zu übernehmen. Wegen seiner teilweise bayerischen Abstammung wird er von den Kollegen oft gehänselt, was ihn nicht juckt, denn er wird für seinen scharfen Spürsinn heimlich bewundert, ohne dass dies jemand zugegeben hätte. Das kriminalistische Feingefühl muss ihm wohl Oma Pusch vererbt haben. Dennoch geht ihm seine Tante bisweilen auf die Nerven, da sie ihre Nase überall hineinstecken muss und ihm manchmal einen Schritt voraus ist. Gegen ihre listigen Ausfragemethoden hat er ein einfaches Mittel. Er ist ständig auf der Hut, wenn sie etwas von ihm will. Man könnte das auch argwöhnisch nennen. Mit Rechtsmediziner Enno versteht sich Eike hervorragend. Die beiden arbeiten Hand in Hand. Privat führt er bislang ein Singledasein, aber das ist für ihn kein erstrebenswerter Zustand. Rita und Oma Pusch hoffen auf ein Mädchen von der Waterkant.

Bodo Siebenstein

Niemand singt die Shantys besser als er. Der Chef der Spurensicherung ist ein echtes Urgestein, auch wenn niemand weiß, woher er eigentlich stammt. Man munkelt, dass seine Vorfahren Wikinger sein könnten. Rein optisch fehlen ihm nur ein Hörnerhelm und die Streitaxt. Bei seiner Arbeit hat er grundsätzlich ein Seemannslied auf den Lippen, was die ermittelnden Beamten manchmal nervt, auch wenn sie es nicht sagen. Siebenstein ist für seine außergewöhnlichen Ermittlungsmethoden bekannt und denkt manchmal „um die Ecke". Bei seiner Frau Trude ist er nur im Winter gerne zu Hause, denn er hasst Gartenarbeit über alles. Er ist der Ansicht, dass Unkrautjäten und dergleichen ohnehin keinen Sinn machen, denn die Natur gewinnt sowieso. Pflanzen und Beete interessieren ihn nur, wenn es gilt, darin Spuren eines Verbrechens zu entdecken. Sein Labor ist also sein zweites Zuhause. Dorthin flieht er, wenn Trude ihn drangsaliert. Bei schwierigen Untersuchungen im biologischen Bereich hilft ihm gelegentlich sein Freund Watschenhuber aus München, auch Watschi genannt. Per Skype trinken sie abends den einen oder anderen Tropfen miteinander und klagen einander ihr eheliches Leid oder fachsimpeln über Zellen und Körpersäfte.

Nele Freese

Die Frau mit dem fünffachen „E" im Namen. Blond, schlank, dabei gut gewachsen und auch noch schön, ist sie der optische Leckerbissen bei jeder Morduntersuchung. Dass sie darüber hinaus auch noch intelligent ist, vermutet man nicht. Nur Oma Pusch geht sie gelegentlich auf den Leim, ohne es zu merken. Das liegt allerdings daran, dass sie es so geschickt anfängt. Ihr Chef Bodo Siebenstein hat es kürzlich erwogen sie zu bitten, ob sie sich bei der Arbeit nicht ein Kopftuch oder eine Mütze aufsetzen kann, bevor sie im weißen Spezialanzug verschwindet. Er ist es leid, dass sich die Kollegen wie hormongeplagte Gockel benehmen, sobald Nele in der Nähe ist. Der Einzige, der gegen ihre Reize immun zu sein scheint, ist Eike Hintermoser. Kurios! Er wird doch nicht etwa ...? Nein, das kann nicht sein! Oma Pusch wüsste es mit Sicherheit. Vielleicht ist Nele einfach nicht sein Typ, was schier unmöglich anmutet bei diesen Kurven. Dabei legt es Nele nicht im Geringsten darauf an, den Herren zu gefallen. Doch zusätzlich zu ihrem Aussehen ist ihr ein zartes Wesen eigen, das sofort den männlichen Beschützerinstinkt weckt und die Kerle wuschig macht.

Christian oder auch Krischan Hansen

Gemütlicher Polizeibeamter mit der Aussicht darauf, dass die Pension nicht mehr in allzu weiter Ferne liegt. Daher lässt er alles vollkommen ruhig angehen. Falls ihn jedoch jemand in seinem gemächlichen Büroalltag stört, kann er auch ganz schön griesgrämig werden. Überstunden oder gar Wochenendeinsätze werden von ihm nicht sonderlich geschätzt und nach Möglichkeit vermieden. Seinen Schreibtischstuhl verlässt er ungern, und wenn doch, dann höchstens, um sich Kaffee nachzugießen. Zu Hause tauscht er ihn gegen das Sofa oder die Kücheneckbank ein. Wenn er einmal sitzt, kann man ihn kaum weglocken. Wegen seiner

Bewegungsarmut hat er einen leichten Bauch angesetzt, auf dem sich die Hände bei einem Büronickerchen gut ablegen lassen.

Martin Hinrichsen

Der etwas jüngere Kollege von Krischan Hansen legt schon dieselbe Betulichkeit an den Tag wie er selbst. Frei nach dem Motto: „Eile, weil ein Mord geschehen ist? Wozu denn? Der ist doch schon tot!“ Als schlaksiger, dürrer Kerl ist er nicht unbedingt ein Sechser im Lotto. Vor allem, weil ihm die Natur auch noch abstehende Ohren mitgegeben hat. Das hat ihm den einen oder anderen wenig schmeichelhaften Spitznamen eingebracht, von dem er glücklicherweise nichts weiß. Er ist sensibel. Aufgrund seiner Erscheinung wirkt er leicht begriffsstutzig und nicht unbedingt intelligent. Gelegentlich überrascht er jedoch mit äußerst brillanten Ideen. Dass er untendrunter Feinrippwäsche trägt, hat seinen Kollegen schon des Öfteren viel Nervenstärke abverlangt. Sie mussten sich schwer beherrschen, nicht in ein schallendes Gelächter auszubrechen, wenn der dürre Hering in seinen Unterhosen vor ihnen stand.

Miezi

Ein Fall für sich. Absolut! Denn sie ist etwas Besonderes. Mit ihrer Kleidung aus den 50er-Jahren zieht sie alle Blicke auf sich. Die jüngere Cousine von Oma Pusch ist Friseurin und in Leipzig geboren worden, weswegen sie ausgiebig sächselt. Ihre Haare trägt sie zu einer stilvollen Frisur auf den Kopf geschneckelt und bedeckt diese meist partiell mit einem passenden Hut. Neuerdings hat sie ein Haus in Bensersiel gekauft und will sich dort mit ihrem Salon niederlassen. Leider redet sie den ganzen Tag auf die ihr eigene, näselnde Weise und kann auch sehr anstrengend sein. Eingeweihte gehen ihr lieber aus dem Weg, denn wen sie erst mal in den Fängen hat, den lässt sie so schnell nicht wieder los. Dabei kommt ihr ihr Beruf zugute. Damen mit Wicklern oder Farbe in den Haaren können ihr nicht entrinnen und sind im Salon fabelhafte Opfer für ihre Erzählungen. Mit Oma Pusch verbindet sie die Liebe zum Tratsch, und da sie trotz all der Widrigkeiten hilfsbereit und freundlich ist, erträgt die ältere Cousine sie mit einem Augenzwinkern.

Marga

Mit ihren fast einhundert Jahren ist Marga ein echtes Unikum. Sie nimmt noch ziemlich rege am Leben teil, auch wenn sie nicht alle Tassen im Schrank hat. Am liebsten schnackt sie Platt, was aber nicht jeder versteht. Noch niemals hat sie den Küstenstreifen verlassen und wird es wohl auch nicht mehr. Gelegentlich sieht oder hört sie Dinge, die dringend bei der Polizei angezeigt werden müssen. Seien es Spanner, Diebe oder Teufel. Kein Unhold hat eine Chance. Marga lässt nichts unversucht, ihm das Handwerk zu legen. Darum kommt sie häufig auf der Dienststelle vorbei, um von den schrecklichen Machenschaften in ihrem Umfeld zu berichten. Keiner nimmt sie mehr ernst, auch wenn ab und zu ein Quäntchen Wahrheit in ihren Geschichten zu finden ist.

Im Verlag CW Niemeyer bereits erschienen ...

Eine Frau verschwindet. Von ihr werden blutverklebte Haarbüschel und ein Fetzen ihrer Kleidung gefunden. Ist sie ermordet worden oder gibt es noch Hoffnung? Die bekannten Kommissare Wolf Hetzer und Peter Kruse ziehen alle Register ihres kriminalistischen Könnens, um die Frau lebend finden zu können. Stundenlange Ermittlungen im Umfeld des Opfers bringen nach und nach grausame Details ans Licht.

Nané Lénard. SchattenGift
352 Seiten. Paperback. ISBN 978-3-8271-9412-1
E-Book 978-3-8271-9612-5 (Pdf)
978-3-8271-9812-9 (Epub)
Hörbuch 978-3-8271-9700-9

Krimis finden Sie unter ...

Im Verlag CW Niemeyer bereits erschienen ...

Obwohl Hauptkommissar Wolf Hetzer mit den Schatten seiner eigenen Vergangenheit zu kämpfen hat, holt ihn die grausige Gegenwart ein. Das Team muss sich mit dem Fund von Leichenteilen in unterschiedlichen Stadien der Verwesung beschäftigen, die zu zwei Toten gehören. Ein interessantes Detail, das auch im Gewebe einer weiteren Leiche festgestellt wird, lässt vermuten, dass es einen Zusammenhang zwischen allen Ermordeten gibt. Die Kommissare Hetzer und Kruse ahnen, dass der Täter keine Ruhe finden wird und längst ein neues Opfer im Visier hat.
Doch die Tragweite dieses Falles erschließt sich Hetzer erst, als auch seine eigene Zukunft auf dem Spiel steht.

Im Verlag CW Niemeyer bereits erschienen ...

Die mysteriösen Umstände zweier Selbtsmorde lassen die Kommissare Hetzer und Kruse zweifeln. Schwerkranke und lebensmüde Menschen suchen im Netz nach Hilfe beim Umsetzen ihrer Tat. Wer die Unterstützung einer Sterbehilfeorganisation nicht in Anspruch nehmen kann, tauscht sich in Selbstmordforen aus. Eine Spielwiese für jemanden, der seine Mordlust ausleben möchte, bis er sich in einem der Opfer gründlich irrt.

Nané Lénard. SchattenSucht
336 Seiten. Paperback. ISBN 978-3-8271-9435-0
E-Book 978-3-8271-9680-4 (Pdf)
978-3-8271-9880-8 (Epub)

Krimis finden Sie unter ...

WESERBERGLAND
KRIMI
Nané
Lénard
KurzKrimis
und andere
Schatten
Seiten
CW Niemeyer

NIEMEYER KRIMI
GABY
KADEN
KüstenNächte
ein Ostfriesland-Krimi
CW Niemeyer

Im Verlag CW Niemeyer bereits erschienen ...

Wo zum Kuckuck ist Harald von Friedwitz bloß abgeblieben? Nach einem feuchtfröhlichen Abend stehen am nächsten Morgen nur noch seine herrenlosen Schuhe am Strand der Nordseeinsel Langeoog. Ein Unglück? Oder könnte er sich etwas angetan haben? Vielleicht ist ihm auch lediglich der giftige Kugelfisch nicht bekommen, den der japanische Koch ihnen zum Abendessen servierte. Für Oberkommissarin Nina Moretti, die sich so auf ihren erholsamen Nordseeurlaub gefreut hatte, beginnt ein Wettlauf mit der Zeit.

Micha Krämer. Sand im Schuh
320 Seiten. Paperback. ISBN 978-3-8271-9527-2
E-Book 978-3-8271-9694-1 (Pdf)
978-3-8271-9894-5 (Epub)

Im Verlag CW Niemeyer bereits erschienen ...

Der Herbstregen verdunkelt Greifswald. Im vornehmen Seniorenheim St. Nicolai wird eine 84-jährige Bewohnerin tot aufgefunden. Sollte die Frau von ihrem Sohn entmündigt werden? Welche Rolle spielt der dubiose Heimleiter? Unterstützt wird Piwi durch sein bewährtes Team sowie Berufsrückkehrerin Grit Loch, die - gerade mal in ihrem zweiten Einsatz - als Bewohnerin getarnt in St. Nicolai einziehen soll. Schnell wird klar: Der schöne Schein trügt. Angeblich verschwinden dort sogar Menschen. Tatsache oder nur die Einbildung einer demenzkranken Zimmernachbarin? Doch während Piwi zunehmend mit Problemen privater Natur zu kämpfen hat, kommt Grit einer erschreckenden Wahrheit auf die Spur. Was jemand mit allen Mitteln verhindern will ...

Emlin Borkschert. Nur die Ostsee weiß die Antwort
448 Seiten. Paperback. ISBN 978-3-8271-9439-8
E-Book 978-3-8271-9687-3 (Pdf)
978-3-8271-9887-7 (Epub)

Im Verlag CW Niemeyer bereits erschienen ...

Das ehrgeizige Vorhaben, am Husumer Badestrand Dockkoog ein Ferienressort zu errichten, stößt nicht nur bei Umweltschützern auf wenig Gegenliebe. Eine Leiche im Großbecken des Multimar Wattforums in Tönning - schnell finden die junge Kommissarin Wiebke Ulbricht und ihr Partner Jan Petersen von der Kripo Husum heraus, dass es sich bei dem Toten um Holger Heiners, den ungeliebten Dockkoog-Investor handelt. Geht der Mord auf das Konto militanter Umweltschützer oder hatte Heiners noch weitere Feinde?

Andreas Schmidt. WattenMord
360 Seiten. Paperback. ISBN 978-3-8271-9511-1
E-Book 978-3-8271-9616-3 (Pdf)
978-3-8271-9816-7 (Epub)

Krimis finden Sie unter ...